马特·弗贝克作品

"美丽新世界"系列
《美丽新世界：革命》

《美丽新世界：启示录》

《美丽新世界：决心》

"散弹枪与巫术"系列
《龙城的艰难岁月》

《龙城的至暗时刻》

《龙城的最后岁月》

"无尽之旅"系列
《逃离幽冥城》

《危机四伏》

《走入丛林》

《捉贼》

《莱温洛夫城堡大逃亡》

《疯狂麦基的学校》

"危险游戏"系列
《危险游戏：玩法攻略》

《危险游戏：作弊攻略》

《危险游戏：必胜攻略》

"银龙骑士"系列
《灵魂守护者的秘密》

《龙的预言》

其他作品
《突变编年史》

《不死族》

《拉斯维加斯骑士》

《光环：新斯巴达》

《光环：奥星遗物》

《激战：阿斯卡隆的幽灵》

MINECRAFT

我的世界：地下城

奇厄教主的崛起

MINECRAFT
我的世界：地下城
奇厄教主的崛起

[美] 马特·弗贝克 著

陈新瑜 译

童趣出版有限公司编译　人民邮电出版社出版
北　京

图书在版编目（ＣＩＰ）数据

我的世界. 地下城 ：奇厄教主的崛起 ／（美）马特
·弗贝克著 ；童趣出版有限公司编译 ；陈新瑜译. --
北京 ：人民邮电出版社，2022.3
ISBN 978-7-115-58245-4

Ⅰ．①我⋯ Ⅱ．①马⋯ ②童⋯ ③陈⋯ Ⅲ．①儿童小
说－长篇小说－美国－现代 Ⅳ．①I712.84

中国版本图书馆CIP数据核字(2021)第275692号

著作权合同登记号 图字：01-2020-7190

[美] 马特·弗贝克 著 陈新瑜 译

责任编辑：吴 悦
责任印制：李晓敏
封面设计：林昕瑶
排版制作：杨志芳

编　译：童趣出版有限公司
出　版：人民邮电出版社
地　址：北京市丰台区成寿寺路 11 号邮电出版大厦（100164）
网　址：www.childrenfun.com.cn

读者热线：010 - 81054177
经销电话：010 - 81054120

印　刷：北京华联印刷有限公司
开　本：889×1194 1/32
印　张：9.25
字　数：275 千字
版　次：2022 年 3 月第 1 版 2023 年 5 月第 4 次印刷
书　号：ISBN 978-7-115-58245-4
定　价：59.00 元

献给我的孩子们——马蒂、帕特、尼克、肯和海伦——你们在《我的世界》刚刚问世的时候，就开始跟我一起探讨各种技巧攻略。献给我的妻子——安，你总是充满爱意地看着我们沉浸在游戏中。

MINECRAFT
我的世界：地下城
奇厄教主的崛起

引　子

卡尔不清楚怪物为什么在他暂时落脚的村庄外攻击灾厄巡逻队，但他预感到自己的好运要降临了。整整一星期，他内心焦躁似火，渴望能碰上个对手痛痛快快地干一架，终于在这个无聊沉闷的雨天有了好机会。

一个聪明的英雄总能找到舒舒服服坐下来的地方——干净的草地，甚至方便的树墩都行——只要这个地方能让他对山下的战斗一览无余。如果先任由双方恶战到底，耗尽体力，最后他再出场，可能只剩下几个残兵败将要收拾，或者作战的双方都吓得作鸟兽散了。这样，他就能轻轻松松成为这场战斗的胜利者。

可卡尔是个行动派，还自诩是个英雄。除了自己他谁都瞧不起。更重要的是，眼前的战斗实在太滑稽了，他才不想让那群蠢货成为战斗的主角。

于是，卡尔高喊一声，抽出豁口崩牙的铁剑冲入阵地，脸上挂着亡命之徒贪婪的狞笑。

怪物只专注于眼前的敌人，完全没有注意到一个英雄正号叫着猛冲过来。灾厄村民看到战斗中的不速之客，拔腿就跑。卡尔瞧见他们狼狈的样子，放声大笑起来，看来他的英勇善战已经威名远扬了。

卡尔知道灾厄村民为什么看见他就跑，因为他们怕死。而怪物可不知道恐惧，它们完全不理会卡尔，只一门心思把灾厄村民赶尽杀绝。

卡尔也知道偷袭很卑鄙，但他不在乎。反正那些怪物都是暴徒，不是吗？况且它们声势浩大，自己不用一些策略，不等于白白送死吗？

他杀进骷髅和僵尸大军中，挥剑从它们背后劈下去，只听得一阵砰——砰——砰的声音。

像割草似的，怪物被他一群群斩于剑下，剑锋发出金属撞击声，好似死亡悲歌。"亡灵生物见鬼去吧！"他怒吼着，对敌人丝毫没有手下留情。

如果卡尔能停下来好好想想——可他才不会呢——其实自己嚷嚷的这句话毫无意义。可他无所谓，反正怪物也没有意识。

只一剑，卡尔就把离他最近的骷髅劈散了架。他停下来，抹去眼睛里的雨水，抬眼望去，只见成群的骷髅呈扇形向逃跑的灾厄村民包抄过去，截断了他们的退路。灾厄村民陷入绝境，被穷追不舍的怪物吓得瑟瑟发抖。

这一幕让卡尔仰头大笑。笑声未落，骷髅和僵尸突然回过头，发现眼前的家伙才是最大的威胁，于是转而对卡尔群起而攻之。骷髅从两边扑来，纷纷向卡尔射箭。同时，一群僵尸向他逼近，冰冷的呻吟声此起彼伏。

卡尔笑得更得意了。"来吧！"他挥舞利剑怒吼着跳进僵尸大军中，每一剑都能砍倒成群的怪物。

不过，身为英雄也有陷入困境的时候。比如，在陌生的地方语言不通，只能孤身作战；一次次费尽心机拯救别人，却没有人对他感恩戴德。只有其他英雄能理解卡尔，可他们之间却不想有太多瓜葛。

卡尔不在乎。他纯粹以此为生——打败怪物、抢走财宝，简直欲罢不能。

僵尸在卡尔周围越聚越多，里三层、外三层。骷髅还在不停地向他射箭，才不管密密麻麻的箭镞把僵尸战友变成了刺猬。

卡尔像陀螺似的周身旋转，一把剑舞得密不透风。僵尸像被斧头砍断的树木纷纷倒下。它们腐烂的手指鲜少能碰到卡尔，即便碰到他的盔甲，也不能伤他分毫。

哀号的僵尸越来越少，这时一支箭穿过怪物大军，射中了卡尔的肩膀。箭直透盔甲，像扎进了树干，箭尖穿透甲片，刺进卡尔的皮肤，还好伤得不深。

这点儿伤对卡尔来说不算什么，但被偷袭使他怒不可遏。

"浑蛋！"他冲骷髅吼道，"竟敢偷袭我！"

暴怒中，卡尔干掉最后几个僵尸，把注意力转向骷髅："偿命吧！这是你们的报应！"

他从侧翼冲向骷髅，迫使它们挤成一团，这样骷髅就无法同时向他射箭。然后，像秋收时节割麦子那样，卡尔把骷髅一个个斩倒在地。

箭雨点似的飞来，又有几支扎进卡尔的盔甲，这激起他更旺盛的斗志。对他来说，跟骷髅搏斗丝毫没有危险，反倒很有乐趣！

当最后一个骷髅倒在剑下时，卡尔发出胜利的欢呼。他四下张望，看看有谁能跟他分享胜利的果实，最后目光落在可怜的灾厄村民身上，此刻他们正剑拔弩张地跟他对峙着。看来，灾厄村民在观战的时候已经有了喘息的机会。

可他们太蠢了，看着卡尔步步紧逼，只会瑟瑟发抖。但凡机灵点儿，此时都应该下跪求饶了，可这群"游牧强盗"像在等待机会似的，一直和卡尔僵持着。

卡尔又发出一阵狂笑，对骷髅的怒气被一扫而光。他亢奋着手挺利剑，严阵以待向他拥来的灾厄村民。

还没等他们来到眼前，只见一个长着大鼻子的小个子灾厄村民冲到队伍前头，向他的族人喊着什么，像是恳求他们保持理智，但卡尔觉得对这些家伙不必浪费精力。

"他们才不会理你，"卡尔跟小个子说道，虽然明知小个子听不懂他的话，"这些家伙都是死脑筋。"

然而，出于好奇，卡尔还是任由小个子说下去。如果小个子能阻止他的族人进攻，嗯，那么他也不会反对。

但是，卡尔不会放下手里的剑。

小个子用难懂的语言叽叽喳喳说个不停，看样子真是动之以情、晓之以理地劝说族人明白利害关系。

这种方式让卡尔大为惊奇，就像看见有两个脑袋的怪物在村庄溜达似的令他不可思议。然而，不管小个子看起来有多执着，都于事无补。最后，卡尔还是要靠手里的剑解决问题。

有很大概率是这样的结局。

那些灾厄村民对小个子的话越来越不耐烦，对他啰啰唆唆的样子很不满意。渐渐地，小个子的声音变成了尖叫，他还弯下身子，这在卡尔看来几乎是乞求了。

突然，小个子面前一个身形高大的灾厄村民用剑背在小个子脑袋上猛击了一下，劝说声戛然而止，小个子直挺挺昏倒在地上。

就在这个"大块头"准备下令进攻时，卡尔一剑了结了他。既然一场激战在所难免，卡尔可不想束手就擒。

"开打吧！"卡尔嘶吼着冲进灾厄村民的队伍，灾厄村民像保龄球一样被击得纷纷倒地。"动手啊！"卡尔朝他们大喊。

不过几分钟，灾厄村民一批批地被卡尔消灭了。这些灾厄村民当中有些身手还行，但大都不堪一击。

还有一些灾厄村民想逃跑，却没有成功。

以卡尔的经验，如果放跑了对手，他们迟早还会回来报仇或者把村庄烧掉，反正总有办法激怒他。因此，最好的方法就是对他们斩草除根。

虽然卡尔于心不忍，但毕竟他刚把灾厄村民从怪物的袭击中救出来，这群家伙就忘恩负义，掉头来攻击他。

"恩将仇报的家伙，"卡尔打量一片狼藉的战场，地上横七竖八到处是灾厄村民的尸体，"你们活该！"

一个尖厉的声音穿越战场，卡尔竖起耳朵聆听，目光到处搜索声音传来的方向。起初，他毫无头绪，但过了一会儿，他看见一个灾厄村民远远地在战场另一端挪动着身体。

"嗯？"卡尔走过去想看看那个幸存者，"他们不是都被我……"

此时，幸存者的声音已经变成了微弱的呻吟。卡尔走到这个灾厄村民跟前，发现他比其他灾厄村民的个子都矮小。

"哈哈，"卡尔认出他就是那个试图劝说族人别动手的小个子，"个子不高，话却不少。"

卡尔单膝跪在小个子身边，把他翻过来，让他脸朝上。"干得好，"卡尔笑着说，"我的意思是，虽然你的努力落空了，但让我敬重。"

小个子惊慌失措地看着卡尔，紧张得想逃跑。可他站不起来，只能在地上用屁股艰难地挪动，不料被一个"树桩"挡住了退路。

卡尔站起身，把剑插回鞘中，然后掸掉手上的灰尘："我不会伤害你，"他对小个子说，"你分散了那个'大块头'的注意力，也算帮了我的忙。把他干掉以后，对付其他不听话的家伙就容易多了。"

突然，挡住小个子退路的"树桩"发出低沉的哀鸣。原来是个受伤的灾厄村民！卡尔走上前，弯下腰仔细看了看倒在地上的灾厄村民，这不是那个被他刺了一剑，引起这场恶斗的"大块头"吗？说实话，灾厄村民长得都差不多，卡尔根本分不清他们谁是谁。

小个子一直用惊恐的目光瞪着他。"没关系，"卡尔对小个子说，"现在这家伙对谁都没有威胁了。"

卡尔又后退了几步，盯着小个子，得意扬扬地笑着说："当然，你对我也没有威胁。"

卡尔感觉自己是如此胸怀宽广。他原本只想把怪物赶出村庄，现在他成功了，因此这最后两个受伤的灾厄村民也不值得他大费周章。

卡尔脑子里闪出一个绝妙的主意，这个主意看起来能彰显他的智慧，而不是为偷懒找借口。至少他是这么认为的。

"告诉你吧，"他跟小个子说，不管另一个正饱受伤痛折磨的灾厄村民能不能听得见，"今天算你们走运，我要放了你和你那个受伤的同伙。知道为什么吗？"

他的话小个子一个字都听不懂，但也许是从语气里揣摩出了他的意思，反正不论哪种原因，小个子刚好在他问话时摇了摇长着大鼻子的脑袋。

卡尔笑得更放肆了："因为你们回到肮脏下流的灾厄村民

老巢后，一定会通知你们的同伙别再来了。我要让你们知道，这个村庄有我在守护。如果有谁打听你们的遭遇，我希望你能告诉他们一件事。"

卡尔有意竖起食指好让对方注意听："就一件事，好吗？"

小个子目瞪口呆地看着卡尔，想弄清楚他要干什么。或许小个子已经放弃了，或许最后明白了，但不论怎样，这个小个子灾厄村民拼命点头表示赞同，脖子都险些折断了。

"你要让他们知道我的名字，"卡尔指着自己对小个子说，"告诉他们，我叫卡尔。"

第一章

阿奇简直忍无可忍。那个英雄杀死了除他以外所有的巡逻队队员后，大摇大摆地离开了，只留下他躺在一片狼藉的战场上无能为力。阿奇毫无办法，只是愤怒、沮丧地看着这一切。

当然，他可以捡起剑追上那个英雄，但这有用吗？冒那么大的风险，结局还不是被打得落花流水？他今天够倒霉了，千万不能再雪上加霜了。

阿奇站起来打量历经杀戮后的满地残骸。作为灾厄巡逻队里的小个子，虽然他每天都度日如年，但这次战斗对他和巡逻队来说却是灭顶之灾。

在阿奇看来，被诱骗加入巡逻队的经历太可怕了。巡逻队的职责是驱赶附近出没的怪物暴徒，保护灾厄村民免受它们的侵扰。可是这场战斗结束后，巡逻队好像仅他一人生还。他简直不敢想象回家后的下场。许多族人本来就讨厌他，这次非把他赶出部落不可，那样他就无家可归了。

阿奇真希望今天命丧僵尸的爪牙之下，哪怕被骷髅的箭射死也行。讽刺的是，他连这点儿愿望都落空了，真是让他哭笑不得，所以他不知道该悲伤还是该庆幸。

当他站在那里悲喜交加、不知所措的时候，有人敲了一下他的后脑勺。

阿奇回头看了一眼，以为是英雄改变了主意，想把他也斩于剑下。他正巴不得呢，至少这样能快些终结他的痛苦。然而，在看清对方的面孔后，他的情绪跌落到了谷底——原来是索德。

索德一直是阿奇的死对头。从阿奇记事起，无恶不作的索德就一直欺负他。在他们居住的黑森林里，只要看到阿奇在附近走动，坏脾气的索德就辱骂欺凌他，甚至用魔法诅咒他。

出于本性，索德把全部精力都用来密谋对付别人，不费吹灰之力就能毁了别人的生活。住在灾厄村民林地府邸的长老们，多年来一直极力压制索德的暴力倾向，也许这就是阿奇能活下来的原因。但索德常常不服从长老们的管教，所以阿奇每次碰到他都会退避三舍。

真倒霉，那天早上长老们召集志愿者组成巡逻队的时候，阿奇想溜却没来得及。结果，索德揭发阿奇当逃兵，并把他强行拖进了队伍里。他还对阿奇说："这样我就能盯着你了。"

巡逻队全军覆没对阿奇唯一的好处就是，他再也不用担心索德欺负他了。虽然只是些许安慰，但这是他活下去的唯一指望。

　　然而，索德竟然活了下来。

　　他当然不会死。

　　索德踉踉跄跄走过来朝矮小的阿奇咆哮着，差点儿被自己黑色长袍的下摆绊倒。这袭袍子证明他是个唤魔者，也是一个令人忌惮的灾厄村民施咒者，所以阿奇知道为什么英雄要把索德伤得这么重。当时，索德躺在地上看起来半死不活的，阿奇根本想不到他还有一口气。

　　"别在那儿愣着！"索德嗓音干涩，语气充满了耻辱和厌恶，"过来！"

　　阿奇本想嘲笑这个孱弱不堪的唤魔者，但又害怕索德还有力气用魔咒攻击他，于是跳过去搀扶着唤魔者索德。索德摇摇晃晃站立不稳，可他脚下虽虚浮，还是用手背给了阿奇一记耳光。

　　小个子阿奇一头栽倒在地上，手捂着热辣辣的脸颊。

　　"你这样的废物还有资格搀扶我？"索德颤巍巍地说，沮丧和鄙夷浮现在他的脸上，"给我找根手杖，至少找到一把剑！"

　　"可是怪物都被消灭了，那个英雄也走了。"阿奇回应道。他不知道索德想干什么。

　　"那是他运气好！"索德一边说着，一边跌跌撞撞向前走，"也算是你捡了条命！把那把剑给我！"

阿奇慌慌张张环顾四周，找到了索德要的那把剑。它坑坑洼洼、遍体鳞伤，但好歹是一件武器。阿奇没有擦掉剑上的污垢，就一把抓起剑递给了索德。

索德没有计较这把剑有多破。他紧握剑柄，把剑插进土里拄着当拐杖。站稳之后，索德仔细打量着周遭的战场，眉头紧皱。

阿奇一句话也不敢说。根据以往的经验，不论他做什么都会让索德大发雷霆。因此阿奇不想触怒索德，尤其是现在这个时候。

过了一会儿，索德终于开口了："也就是说，只剩下我和你了，对吗？"他的声音听起来嘶哑低沉。

阿奇点点头。

索德咬牙切齿却面带讥笑地说："这都怪你。"

阿奇惊讶得下巴都要掉下来了，连忙辩解："跟我没关系，我什么都没做！连战斗都没有参加！"

"没错，就是你！"索德说，"在我们的族人最需要你，向你呼救的时候，你却像只缩头乌龟。在他们英勇战斗的时候，你却袖手旁观看着他们被屠戮。"

"我……我……我……"阿奇没想到索德会这样说。怎么会有人来恶意揣测他？阿奇怎么会希望自己的队伍战败？的确，他没有投入战斗，但以他的能力根本无法控制局面。天性使然，就像索德和其他族人反复训诫的那样，他就是个性格懦弱的废物。世上有他没他一个样，不论他做出多少努力都没有用。现在索德竟然要他对这场战斗负责！

阿奇吓得战战兢兢："我就是个小人物，一个百无一用的废物！打从开始就不想搅进这场战斗里！"

"这就是我要说的！如果你有决定权，肯定巴不得英雄打败我们——还有整个部落。你对族人的生死一点儿不在乎，放任英雄消灭我们，别以为我会让你逍遥法外。"

阿奇绝望地瘫倒在地上，他无力背负这种可怕的指控。如果索德一瘸一拐地回到部落，当众对他恶意诽谤，族人非把他撕个粉碎不可。阿奇能指望的最好结果就是永远被流放。

"天哪，求求你不要这么说！"阿奇沮丧地呆望着索德，"我就知道会出问题，从一开始就知道！我提醒过你们了！"

索德嗤之以鼻地瞧着他："别以为轻飘飘的几句话就想蒙混过关。"

索德的话让阿奇备受打击。他懦弱，对魔法知之甚少，一把剑对他来说毫无用处，所以他只能靠自己这张嘴了。

"那个英雄出现的时候我就知道情况不妙，而且警告过你们，"阿奇尽力辩解，"我想救你们，我想救所有巡逻队队员！"

索德轻蔑地哼了一声，好像可怜的阿奇掉进了粪坑，正四肢并用挣扎着往外爬似的。"你跟其他人解释去吧，看他们会怎么想。"说着，索德跟跟跄跄往黑森林深处的灾厄村民部落走去。

"等等！"阿奇追在索德后面喊他，"你为什么总是欺负我？我对你又没有威胁，你该恨的是那个可怕的英雄。"

"那个英雄？你是想谴责英雄，还是想成为英雄？"索德懒得回头看阿奇一眼，一边往前走一边说。

"又不是我消灭了巡逻队。"阿奇三步并作两步赶上他，"我也不是英雄！难道你还没受够被他们到处驱赶，颠沛流离的日子？"

"灾厄村民从来不会在战斗中临阵脱逃，从来不会！"

"我们碰到英雄后就逃跑了。"

"那是为了重新集结！"

阿奇没有戳穿这个谎言。"但是单凭一支巡逻队根本无法战胜任何一个英雄，一丝胜算都没有！这就是我的看法！"

说完，阿奇上前抓住索德的胳膊肘。索德疼得趔趄了一下，瞪着阿奇恶狠狠地说："你这个懦夫！"随后又朝他吐了口唾沫，正落在阿奇脸颊一侧。

阿奇把脸擦干净，仍抱着一丝希望劝说索德："我们要寻求帮助，召集整个部落一致对付英雄。想想看这会有什么结果？"

"动员整个部落的力量对付一个英雄吗？"索德摩挲着下巴思忖着。

"没错！"阿奇心中燃起希望，"你想想看，灾厄村民的人数可比英雄多得多！如果我们能集结起整个部落，甚至所有灾厄村民，就能把英雄陷入重重包围中，肯定大有胜算！"

索德厌恶地哼了一声："你真是我见过的最没用的灾厄

村民。"

"假如五支巡逻队一起出动呢？或者十支！二十支！"

"我是这支巡逻队的袭击队长！如果把所有灾厄村民都召集起来，那么多支巡逻队该由谁指挥？"

阿奇明白了，是索德的权力欲望在作祟——这跟大多数灾厄村民的德行一样。如果索德能深谋远虑该多好！"可我们免不了要跟英雄战斗！这样下去什么时候才能战胜他们呢？"阿奇质问索德。

索德对阿奇摇摇头，好像阿奇是个脑袋被敲坏了的傻孩子："我们的任务不是追踪英雄，而是搜寻猎物。我们要全力战胜对手，得到想要的东西。这才是我们该做的事，永远不变的目标。我们没有理由改变它。"

阿奇回过头，指着巡逻队几乎全军覆没的战场，问索德："这个理由够充分了吧？"

索德咕哝道："你想让我们做什么？学习种庄稼？建立村庄？变成孱弱的文明人？"他冷笑着俯视小个子阿奇，"我猜你已经预谋很久了吧？"

"我们必须改变，"阿奇回答他，"现在的做法是行不通的。你知道，每天都有新的英雄出现，要不了多久他们就会建起自己的村庄，甚至一座城市。"

"你这个蠢货。"

"一旦他们势力壮大，我们对付他们就更困难了。到那时我们丢失的就不仅仅是一支巡逻队，而是整个部落了。"

"懦夫的借口！"

"我们会从捕猎者变成猎物，英雄会逼得我们走投无路，直到最后把灾厄村民赶尽杀绝！"阿奇不理会索德的污蔑，依然好心好意地提醒他。

尽管受了重伤，索德的步伐还是比阿奇快得多。刚刚还拄着剑当拐杖，转眼间他就把剑背狠狠打在阿奇的脸上。

阿奇被打得后退了好几步，眼冒金星，过了好一会儿才恢复知觉。那种火辣的滋味让阿奇觉得还不如索德一剑要了他的命。

阿奇终于缓过神来，不过索德没有再次为难他，而是沉默不语地继续往黑森林深处走去。

当然，如果索德对他说了什么，阿奇大概会更加恐惧了。

第二章

"你不能跟别人说这是我的错！"阿奇跟在索德身后不停地辩解，"绝对不能！"

阿奇抓着分配给自己的那把剑，可剑太重了，一点儿都不称手，当然也派不上什么用场。在回灾厄村民部落的路上，他一直落后索德一段距离，以确保唤魔者的咒语伤害不了自己。

今天因疏忽大意，他在索德面前已经吃了亏，现在可不想重蹈覆辙。

至于索德，他对阿奇的恳求置若罔闻，时不时还自鸣得意地笑出声来。阿奇明白，唤魔者索德回到灾厄村民部落后肯定会诬陷他，但他对此一点儿办法都没有，只好不停地哀求着，直至声音嘶哑，无奈放弃。

就在他们快要到达灾厄村民部落的林地府邸时，从那座住着很多族人的三层高的大宅子里，一大群灾厄村民蜂拥而出迎接他俩。阿奇紧张得胃里一阵翻腾。如果他的族人认为他对巡逻队的惨败有不可推卸的责任，真不知道接下来他要经受什么样的狂风暴雨。

这时，阿奇突然想到个主意。他扬起脑袋，挺直身子，加快脚步抢到索德前面。经过索德身边时，他听见索德的怒吼声，但索德伤势严重，追不上阿奇。

高挑清瘦的部落首领沃尔达从焦灼等待的人群中走出来。看来，族人已经从他俩凝重的神情中猜出了这场战斗的结局。毕竟整支队伍只剩下孤零零两个人回来，可不是什么好兆头。

"对手是个英雄，整场惨局都是他造成的。"阿奇向沃尔达报告，"我们正在跟怪物殊死搏斗，眼看就要打败它们了，这时候英雄像是从天而降，夺走了我们的胜利果实！"

站在后面的几个灾厄村民发出鄙夷的吼声。虽然每个灾厄村民都知道参加巡逻队的危险，但战斗的创伤却要由巡逻队的队员来背负。

"发生了什么？"沃尔达问道。她脸色阴郁，眉毛重重地拧成一团。

阿奇回头指着索德大声说："都怪这个没用的蠢货，他以为自己是英雄的对手，结果一败涂地！都是他的错！"

阿奇公然反对强大且肆意妄为的唤魔者，是冒着很大风险的。可是，索德已经明摆着要诬陷他。阿奇为了免于被流放，只好先下手为强。他纯粹是孤注一掷，可能会因此受到良心谴责，但他没有别的选择。

人群鸦雀无声。大家了解索德的品行，他是个尽人皆知的吹牛大王，而且恃强凌弱——同时身为最强大的唤魔者，族人对他也非常忌惮。这次索德犯了如此严重的错误，葬送了整支巡逻队，把族人震惊得目瞪口呆。

阿奇告诉自己一定要立场坚定，而且动作要快，因为索德越走越近。"索德是分派给我们的队长，"他对沃尔达说道，"您亲自委任的。"

沃尔达犹豫着点点头："是的。"

"所以他必须为我们的失败承担责任，对吗？"

沃尔达的肩膀颤抖着，尽力捕捉阿奇的话外之音。"也许吧。按照这个逻辑，你也可以说主要责任在我。"

阿奇沮丧地闭上嘴巴，心中后悔万分，觉得自己说得太多了。"我不是那个意思——"

沃尔达不耐烦地挥手打断了他的道歉。可阿奇还是喋喋不休："远不止这些。索德没有留意英雄的出现，忘了设个岗哨监视周围，还领着队伍没头没脑地冲进战场跟怪物厮杀。"

沃尔达对他的话无动于衷，而其他族人盯着阿奇，好像阿奇是个疯子。"我的意思是，战斗的时候设个岗哨确保不被敌人偷袭，难道不是明智之举吗？这就是巡逻队伤亡惨重的原因！"阿奇忙不迭地解释。

"那是很多年以前的事情了。"沃尔达带着怜悯的目光说道。她清楚地记得阿奇的父母在那次战斗中双双殒命。

"可我们并没有从当年的惨败中吸取教训，仍是莽撞地跟敌人对战，根本不考虑潜在的危险。现在我们为此付了出血的代价！"

"这都是你的错！"索德的声音从阿奇背后响起。

阿奇慌慌张张地转过身，发现自己只顾着向沃尔达告状，没注意索德已经来到了身后。最重要的是，自己浪费了拼命逃跑的时机。

"你说什么？"阿奇手捂胸口，像是怕心脏跳出来似的，"怎么是我的错？"

沃尔达举起手让阿奇闭嘴，转而问索德："我们这位小朋友说，那场灾难是你引起的。"

索德看着小个子阿奇，狞笑着回答："他为了掩盖自己的过失，当然要撒谎。因为他疏忽大意，才让英雄有机会横插一杠。"

"我怎么可能察觉得到呢？跟你一样，我当时在全神贯注地跟怪物搏斗。大家都一样，我们都在执行你的命令！"

索德居高临下逼视着阿奇，同时悲伤地摇了摇头："我了解你的动机。毕竟这么干你又没什么损失。"

阿奇呆呆地盯着他："你说什么？"

"别再撒谎了！你扪心自问，你的所作所为对得起自己的良心吗？你只会把罪责推给别人！"

"我做什么了？"阿奇吓得差点儿跌坐在地上，"你疯了吗？"

"大家都听见了吧？"索德向簇拥在周围的族人说道，其实主要是说给沃尔达听,"他全盘否认对他的指控,假得连他自己都不相信。"

阿奇目瞪口呆,一句完整的话都说不出口,更遑论反驳了。

"真实的情况是,"索德不给阿奇一丝辩解的机会,"在战场上我确实设了岗哨,并且把这个职责交给了阿奇。"

小个子阿奇拼命挣扎着大喊:"你撒谎!"

索德没有理睬他。"大家都知道,他不愿意参加战斗,对应召加入巡逻队履行部落职责一直抱怨不休。现在大家对此很清楚了吧?况且在战场上他就是个废物。"

有几个灾厄村民讪笑起来。阿奇怒视着他们,但谁会在意他生不生气呢?

"我以为至少他的耳朵能派上用场,"索德用极轻蔑的眼光俯视着阿奇,"但这点儿指望也落空了。"

索德对阿奇步步紧逼:"那个英雄出现的时候你在哪儿?必须明明白白回答我。我知道你无心恋战,要是你能为自己做主,肯定永远选择当逃兵。"

最后这句话倒说对了。阿奇一向痛恨战争,如果可以的话,他会尽其所能逃避加入巡逻队。现在,他终于明白索德为什么要强征他加入队伍。

"你知道这次行动肯定会失败,"阿奇怒不可遏地指责索德,"一旦遭遇惨败,你知道该怎么找替罪羊,所以把莫须有的罪名扣在我头上。"

"轮流加入巡逻队是每个灾厄村民的义务,也是每个灾厄村民的权利。"沃尔达说道。

阿奇的心忽地一沉。沃尔达在这个关键时刻为索德辩护，阿奇明白自己看不到希望了。如果无法揭发索德对巡逻队的所作所为，尤其是对他的恶行，从而说服沃尔达，他肯定会一败涂地。

"我不否认您是对的，可我最终参加了巡逻队，还带上了自己的剑。"

"那个东西也叫剑？"索德露出鄙视的冷笑。

"索德根本没有指派我在战斗中放哨。他才应该负全责，那是他职责范围内的事，都是他的错！"

说完，阿奇和索德周围的族人全都屏住呼吸，现场鸦雀无声，大家全都眼巴巴地等着沃尔达的裁决。

终于，沃尔达开口了："你们气急败坏地互相指责，让我非常震惊。灾厄村民必须团结一致，战场上也一样。尤其是在战场上，否则还没等敌人出现，自己就先垮了。"

沃尔达逼视着阿奇和索德。唤魔者索德无所畏惧地迎着她严峻的目光，但阿奇在她的怒视下越来越没有底气。

"还记得大家像一盘散沙各自为战的时候吗？怪物一个一个把我们干掉，随心所欲地消灭我们。只有当我们团结起来形成部落，才有机会跟敌人对抗。"

沃尔达伸出双臂，宽大的袍子像是能笼罩着每个族人。灾厄村民喃喃念叨着，以表达对她的拥护。所有族人都理解她的苦心，阿奇自然也很清楚。尽管生活在部落里他并不能顺心如意，但总比单枪匹马好多了。而且，一想到萦绕在脑子里噩梦般的战场，阿奇就不寒而栗。

"在遭遇如此可怕的战败后，你们两个在众多族人面前仍然吵个不停？你们互相指责，完全不顾巡逻队惨败甚至全军覆没？很显然你们不关心部落，只关心自己。"

不是这样的，阿奇扪心自问，他仿佛已经预见自己未来的命运，但无力阻止和改变它。他绞尽脑汁想说些什么——什么都行——好让眼前的一切戛然而止，以免沃尔达下决心对他宣布最严厉的判决，让他坠入悲惨的命运。

绝望中，阿奇把求助的目光投向索德。那个高大的唤魔者伸出手放在阿奇肩上，像是要安慰他。

然而，索德只是眉头紧锁地看着阿奇。"为什么不说清楚呢？"索德缓缓开口，语调很轻快，"告诉大家你是怎么害死队友的。"

阿奇惊得下巴都要掉了。刚才他心里还升起一丝希望，但一如往常，索德还是利用各种机会对他落井下石。

"别想逃避责任！"他一边大吼着，一边向索德冲过去，挥舞着拳头向受了伤的唤魔者的脑袋和肩膀猛击过去。

不料，阿奇的手刚触碰到索德，索德就一头栽倒在地上。他的力道并不重，但索德仰面朝天瘫在地上，像是被一个彪形大汉揍了一顿。

周围的族人吓呆了，四周一片寂静。阿奇看看索德，又看看自己的拳头，他几乎碰都没碰到对方。

他不可能把索德打倒，这位唤魔者如此这般只有一个原因。

"起来，骗子！"阿奇冲索德大吼着，"别装模作样，赶紧起来！"

索德抱着伤腿用后背在地上蹭着，艰难地从阿奇身边挪开。阿奇气得直跺脚，走上前一脚踢在索德的大腿上。

灾厄村民崇尚力量，在众人面前暴露软弱是致命的。如果索德假装受伤，那么阿奇可以趁机假装战胜他。

"快起来！"

索德痛苦地哀号，身体蜷缩成一团。就在这时，其他灾厄村民一拥而上，几个灾厄村民抓住阿奇的胳膊把他拖了回来，让他远离正在痛苦挣扎的索德。

"你在干什么？"沃尔达斥责阿奇，"战斗结束后恶狠狠地把袭击队长痛揍一顿？你疯了吗？"

"我已经忍无可忍了！"阿奇说，"他一直欺负我，现在还诬陷我！我再也不能忍受了！"

阿奇怒不可遏，沃尔达站在他的面前迫使他冷静下来。"你说完了吗？"她温和地问道，但声音威严且洪亮，即使现场人头攒动，每个人也都听得一清二楚，就连索德的呻吟声也未曾对她的声音有丝毫干扰。

阿奇低头瞪着索德，瞥见他脸上转瞬即逝的狞笑。除了阿奇，其他人都没有看到这一幕。

阿奇深吸一口气又缓缓呼出来，努力让心绪平静下来：

"我说完了。"

沃尔达朝他点点头。"非常感谢，"她说道，"做出这个决定对我来说很艰难，但你帮我下了决心。"

阿奇不明就里，不清楚沃尔达指的是什么。尽管如此，他还是闭上嘴听她继续说下去。

沃尔达指着阿奇和索德说："很显然，我不能再放任这种行为了。从某种程度上来说，我很自责，我早就应该出手阻止了。"

阿奇暗暗揣测。他认为自己会继续待在部落里，而索德会被赶出去，于是心中如释重负："我非常赞同您的意见。"

"一个对部落做出了巨大贡献，另一个是没用的懦夫，这让我一直处在两难之间。"

沃尔达话锋一转，阿奇突然觉得情况不妙："等等，您说什么？"

"但是，你今天的行为促使我做出明确的选择。"

阿奇举起一只手恳求沃尔达不要再说了："不是的，我没有背叛巡逻队，他在撒谎！"

阿奇的手指戳向索德，索德则翻了个身痛苦地呻吟着，假装陷入半昏迷状态。

"可能你没有撒谎，"沃尔达说道，"我无法证明或者反驳你，但你的态度说明了一切。你竟敢在族人面前攻击他？你差点儿把一个受重伤的灾厄村民踢死……"

"他本来就半死不活的！"阿奇大喊着，既绝望又愤怒。

27

"够了！"沃尔达说道。她的怒气终于爆发了，怒火像一把钻石剑刺向阿奇。"你既没用又懦弱，对部落造成了极大的危害。你必须离开，现在就离开！"

"这不公平！"阿奇大声抗议，虽然他明白他的抗议改变不了结果。

沃尔达指着部落外面的土地，以及盘踞在周围的黑森林对阿奇说："你被彻底驱逐了。滚吧，永远不要再回来！"

第三章

阿奇茫然地在部落外游荡，心烦意乱。他被自己的部落抛弃了，那里是他唯一的家。是的，他只有那个家。自小到大，从没有人真心喜欢他，阿奇一直深陷孤独的焦虑和恐惧中，那些看起来能容忍他的族人也只是碍于情面罢了。

现在他的焦虑都得到了印证。

部落在他和索德之间做出选择的时候，实际上已经把他丢给怪物，任他自生自灭去了。阿奇知道灾厄村民崇尚力量，因此他预料到自己的下场，但还是心存幻想，希望有个更好的结局。因为没有部落的庇护，他可能连一个星期都活不了。

阿奇不知该何去何从。僵尸会把他咬死吗？骷髅会把他射成刺猬吗？哟哟响的苦力怕会溜到背后把他炸得粉身碎骨吗？

夜幕降临，虽然他以前训练过夜晚被怪物围困时如何保

29

护自己，但事实上他几乎没有在漆黑的野外独自过夜的经历。如果夜晚遇到成群游荡、饥饿难耐的怪物，那时的训练内容应该是唯一能拯救自己的方法。

于是，阿奇找到一个洞，其实就是个土坑。然后，他跳进去用土把自己埋在里面。

阿奇知道自己在野外生存方面还是个生手。他应该在地下挖出大小合适的空间，再把自己封闭起来。不过，他已经尽了最大努力，把能找到的泥土都往身上铺。

阿奇在土坑里很快就喘不上气了——也可能是吓得喘不上气。那些有工具而且经过严格训练的人都会打造一个保护自身周全的栖身之所，但阿奇没有工具，即便有也不知道该怎么使用。

土坑很窄，几乎使人窒息，阿奇只好从土坑里爬出来傻站着。周遭漆黑一团。他知道世界很大，而他只是个渺小的灾厄村民，怪物会放过他吗？

他打量着周围的黑森林。他以前常来这里，但此刻他多希望能在这里找个庇护所。白天，森林茂密的枝叶能遮风挡雨，可在伸手不见五指的夜色中，森林看起来像是隐藏着各种不知名的恐怖怪物。不论阿奇从哪个角度凝望黑黢黢的森林，都会强烈地感觉到有什么要命的东西会马上从里面跳出来似的。

当他终于听到阴森的呻吟声时，知道自己遇到了大麻烦。

森林深处某个地方，一个僵尸蹒跚游走着寻找活物当大餐。阿奇知道自己就是怪物最可口的美味，于是他慢慢往远处挪，暗自祈祷那些家伙的耳朵已经腐烂，听不见他在黑暗中走动发出的沙沙声。

就在这时，阿奇听见另一个低沉的呻吟声从相反的方向发出来。他吓得差点儿灵魂出窍，慌慌张张地转过身盯着漆黑的夜色，想看看僵尸离他还有多远。

肯定是自己走动时弄出了太大的动静，阿奇这样想着。此刻，第一个僵尸的呻吟声越来越大，越来越近。

一刹那，他明白了，如果继续待在这里，他肯定会一命呜呼。唯一的希望是逃跑，跑得越快越好，不然僵尸会把他逼入绝境，号叫着连皮带骨把他吃得干干净净。

不幸的是，他无处可逃。阿奇想觍着脸回部落，但这是行不通的。族人不会怜悯他，沃尔达更是态度鲜明地驱逐他。然而，眼下阿奇宁愿被族人处死，也不愿被僵尸吃了。不过，这种想法并没有让他得到心理安慰。

坐以待毙显然不是明智之举。如果躺下装死肯定会被怪物痛揍一顿——运气够好的话，还能醒过来。唯一的办法就是保持清醒，提高警惕，立即逃命。对，就这么干。

黑暗中，阿奇轻手轻脚穿过森林，远离在附近游荡的两个僵尸。他不擅长潜行，但他知道只要自己的动静比僵尸的呻吟声小，他就能逃过一劫。

对付苦力怕也一样。它们在爆炸前通常发出哧哧的响声，只要听觉够敏锐，一旦发觉它们离得太近，就能随时逃之夭夭。

骷髅没有肺用来呼吸，所以不会朝他号叫。幸好它们在行走时白骨会嘎嘎作响，黑暗中很容易暴露目标。这样，阿奇就能睁大眼睛，时刻警惕着骷髅有没有用弓箭瞄准自己。

正因为时刻警惕，他发现了远处闪烁的火把。多亏他一直留意怪物的动静，不然可能就错过这点点亮光了。对阿奇来说，夜色中一道微弱的光晕，这会儿也像指路灯塔发出的耀眼光束一般，让他重新燃起希望。

阿奇小心翼翼地朝亮光走去。他担心这是诱骗疲倦旅行者的陷阱，一旦有人靠近，四周的埋伏者就会马上发起攻击。即使不是陷阱，他认为举着火把的人也不希望三更半夜看见迷路的灾厄村民孤身一人到处溜达。

当然，除非那些人是另一个部落的灾厄村民。其他部落偶尔会闯入他们的地盘——通常是因为不小心，有时则是图谋不轨。如果真是另一个部落的灾厄村民——虽然可能性不大——阿奇倒可以试着哀求他们收留自己。他们不了解阿奇不堪的过往，说不定阿奇能就此展开一段崭新的人生。

这是个机会，但这种冒险生死未卜。假如偶然遇到一个可栖身的部落，阿奇肯定选择到那里去。现在他有两条路：要么接近火把一探究竟，要么在黑暗中跟怪物比比运气。

他选择了火把。

阿奇向火把的方向靠近，发现火把不止一支。先是一支，然后又出现许多支，这些火把全都歪向一侧，紧接着冒出一支又一支。很快，阿奇眼前出现了满满一排火把，他这才明白自己遇到的不是某个部落。

原来是个村庄。

阿奇的心在胸腔里紧缩成一团，他既想冲上前去，又想抽身逃走。

村民是灾厄村民常常欺负和打劫的对象。晚上，村民一般都躲在相对安全的房子里；白天，他们到处溜达，打理花园，喂养奶牛、猪和绵羊这些家畜。

令人欣慰的是，村民被抢后不会紧追不舍地报复对方。也许他们有更重要的事情要做，也许他们本性就不爱战斗，反正灾厄村民抢劫他们，他们都不会奋力抵抗。

阿奇只跟村民接触过一回，那是沃尔达命令他参加一次突袭行动。所以，在阿奇眼中村民不是什么活物，只是他的袭击目标——当然他们更不是他的救世主。

阿奇并不需要救世主，他需要的是一个不会赶走他，还能在村庄里收留他的人。阿奇疲惫不堪，精神高度紧张，哪怕村民能让他睡在一支点亮的火把旁，他也会感恩戴德——只要火把能驱散怪物，只赶走几个也行。

他蹑手蹑脚靠近村庄，四处张望，看看有没有碰巧也在闲逛的村民。可三更半夜，村民都躲在家里。阿奇也不好抱怨谁。而且，他也不想惊扰村民，免得自己还没来得及解释，他们就拉响了警报。

就在这时，他看见一个铁傀儡在村庄外的一排火把旁徘徊。铁傀儡的身高大概是阿奇的三倍，宽度几乎也是阿奇的三倍。它由生铁制成，被赋予某种神秘魔法，变成了"铁人"模样。

跟索德这样的唤魔者一起长大——而且沃尔达也精于此道——阿奇知道魔法的存在，也知道魔法能变出各种匪夷所思的东西，但他还参不透其中的原理。几年前，沃尔达考验过他的魔法天资，但他愚钝不堪，令人大失所望。因此，阿奇不知道一个"铁人"是如何巡逻保卫村庄的，现在他亲眼见到这一幕，只好见机行事。

他该不该大摇大摆地走进村庄？似乎这样做最诚实、最直接——但也可能会被一双铁拳砸成肉饼。

于是，阿奇藏身在村庄外，一直盯着铁傀儡，直到它消失在一座房子的拐角处。铁傀儡刚转过房子拐角，阿奇马上朝村庄方向小跑过去，并且暗地祈祷铁傀儡不要突然转身发现他。跑到离村口最近的一座房子前面时，他停下脚步，伸长脖子侧耳倾听是否有铁傀儡沉重的脚步声。

什么动静都没有，阿奇只听见自己急促的呼吸声。成功溜进村庄让他的胆子越来越大。他必须在铁傀儡巡逻一圈回到这里之前展开行动。如果被发现，肯定要挨打，那样就糟了。

他深深吸了一口气，举起拳头重重地叩着面前这扇门。房子里黑乎乎的，但有人走动的声音。那人举着火把走来，过了一会儿，窗户上出现一张警觉的脸，注视着门前的阿奇。

是一个脸庞洁净、皮肤枯黄的女村民——从外表看，她是村民，不是灾厄村民。她看到阿奇，眼睛因吃惊瞪得老大，还不由得倒抽了一口气。

为了阻止女村民尖叫，阿奇赶紧咧开嘴努力露出没有恶意的笑容，同时对她率直地挥了挥手。"很抱歉，打扰你了，"他说道，"我被困在外面了。"

"你不是这里的村民，"女村民露出困惑的表情，倒不全是美梦被打搅的懊恼，"你肯定迷路了。"

阿奇做好了发生任何意外的准备。然而，这个女村民看到他却没有因恐惧而厉声尖叫，还是让阿奇挺开心的。阿奇真希望女村民别回过神来改变主意，那样就麻烦了。

"是的，我迷路了，"阿奇说，"我不知道这是什么地方。"

女村民眯起眼睛看着他，好像弄不清自己是不是还没睡醒。"我们这里是鱿鱼海岸的一个村庄。你从哪儿来？"

阿奇不知道该怎么解释，只好耸耸肩说："我被自己的部落赶出来了，现在走投无路。"

"可怜的小东西，等一下。"女村民犹豫了一下，打开自家的门。然后，她擦过阿奇身边，猛地冲向村庄小广场中央的警铃。阿奇惊恐地喘着粗气，女村民马上就要拉响警铃了。

阿奇发出一阵凄厉的呜咽声。女村民愤怒地咆哮起来："你以为我蠢吗？"

第四章

"来人哪！"女村民声嘶力竭地呼喊着，手拽动警铃的绳子，一时间铃声大作，"快来人哪！"

就在刚才，阿奇还抱着一丝希望能跟女村民好好谈谈，让她明白他的处境，现在却只能转身狂奔，好像身后有一群苦力怕撵着他似的。可他刚要拔腿，铁傀儡就出现在黑暗中，截断了他的去路。

铁傀儡伸手去抓阿奇，阿奇发出一声撕心裂肺的惊叫声。就在这个庞然大物快要踩死小个子阿奇的瞬间，女村民示意它放过阿奇，然后怒气冲冲地走上前去。

"你的同伙呢？"她责问阿奇，"你们在搞什么阴谋？"

"没有阴谋！"阿奇高举双手表明自己并无恶意，希望女村民冷静下来，"只有我一个人！"

"撒谎！你们灾厄村民来这里就是为了烧杀劫掠！"

女村民没让铁傀儡把自己踩扁，阿奇打心底感激她。他很清楚，如果有村民出现在灾厄村民部落里，他的族人可没有这样的耐心。

这时，女村民猛地把头扭过去，想要再次大声呼救。阿奇本不想逃跑——他还要为自己辩解——但他明白这也许是最后的逃命机会。可是，自我保护的本能让他一动不敢动，等他回过神，才极力挣扎着想摆脱女村民和铁傀儡。

来不及了，没等阿奇迈开步子，铁傀儡就牢牢地抓住了他。阿奇想挣脱这个铁家伙的魔掌，但铁傀儡力道惊人，死死钳住他，让他动弹不得。

"你还想往哪儿跑？"女村民劈头盖脸地又朝他怒吼。

"别杀我！"阿奇哀号着，吓得浑身直哆嗦，"我只是……我不想死！"

"你就不该到这儿来，你这个浑蛋灾厄村民。"阿奇的右边传来一个低沉的声音。

阿奇扭过头，看到说话的是一个男村民。他直挺挺地站在那儿，头戴宽檐帽，手里挥舞着一把锄头，衣服上满是汗水和污渍。阿奇一看到他，吓得大叫起来。

"萨拉，把手里的锄头放下！"女村民对那个男村民说，"我能对付他。"

"尤米，这可不像你的做派。"男村民没有放下锄头，反而握得更紧了，还在阿奇面前比画着，"这个家伙不足挂齿。

你退后，让铁傀儡对付他就行了！"

"他跟其他的灾厄村民有些不同，他看起来要聪明得多。"名叫尤米的女村民弯下腰在阿奇耳边发出咝咝声，接着又说，"但如果他真的聪明就不会四处溜达，铁傀儡也不会发现他。"

阿奇僵立着纹丝不动。

又有几个村民出现在萨拉身后，表情掺杂着惊恐与愤怒。三更半夜被吵醒让他们心烦意乱，他们准备把闯进村庄的不速之客赶出去。

阿奇慢慢扭过头，朝身后看了一眼，尽力使对方相信自己不会逃跑——或者他本就不想逃跑。此时，铁傀儡那双不会眨巴的眼睛正居高临下地瞪着他，阿奇知道自己惹了大麻烦。

阿奇吓得瘫倒在地上。"对不起，"他小心翼翼地对尤米说，"我不是故意惹麻烦的。"

女村民跪下来，以便看清阿奇的脸。她身材不算高大，可阿奇更瘦小。

"离那个小东西远点儿，尤米。"萨拉恶声恶气地说，他仍然很恼火，"让铁傀儡对付他就行了。"

阿奇壮着胆子伸手抓住尤米的胳膊："求求你了，"他抽噎地说，声音微小得几乎听不见，"别让那个铁家伙伤害我。"

女村民注视着他，脸上愤怒的表情渐渐消散了。"你对任何人都没有威胁，是吗？"她问阿奇。

阿奇悲伤地轻轻摇了摇头。他闭上眼睛，用意志力强撑着，等待最后的命运。

他觉得现在也许就是最好的结局。他被部落赶出去无家可归，一旦被怪物抓住，下场只会更惨。

尤米站起来，撇下阿奇孤零零地倒在地上。虽然阿奇不想哭泣，但还是忍不住默默地抽泣。他的眼泪夺眶而出，顺着脸颊流下来，啪嗒啪嗒落在身下的泥土中。

"尤米！"萨拉吼道，"把他赶走！"

"萨拉，闭嘴，"尤米反驳他，"这个小家伙今天在这里可没干什么坏事。"

阿奇眨了眨眼睛，惊奇地发现自己并没有受伤。但是，他不知道自己还能挺多久，他已经不抱任何希望了。

"他把整个村庄都吵醒了！"萨拉气急败坏地说，表情很是沮丧，"他会烧了整个村庄！"

尤米对萨拉的话嗤之以鼻："你看见他拿着火把吗？"

萨拉一时说不出话来。他低头看了看阿奇，又看了看从尤米家到铁傀儡抓住阿奇的这段小路，然后指着尤米门外燃烧的火把说："那不是火把吗？"

"不要无事生非，"尤米回应道，"那是我家的火把。"

萨拉皱起眉头："他能用那支火把烧了你家！"

这下，尤米索性放声大笑起来。"用火把烧了我家？"她指着地上的阿奇，"看看这个小家伙，你觉得这样做对他有什么好处？他一看见我就吓得抱头鼠窜！"

"他是灾厄村民！"萨拉说道，"灾厄村民就像家里的耗子。有了一只，就会钻出来好多只！"

尤米张开双臂，目光凝视着沉沉夜色。"他们一定隐藏得很好，一点儿蛛丝马迹都没有。也可能离这儿还有好几里路，他们真够聪明的。"

萨拉收回锄头，把锄头一端杵在草地上："好吧，我们要怎么处置他？不能就这样把他给放了。"

尤米抿起嘴问萨拉："为什么不放了他？"

萨拉指了指暗处，想象着那里有一大群灾厄村民暴徒正伺机进攻和摧毁整个村庄。"因为他会带着同伙一起回来劫掠我们！"萨拉回答道。

"你以为灾厄村民不知道咱们住在哪儿吗？"尤米翻了个大大的白眼反问萨拉，阿奇以为她要昏过去了。

"你知道他们都是暴徒！他们常常跑来抢劫我们这个小村庄！"

"也就是说，灾厄村民知道村庄的位置，对吧？"

"他们会故技重演的！"

"自从英雄们在附近定期巡视，灾厄村民几乎销声匿迹，连个人影儿都见不着了。"尤米自信地说道。

萨拉发出一声夸张的叹息，他问尤米："这段日子你在村庄附近见过英雄吗？"

尤米紧盯着他，摇了摇头："一个都没见过。"

萨拉的脸涨得通红："既然这样，尤米——"

"萨拉，别跟我说'既然这样，尤米'。你只负责村庄的事，可管不着我。"

萨拉张开嘴要反驳，想说什么"你也是村庄的一员"之类的话，可话到嘴边又犹豫了，干脆把嘴巴紧紧闭上。

　　尤米对萨拉的态度很满意，起码她的耳根清净了。她低头看了看阿奇，问他："你会伤害这里的村民吗？"

　　阿奇用力地摇着头。

　　"你会带你的族人来侵略我们吗？"

　　阿奇的头摇得像拨浪鼓。

　　"如果我让你站起来，你打算以后怎么办？"

　　阿奇的脑子一片空白，不知道怎么回答这个问题。他一直以为活不过今晚，所以没考虑那么长远。

　　"我——我不知道。"他的声音小得像蚊子哼哼，尤米勉强能听清他在说什么。

　　她伸出一只手扶着阿奇让他站起来："来，我们计划一下。"

　　阿奇一直盯着她的手，过了好一会儿才伸出自己的手搭在上面。尤米一下就把阿奇拉了起来，阿奇站在那里瑟瑟发抖。

　　这时，他发现一群村民已经聚集在四周，还有几个铁傀儡。尤米做了个手势，揪着阿奇领子的铁傀儡立刻松开手。阿奇苦思冥想才明白个中缘由。

　　大家自动退后让出一条通道。也就是说，只要阿奇愿意，马上就能脚底抹油转身逃跑，融入浓浓夜色中再也不见踪影。

　　如此一来，对在场的每个村民来说这件事就算结束了。阿奇消失在黑暗中，打哪儿来，回哪儿去，村民们也能回到温暖又安全的床上睡觉。一早醒来，他仅仅是个回忆，是村民茶余饭后的故事罢了，村民很快就会把他忘得一干二净。

阿奇盯着漆黑的夜色浑身哆嗦。他转过身看着村民，每个村民也都望着他，等待着。村民中有的对他憎恨，有的则非常好奇，不知道他下一步有什么行动。

尤米脸上带着一丝冷嘲式的微笑。她向阿奇伸出一只手，手放得很低，但手掌张开，掌心朝上。

阿奇握住这只手。"我无家可归，"他说道，"能让我留下来吗？"

"你做梦！"萨拉声色俱厉地怒吼着，想吓退阿奇，"我坚决不允许！"

尤米把阿奇拉到身边，两只胳膊环抱住他的肩膀，然后转身面对萨拉和其他村民。"我欢迎这个小家伙来我家。他可以住在我空出来的房间里。"

萨拉想要抗议，但尤米狠狠瞪了他一眼，让他免开尊口，然后自顾自地领着阿奇往家走。走到家门口，她扳过小个子阿奇的身子，让他面对所有村民。

有些村民，包括萨拉，霎时间目瞪口呆，大家陷入一片沉默中。有些村民因尤米在大庭广众之下给萨拉难堪而不断窃笑。两个孩子不知道刚才发生了什么，从床上爬起来透过窗户呆呆地看着阿奇，又好奇又开心。可能他们以前从没见过灾厄村民，现在却跟这个陌生的家伙近在咫尺，而且他们对这个灾厄村民奇特的样貌大为惊奇。

"我知道有的村民对我的做法很不满意，"尤米说，"不过，那是你们的看法，跟我没关系。"

"现在都听我说……"这时，萨拉开口了。

可尤米不假思索地打断了他的话，根本不想听他说话。"这个小家伙——"她低头看着阿奇问道，"你叫什么名字？"

突然被尤米点名，阿奇吃了一惊。他清了清嗓子回答道："阿奇。"

尤米重复了一遍："阿奇。"

她似乎对舌尖的发音比较满意，于是妥着说下去："阿奇是我的客人。因此，我希望你们对待他就像对待萨拉的表兄弟那样彬彬有礼。"

几个村民发出一阵调侃般的大笑。很显然，萨拉的亲戚在村庄里声名狼藉。

她回头望着阿奇，然后轻轻晃了晃他的肩膀。"就像萨拉的表兄弟一样，我希望你也能守规矩。也就是说，在这里必须尊重别人和别人的财产。你能做到吗？"

阿奇万万没想到尤米对自己这么好——他以为自己会被痛打一顿，至少也会被赶出村庄——所以不论尤米提出什么条件，他都迫不及待地答应下来："当然，我保证做到！"

尤米赞许地点点头，回身对围得里三层、外三层的村民说："如果他不遵守诺言，我们可以像收拾萨拉的表兄弟那样收拾他。这样很公平吧？"

村民中腾起一阵嗡嗡声，大家咕哝着勉强表示同意。萨拉很尴尬，脸红到了脖子根。尤米严厉地瞪着他，萨拉摇了摇头："肯定会出大乱子的，迟早的事，到时候这些账都算在你头上。"他又继续说，"这个小家伙会引发一场大灾难，早晚有这一天，走着瞧。"

"别听他的，"尤米撇着嘴在阿奇耳边悄悄说，"他干什么都不行。"

尤米提高声音再次对聚集的村民说道："既然事情都解决了，我提议大家可以回家睡一觉。我也想休息了。"

说完，她转身护送阿奇进家门。刚一进门，她就背靠着门瘫坐在地板上。这使她正好低于阿奇的视线。

尤米用手揉着自己的脸，好一阵子才想起阿奇。"你这个小家伙运气太好啦。"她说道。

"谢谢你，"阿奇对尤米满怀感激，"我真的无家可归，如果你们把我赶回森林里……"

"可能天还没亮你的小命就没啦，"她接着他的话茬说道，"当然，那是萨拉和半个村庄的村民巴不得看到的结果。"

阿奇点了点头，他无法责怪任何一个村民。灾厄村民会时不时来村庄大肆抢劫，虽然只是在村民疏忽大意、没保护好家园时才有点儿收获，但他知道灾厄村民的这种行径有多招人恨。

"我也不喜欢我的族人。"阿奇说。

尤米惊讶地盯着他看了又看："你到底做了什么被部落赶了出来？"

阿奇无精打采地委顿下去，他想忘记之前的痛苦，不愿想起被族人抛弃在危机四伏的荒野中的经历。

　　"别担心，"尤米一骨碌爬起来安慰他，"以后有时间再跟我讲讲你的故事。"

第五章

　　尽管村民起初对阿奇怀着满满的戒心，但阿奇还是用最短的时间适应了这里的生活。来到村庄的第二天早晨，尤米让他安安稳稳地坐着，听他把部落驱逐他的过程原原本本讲了一遍。然后，尤米带着阿奇逐一拜访各家，介绍村庄里的村民给他认识。

　　在亮晃晃的太阳下，阿奇看起来瘦小羸弱，对村民没有任何威胁。尤米找到一套旧衣服让他换上。她说虽然款式简单，但阿奇穿上它就会像个村民。在阿奇看来，即便衣服破旧，他穿上它也比之前在部落衣衫褴褛的时候体面多了。

　　阿奇遇到的大多数村民看起来友善又快乐，即便是昨晚还对他怒目而视的村民也是如此。还有几个村民诚恳地欢迎他来到村庄。

唯一的例外是萨拉。他完全不理会阿奇，他对尤米咆哮的时候，素来对灾厄村民的恐惧仿佛不存在了。"你把他打扮得像个洋娃娃也没用，他就是个祸害，"萨拉怒气冲冲地说，"这家伙和我们根本不是一条心，他在这里的每分每秒都会让整个村庄置于危险之中。"

　　尤米对萨拉的话嗤之以鼻，指着阿奇对萨拉说："看看他的样子，你认为他能威胁到你吗？"

　　萨拉锐利的目光对阿奇不屑一顾。"他不是村民，而是灾厄村民。只有村民才名正言顺地属于这个村庄。"

　　说到这儿，萨拉当着尤米的面砰地关上了自家的大门。尤米眯着眼睛盯着萨拉家的大门，好像在考虑要不要一脚踹在大门上。然而，她只是转过身带着阿奇走开了。

　　"别担心，"在回家的路上，尤米对阿奇说，"他早晚会想明白的。"

　　"要是他一直不开窍怎么办？"阿奇非常担心这个男村民会利用某种特权除掉自己。

　　"他是杞人忧天，可你不必须恼。我们管不了别人，只能由他去。"

　　接下来的几个星期，阿奇拼命让自己变成一个有用的人。因为不愿意独自待在家，所以不论尤米去那儿他都跟着，不论尤米要求他做什么他都服从。尤米经常和声细语地对阿奇说，他必须能养活自己。为此，阿奇打算使出浑身解数讨得尤米的欢心。

阿奇未必总能圆满完成交给他的任务，但一直全力以赴。他每天都胆战心惊，担心不知道什么时候尤米对他的怜爱就消失了，所以他下决心不给村民留下把柄把他踢出村庄，至少不能让别人找到把他踢出村庄的借口。

一切看起来都很顺利。阿奇这辈子从没觉得自己这么有价值，他非常感激。尽管还没取得大家的完全信任，但阿奇心里很清楚，村民对他的态度可比他的族人好多了。

在部落里，灾厄村民狡诈、邪恶、崇尚武力，而村民却重视和谐与团队协作。在族人眼中，阿奇卑微如蝼蚁，毫无地位可言，但村民似乎更愿意接纳他——只要他能证明自己配得上这份尊重，为此他更加努力。

阿奇跟村民熟络起来，慢慢了解了他们的名字，他们从事的行当，他们关心的问题，还有他们的爱好。这些村民包括徐（面包师）、温迪（农民）、法鲁克（裁缝）、钱德拉（铁匠）、祖里（牧羊人）、纳努克（牧牛工）、利亚姆（厨师），还有许多从事各种行业的村民。

起初，有些村民不愿意与阿奇打交道，但他锲而不舍地去给别人打下手，最后他们只好由着阿奇，也可能只是为了让他别再唠叨个不停。在大家相处的过程中，村民偶尔会停下手里的工作跟他聊天，回答他提出的种种问题，跟他讲这片土地和这里的村民。

刚到村庄的时候，阿奇没奢望能交上朋友。灾厄村民的身份让他只能活在最底层，因此阿奇一心让自己做个对村民有用的人，免得村民加害他或者驱逐他。以前在灾厄村民部落里，所有族人都认为他是个废物，连阿奇自己也这么认为。这使得他畏畏缩缩，非常不合群。然而，在村庄没有谁会这么看待他。

首先，阿奇的样貌特别引人注目。即使穿着村民的衣服，他的长相也跟村民迥然不同，因为独特的灰色皮肤显示了他的真实身份。

其次，村民因为过去的经验对灾厄村民并不信任，所以不论阿奇走到哪里，总有一双双眼睛盯着他。阿奇根本无法把自己隐藏起来。

最后，也许是最重要的一点。阿奇发现自己居然挺喜欢这种关注的目光。作为外来者，他在村庄显得很怪异，当然这跟之前在灾厄村民部落的怪异不同。一旦村民不再对他抱有戒心，就会对他表现出十足的好奇心。村民想了解灾厄村民的习俗，想知道他是怎么适应那里的生活，等等。

例如萨拉，他总是缠着阿奇询问有关灾厄村民日常生活的各种琐碎问题。刚开始，他的目的是想从阿奇的经历中分析各种细枝末节，找出阿奇是奸细的佐证。不过，聊天的时候尤米总是陪伴阿奇左右，确保他能畅所欲言，后来萨拉提出的刺探性问题越来越少，问题却变得越来越有哲理性。除了想知道灾厄村民什么时候会袭击村庄，还想知道他们袭击村庄的原因。

我的世界：地下城 奇厄教主的崛起

在村民逐渐了解灾厄村民的生活方式后都非常同情阿奇，这是阿奇最初的感受。过了很久他才明白，这种同情跟他的族人表现出来的同情完全是两码事：他的族人趾高气扬、尖酸刻薄，令人极度反感；而村民对他是真正的同情以及基于同情的理解。

当村民开始真正把阿奇当作有价值的个体来关怀时，在阿奇眼里，他们不仅是允许他讨得立锥之地和悉心庇护自己的好心人，有朝一日还会成为关心他、信任他的兄弟姐妹。

每天晚上，尤米把阿奇带回家，都会给他做顿热乎乎的可口晚餐，让他睡在温暖舒适的房间里。尤米把这个称为"好客"，这可是阿奇在灾厄村民部落从没有过的待遇。在部落里，大家都霸着自己的东西不让别人染指——也就是说，那时候阿奇什么都捞不着，族人即使有富余，也宁愿囤积起来不会分给他。而尤米总是大大方方地把她的东西拿出来跟阿奇分享，不求任何回报，这让阿奇感到惴惴不安。

阿奇适应了这里的生活，并心安理得地接受了尤米的善意。他已经把这里当成了自己的家。

闲暇之余，阿奇和尤米畅聊各自不同的人生经历和对这个世界的看法。时间一天天过去，他们向对方敞开心扉，视彼此为亲人。阿奇明白，他再也无须讨好村民来证明人生价值。从此，他开始真正关心这个地方和这里的村民，尤其关心保护他、照顾他的尤米。

阿奇发现，尤米的爱好是看守那几个保卫村庄的铁傀儡。

村民与人为善、爱好和平，因此他们总是把双手笼在袖子里，表明坚决不觊觎不属于自己的财产。但世界可不像他们那般美好，所以村民迫切需要保护自己的安全，这就是铁傀儡存在的意义。

阿奇不想接近铁傀儡，生怕这些铁家伙把他当成坏人攻击他。但他借住在尤米家，无法完全避开铁傀儡的视线。好在尤米很快就把他介绍给这些村庄的保护者，让他知道他的担心是多余的。阿奇发现铁傀儡并不好斗，除非有人袭击村民才会出手反击。因此，铁傀儡多数时间不用摩拳擦掌准备战斗，只是在村庄里到处巡视，密切留意各种动静和外来者。有时，它们会呆若木鸡地站在原地，死盯着什么东西，看起来就像金属雕像。

一天下午，尤米最喜欢的那个铁傀儡——它经常在尤米家附近转来转去——径直走向阿奇，这让小个子阿奇吓了一大跳。出于本能，他拔腿就跑，想找个地方躲起来。可正当他要偷偷溜进房子里时，尤米一把抓住了他。

"别怕羞，"尤米边说边哈哈大笑，"它要送你礼物呢。"

"什么？"阿奇又惊又怕，难道铁家伙要对付自己吗？阿奇只好壮起胆子，强打精神等待未知的命运。

尤米微微一笑，然后说道："把手伸出来。"

虽然半信半疑，但阿奇还是决定信赖尤米。她从没有伤害过他，照她说的做准没错。这时，铁傀儡张开紧攥的拳头，里面露出一枝美丽的花，是送给阿奇的。

"快点儿，"尤米热情洋溢地笑着说，"拿着吧。"

阿奇伸出手，小心翼翼地从铁傀儡掌心里取走那枝花。铁傀儡似乎心满意足，转过身继续巡逻去了。阿奇看着这份美不胜收的礼物，心里禁不住啧啧称奇。

据阿奇了解，这个村庄是由本地村民，或者比他们先期来到这个地方的村民一砖一瓦建起来的。他们辛勤劳作、耕种收获，他们勘查开矿，在井下挖出宝藏，用得到的原料胼手胝足，燕子衔泥般在鱿鱼海岸开辟家园。起初，村民各自的住所相距甚远，他们只是在这块土地上规划出自己的地盘，但怪物和灾厄村民的不断骚扰对他们造成极大威胁，迫使他们团结起来守护家园的安全。

"我很抱歉。"一天晚上，阿奇对尤米说，"我是说，我为灾厄村民抢劫你们感到抱歉。"

尤米鼻子里哼了一声，问道："你参与过抢劫吗？"

阿奇惭愧地垂下眼帘："只参与过一次，虽然我是被迫的，可参与就是参与了，我不否认。"

"那你伤害过什么人吗？"

阿奇犹豫起来，不知道该如何回答。他们正在享用一顿宁静祥和的晚餐，他不想破坏气氛。"倒不是没机会，"最终他回答道，"幸运的是我能力不足。"

"很好，"尤米笑容可掬地说，"你应该积极反省曾经的错误。"

阿奇赞同地点点头："我会努力让自己成为一个更加正派

的人。"

"一定要坚持下去，"尤米边说边收拾杯盘碗碟，"你一定会做到的。"

时间如白驹过隙，阿奇不再感觉自己是村庄的外来者。跟以前相比，这里更像他的家，他为此感到稍许安心，以至于半夜醒来看到玻璃窗上爬来爬去的小虫子，再也不会失声大叫了。

可是，有一些说不清道不明的东西让他无法真正放宽心。非要说出来的话，阿奇可能会把矛头指向萨拉。萨拉对待他的态度非常粗鲁——当然也不是任何时候都这样。

然而，在他实现成为村民，哪怕是荣誉村民这个梦想的过程中，萨拉还算不上真正的障碍。

阿奇心里的阴影来自那个英雄。

对，就是英雄。

那天英雄们突然出现的时候，阿奇正在村庄中心花园里辛勤劳作。早上，他帮着村民喂养奶牛和猪，又花了一整个下午给村庄里的绵羊剪羊毛。他一边干活，一边憧憬着跟尤米吃一顿快乐的晚餐。这时，他听见村庄那头传来一阵喧哗声。

英雄们到达村庄时太阳已经西斜。跟性子随和安静的村民不同，这些英雄吵吵嚷嚷个不停，彼此之间的说话声响彻村庄，好像警铃似的向每个村民宣告他们的到来。

英雄们说着某种奇怪的语言，阿奇完全听不懂。他只在那个消灭整支巡逻队的英雄那里听到过这种语言，他只能凭语气猜测英雄在说什么。英雄们说话时经常用惊叹和炫耀的语调，像是在咒骂那些为数不多能打伤他们的人。

可在英雄们看来，他们之间的交谈，语气轻松，气氛融洽。这些英雄即使不是朋友，至少也是泛泛之交。然而，对阿奇也好，对其他村民也好，英雄们说的话他们还是一个字都听不懂。

喧哗声越来越近。这时，尤米出现在阿奇身边，一只手轻轻搭在他的肩膀上。"咱们得赶快回家了。"尤米说，语气里有掩饰不住的焦虑。

阿奇本想告诉她，他不怕那些英雄，可不得不承认心里还是有点儿胆怯，于是他朝尤米点点头，跟着她从花园向家走去。

"你能听懂他们的话吗？"尤米问道。他们大踏步向前走着，速度非常快，希望匆匆的步履不会引起英雄们的注意。

阿奇摇了摇头："我还以为你能听懂呢。"

尤米也摇摇头，然后回头向身后望了一眼。使用陌生语言的交谈声越来越近，越来越嘈杂，而且直冲他俩而来。"英雄都不是附近的居民，跟我们语言不通，我们只是用简单的词汇和手势跟他们交流。英雄们觉得没必要学我们的语言，也没必要教我们说他们的话，所以大家从没有正式交谈过，一直都是这样。"尤米告诉阿奇。

阿奇顺着尤米的目光向她身后望去，假装不经意地看看英雄们有没有跟过来。他们只顾向后看，完全没注意萨拉挡在他俩面前，结果一不小心跟萨拉撞个满怀。

"嘿！"尤米生气地呵斥萨拉。她急忙闪到萨拉身边走了过去，但阿奇被撞了个四脚朝天。尤米忙不迭地跑回去责问萨拉："你想干什么？"

"你们慌里慌张地要去哪儿啊？"萨拉装作一无所知的样子问道。

他又指着惊慌失措的阿奇说："村庄来了新客人，咱们的老客人肯定想去会会他们吧！"

尤米一把推开萨拉，把阿奇扶了起来："你管得着吗？"

萨拉夸张地耸了耸肩："你不觉得两批客人有很多相同之处吗？最起码大家都不希望他们长期逗留在村庄里。"

"为什么呢？"尤米嘲讽地翘起下巴，挑衅地问道。

萨拉伸出一根手指，向下指着地面说："因为这里不是他们的地盘。"

"你到底想说什么？"尤米拉着阿奇的手，领着他绕开萨拉。

萨拉紧跟着尤米，从旁边加快速度一下子挡住他们，并故意大声嚷嚷，算作对尤米的回答："我的话你听好了，有的村民把灾厄村民带进村庄，这种行为就是每个守法村民的心腹大患。"

尤米发出嘘声吓唬萨拉，恨不得当场痛揍他一顿："走开，别挡路！"

我的世界：地下城 奇厄教主的崛起

"这也太奇怪了，不是吗？"萨拉的声音越来越大，几乎是嘶吼了，"听着，村民就应该住在村庄里，对吧？可灾厄村民呢？为什么不住在灾厄村民部落里，为什么？"

起初，阿奇绞尽脑汁也不知道萨拉到底想干什么，可当他听到背后那些英雄七嘴八舌扯着嗓门聊天的声音时，瞬间明白了。

他恍恍惚惚地回过头，祈祷着千万别看见那个命中注定的冤家。

英雄们在他身后踱着步子走了过来，现在他们直勾勾地盯着他。

一共有五个英雄。阿奇以为这就是自己的灭顶之灾。

他这辈子从没见过这么多英雄一下子都出现在眼前。别说五个，就是其中任何一个英雄都能轻松地把巡逻队杀个片甲不留。这就是灾厄村民总是对英雄敬而远之的原因。

但是，现在足足有五个英雄聚在一起。阿奇感觉晕乎乎的，不知道脚底下是什么力量支撑着他没有倒下。

支撑他的力量不是来自灾厄村民部落，当然也不是整个村庄的村民，更不是尤米和他自己。

英雄们用好奇的目光居高临下紧盯着阿奇，好像从没见过这样的家伙。阿奇心想，还好他们没有袭击他。可就在这时，意外出现了。

阿奇身后某个地方，萨拉在放声狂笑。阿奇本想转身给这个无耻的家伙来个扫堂腿，但视线一刻也不敢离开英雄，生怕一不小心一把锋利的剑会突然插进他的后背。

英雄的样子跟村民截然不同。他们身强力壮，身手敏捷，更重要的是……锋芒毕露。

他们都穿着盔甲，但每套盔甲的材质都不同，颜色也大相径庭。每个英雄都拿着一把锋利的剑，随时准备利剑出鞘。有的英雄还手持盾牌，其他的则挎着硬弓，身上挂满箭袋。英雄们全都低头凝视阿奇，好像面对一个未解之谜。

"就是他！"萨拉指着阿奇大喊道。刚才萨拉故意绕一大圈来到阿奇身后，使得尤米无法拦住自己。"这就是你们要找的家伙！"

"胡说！"尤米朝萨拉怒吼着，"他们不可能在找他！"

阿奇像胸口拉风箱似的喘着粗气，眼睛瞪着萨拉。难道是村民跟英雄告密，说他在这里吗？他该怎样跟英雄说上话呢？英雄会听他的吗？

他的下场会怎样？他们会把他赶出村庄，还是干脆就地了结他的性命呢？种种恐怖的可能性在阿奇脑子里飞速闪过，他真想昏过去，这样至少不用再被这些念头折磨。他要么苏醒过来，要么醒不过来——可一切全不由自己做主。

尤米伸出手搭在阿奇的肩膀上把他扶稳。"放心吧，"她告诉阿奇，"我不会让他们伤害你。"

阿奇真希望她说的都成为现实，但心里明白这是不可能的。

一个英雄走上前，目光满含好奇，眯着眼睛低头注视着阿奇。他好像很困惑，阿奇的出现像是一个需要他们解决的意外之谜。

　　阿奇想扭过脸去，但是英雄伸出手捏住阿奇的下巴，强制阿奇看着他的眼睛。刹那间，阿奇认出了这个英雄。

　　他就是让巡逻队几乎全军覆没的家伙。

第六章

　　阿奇的膝盖蓦地软下来，两条腿瘫软地缠绕在一起，迈不动步子。英雄松开捏着阿奇下巴的手，看着阿奇像抽掉骨头似的瘫倒在地上。

　　阿奇拼命想让双腿恢复正常，能让自己站直，然后两只脚轮番运动，速度越来越快，带着他越跑越远。可是两条腿就像软橡胶一样，不论他怎么努力就是迈不开。他的腿在身子底下哆嗦着，他全身都在哆嗦，巨大的恐惧压得他喘不过气来。

　　尤米在他身边跪下来想扶起他。"阿奇，"尤米安抚他的情绪，"我在你身边，别害怕。"

　　此刻，阿奇对她的话越来越没有信心。他曾经目睹那个英雄打败部落里许多强大的灾厄村民。经历了这些之后还能捡回一条小命，对他而言简直是奇迹。他明白，只要有一丝机会，英雄了结他的性命就跟踩死一只蚂蚁那样简单。

阿奇的目光越过尤米肩头望向她身后，他看见那个英雄低头盯着他。其实，所有英雄都盯着他。萨拉也一样，嘴角还带着一丝恶毒的冷笑。

然而，英雄们对他好像不仅是疑惑，而像是更关心他的身体状况。没有一个英雄伸手去摸腰间的剑，其中一个英雄还从背包里掏出一个装满粉红色药水的玻璃瓶，想让阿奇把药水喝下去。

灾厄村民从没有发明过治疗药水，但偶尔能捡到或者从别处偷一瓶，又或者跟女巫交换到一瓶。沃尔达的帐篷里经常藏着一些备用药水，只有紧急情况下才会分发。不过，阿奇从来不需要。其实，他连见都没见过。

可他知道，那个玻璃瓶里装的是一种神奇的治疗药水，具有强大的疗伤功能。

阿奇不清楚药水对他有什么作用。他摔倒了，却只是磕破了皮，根本不需要治疗药水。但他不通晓魔法，也不想违逆英雄的好意，于是伸手想要接过玻璃瓶。

可他还没触碰到玻璃瓶，那个刚才捏着他下巴的英雄就把手抽出来挡在他和拿药水的英雄之间。这个英雄张开的手掌朝外对着同伴，同时说了一句什么。听语气阿奇觉得他说的是"住手！"。

阿奇退缩了，嘴里不由得发出一声恐惧的惊叫。

其他几个英雄看起来很吃惊，跟阻止阿奇接受治疗药水的英雄争论起来。现在阿奇把这个英雄视为"克星"。是的，在战场上把他打晕，现在又把治疗药水从他身边夺走，称他"克星"，而不是"灾厄村民的活阎王"已经相当客气了。

在阿奇眼里，英雄们长得都差不多，不仔细看的话，他根本分不清谁是谁。他跟任何一个英雄都没有私人恩怨。英雄们出类拔萃，他们济济一堂的时候，气场强大，震慑人心，就像漆黑的夜空中耀眼的星星一样引人注目。而那个"克星"在这群优秀的英雄里仍是最受关注的。

倒不是"克星"特别强壮，特别聪敏，或者比其他英雄杰出，而是他的说话声音更大，表情更冷峻。碰到任何麻烦，他的手就会下意识地伸向腰间的剑，这让他看起来与众不同。

"克星"挡在阿奇和其他英雄中间，用洪亮的嗓音朝阿奇吼着。阿奇不明白这个英雄在说什么，但根据语气和眼神也能猜出个八九不离十。这个英雄认出阿奇是灾厄村民，自从在消灭巡逻队的战斗中见过阿奇后，一直记得他。

阿奇已经记不清当时的战斗细节，但他确定的是，"克星"非常讨厌他。可那时候并不是只有他一个人呀。

"我就知道！"萨拉伸出食指都快戳到阿奇脸上了，他大声指责，"你除了给村庄惹麻烦就没干过什么好事。这就是灾厄村民的本性！"

"住口！你给我滚开！"尤米向萨拉怒吼着，吓得萨拉一个趔趄，险些摔倒，"你惹得麻烦已经够多了！"

"克星"看着两个村民因他的出现冲突不断，暗自觉得好笑。当然，他并不清楚这二位在说什么，但看着他们吵得不可开交的样子，就觉得乐不可支。他指着尤米和萨拉，对着其他英雄捧腹大笑。

尤米压根不理睬"克星"的丑态，她朝萨拉怒吼道："我忍你很久了！你总是针对阿奇，给他惹麻烦，简直就是浑蛋，真是太过分了！你不仅诬陷他，现在还想要他的命！"

萨拉寸步不让，与尤米针锋相对："我想要他的命？他可是灾厄村民！这群暴徒一直惦记我们的财产，不管你把他打扮成什么样，他都是那群暴徒中的一员！"

尤米一步跨到萨拉面前，伸出手指戳着他的鼻梁，萨拉的眼睛立刻变成了斗鸡眼。"你觉得他是村庄最大的威胁？阿奇来到村庄这么久，从没抱怨过你和任何村民！听着，你惹的这个烂摊子我简直忍无可忍！"

尤米用词严厉，但语气很平静，就像在跟萨拉闲聊天气或者谈论村庄羊圈里的绵羊一样。英雄们目睹他俩对话的全过程，暗自纳闷为什么男村民面对这个女村民会战战兢兢的。当萨拉把求助的目光投向几个英雄时，他们都耸耸肩不以为意，不明白这个男村民跟一位和善的女士聊天为什么要求助。

可是，凭阿奇的直觉，那个"克星"对眼前的一切了如指掌，但偏偏不告诉其他英雄。他又放声大笑，肆无忌惮的笑声越来越大，笑得前仰后合。

"克星"的笑声不绝于耳，萨拉的脸涨得通红，很快就变成酱赤色。他恼羞成怒得像在附近溜达、随时会爆炸的苦力怕。萨拉气急败坏，后槽牙咬得咯咯响，牙床都要咬碎了，但这一切只有阿奇注意到了。

几个英雄和其他村民都忽视了这个可怕的信号，连尤米都没有注意。她只顾盯着萨拉的脸，没警惕他双手的举动。

就在萨拉张嘴要向尤米咆哮的瞬间，阿奇觉得再也不能袖手旁观了。于是，还没等其他人反应过来，阿奇猛地一头撞向萨拉的胯下。

萨拉立刻弯下身子，像是被人拦腰砍断了似的，跪倒在地上痛苦地呻吟着。

能保护尤米让阿奇非常自豪，于是他又结结实实给了萨拉一脚。几个英雄看到这一幕都震惊得目瞪口呆，一时间鸦雀无声。

过了好一会儿，阿奇才明白围观者的心情。在他看来，保护尤米免受萨拉这个卑鄙家伙的伤害，围观的英雄和村民应该把他当作真正的英雄那样，扛在肩头在村庄游行欢呼，表达对他的爱戴和崇敬。即使不是英雄，至少他在危难中救了朋友，也算做了一件好事，对不对？即便在灾厄村民部落，他的行为也应该被奉为楷模。虽然只是伸出援手，而不是打败敌人，也能称得上豪杰。

然而，阿奇很快就意识到，围观者原来都没有看出萨拉要攻击尤米。眼下，他们看到的只是阿奇攻击村民，而且是毫无缘由地进行攻击。

阿奇愣愣地盯着围观的人群，过了好一会儿才清醒过来，然后晕乎乎地看了看仍紧握着的拳头。

英雄们也目瞪口呆地望着阿奇，可能他们也弄不明白，眼前这些家伙为什么突然打起来了。也许他们想看看这场好戏怎么收场，再判断谁是谁非，也许他们想等着"克星"出面收拾这个烂摊子——反正不管真相是什么，事情已经发生了。

像是受了刺激，"克星"一巴掌打在阿奇脸上。这下力道太猛，小个子阿奇一个趔趄，仰面朝天摔倒在背后的草地上。

阿奇脸上有种奇怪的感觉，有那么一瞬间他不知道自己是不是被打倒了。他的脸先是完全麻木，好像那一巴掌刮掉了脸上的皮肉，换成了湿乎乎的橡胶。紧接着他的脸恢复了知觉，就像把脑袋扎进一窝被激怒的蜂群一样，他的脸感到密密麻麻的刺痛。

阿奇想把身子蜷缩起来抱头痛哭，尽管他知道自己很快就要一命呜呼了，临死前当众哭哭啼啼会颜面尽失，但他的脸太疼了，让他无法忍受。

"克星"逼视着阿奇，高大的身躯挡住了落日余晖。夕阳给"克星"身上披上一层血红色的微光，把他衬托得无比邪恶。阿奇硬撑着，等着"克星"再给自己一记重击，彻底了结自己的小命。

他多希望自己坚强勇敢地站起来面对"克星"，再好好教训对方一顿。他多希望灾厄村民部落没有把他踢出去，像坚强的后盾一样支持着他。他多希望自己孔武有力，不仅能自卫，还能保护尤米，更可以复仇。

这时，"克星"把剑高举过头顶。阿奇下意识地用一只胳

64

膊挡在面前，即使这是徒劳的。

"求求你了！别杀我！"他朝"克星"大喊着。尽管不抱任何希望，但他还想祈求对方能大发慈悲。

就在"克星"的剑即将劈下来的瞬间，尤米不知道从哪儿冲出来，一下子挡在阿奇和那把闪着寒光的利剑中间。这个变故把英雄吓了一跳，结果剑砍偏了，"克星"一个趔趄撞向尤米，他们三个一起倒在地上。

阿奇认为，正常情况下，尤米是不可能把"克星"这种身形高大的家伙撞翻的，因此他猜测是"克星"正要迈步的时候被尤米吓得乱了方寸。他们三个抱成一团，骨碌碌地在地上翻滚了好一会儿，才浑身剧痛地停了下来。

"克星"一个鲤鱼打挺站起来，剑仍紧握在手里。他暴怒地向尤米咆哮。被一个村民撞倒还满地打滚实在太难堪了。其他英雄都哈哈大笑起来，这下局面更糟糕了。

尤米挣扎着站起来挡在"克星"面前，但"克星"一脚把她踢开了。尤米惊恐至极，她意识到"克星"真的会要了自己的命，而且马上就会动手，她面对他简直毫无还手之力。

其他几个英雄站在那里呆呆地看着"克星"，被他凶猛暴烈的模样吓得目瞪口呆。他们不敢相信，一个大名鼎鼎的英雄面对不值一提的意外会如此暴力相向。村民对他们来说完全不具威胁，不是吗？

像是为了赎罪，在紧急关头，萨拉挺身而出想要保护尤米。虽然他和尤米的分歧在于对待阿奇的态度，但他不能眼看着"克星"伤害尤米而坐视不管。

"住手！"萨拉向"克星"大吼，"离她远点儿！"

萨拉在危急时刻表现出了保护同胞的勇气，但他反抗"克星"的机会甚至比尤米还渺茫。"克星"把手里的剑往回一抽，剑背立刻抵在萨拉的下巴上。

萨拉直挺挺地朝后倒去，两条腿软绵绵的，好像不是自己的，然后身体歪七扭八地瘫倒在阿奇身边。虽然他还有一口气，但已经不省人事了。

其他英雄再也忍不住了，开始大声抗议。如果不加以阻止，暴怒的"克星"会失去理智酿成大祸的。

阿奇生怕英雄接下来要向尤米下手，电光石火之间他根本来不及思考。如果动手前要深思熟虑，或者制订完善的计划，一切都迟了。如果再犹豫，尤米就会没命的。

阿奇径直朝英雄飞奔过去，用尽全身力气对着他的肚子猛击一拳。

这一拳应该打在"克星"坚硬的盔甲上。这样的话，"克星"就不会像受到侮辱一样被痛击，阿奇也可能会把自己的手指头打断。

但恰巧在这个时候，"克星"的双手高高扬起，跟其他英雄激烈地争执，把盔甲内衬拽了起来。他的腰腹部裸露出一条窄缝，刚好跟阿奇脑袋的高度齐平。于是，阿奇开足马力，向着"克星"暴露在外、毫无防护的肚子一拳挥了过去。

第七章

　　"克星"大吼一声，剑也脱了手。与其说被痛击，还不如说是吃了一惊。他的剑当啷一声落在脚边，双手迅速捂住腹部，就是被阿奇一拳击中的部位。

　　阿奇踉踉跄跄往后退了好远。为了让尤米免于在英雄的盛怒下丧命，他抱着必死的决心冲了上去。这一招竟然成功了。他错愕地望着自己的拳头，好像这拳头是魔法刚变出来似的。

　　在加入灾厄巡逻队的日子里，阿奇从没有打败过任何敌人。有那么几次，他砸碎了骷髅的一两根骨头，或者卸下了几个僵尸的胳膊，但不论怎么拼命，他从来没有伤害过任何一个活物。

　　不是阿奇不想立下战功。他比谁都渴望证明自己对部落的价值，证明自己是个强大无比的灾厄村民，谁都别妄想嘲笑、欺辱他。可其他灾厄村民的身手比他敏捷得多，阿奇刚看见猎物，他的族人立马就捷足先登了，他每次都是空手而归。

因此，当他成功地向"克星"挥出一记猛拳后，恐惧和自豪交织着涌上心头，激荡出的力量从双臂传到大脑，阻塞了他的喉咙，让他激动得说不出一个字。既不能发出胜利的呼号，也不知道如何为自己辩解，他只能瞠目结舌地看着自己的拳头。

"克星"朝阿奇厉声喝骂着，不用猜也知道都是些不堪入耳的话。"克星"的咒骂让阿奇彻底回过神来。

阿奇抬头仰望"克星"。他身材高大，落日的最后一缕余晖被他健壮的身躯遮挡得严严实实。"克星"也瞪大眼睛凶狠地俯视着矮小的灾厄村民，脸上的震惊渐渐变成了愤怒。他咆哮着，阿奇只能将之理解为复仇宣言，甚至已经看到不可避免的厄运即将降临。

"克星"刚向阿奇迈出一步，另外两个英雄立马挡住"克星"，一边一个用手抓住他的肩膀。两个英雄用晦涩难懂的语言不停地劝说，"克星"想尽力挣脱出来，但他们紧紧箍着他不放，他连弯腰捡起剑都不行。

阿奇慢慢往后退，视线一秒也不敢离开这个恼羞成怒的英雄。令阿奇难以置信和心感宽慰的是，两个英雄把"克星"拉开，让他无法拿起剑，又让他坐下。同伴的嘲笑让"克星"尴尬极了。

一个英雄掀起"克星"的盔甲内衬，确认他的身上没有任何伤口，甚至连皮外伤都没有。另一个英雄，就是递给阿奇治疗药水的那位，又开玩笑似的拿出药水送到"克星"嘴边。"克星"气急败坏地朝他们吼叫着，把同伴推到一边想要捡起自己的剑。他用恶狠狠的目光告诉阿奇，他迟早会找阿奇算账的。

　　突然，一只手从阿奇背后伸过来搭在他的肩膀上，阿奇回过头发现是尤米跪在他身边。"我们必须离开这里，"尤米说，"马上就走！"

　　这个提议太正确了，阿奇无条件赞成。可他现在浑身无力，从头到脚麻木僵直，无法动弹，只能任由尤米抓着他的手，双脚跟着尤米的步伐挪动，不然他肯定会双膝跪在地上一路被拖着往前走。

　　"我们去哪儿？"过了一会儿，阿奇挣扎着问道。他还以为尤米要把他拖到村庄外面，把他抛弃在茫茫荒野中。他的意识一片混乱，根本无法辨别方向。

　　"只要离开这儿，去哪里都行。"尤米语气坚定，极力压制越来越强烈的恐慌。他们的确要离开村庄。

　　出了村庄，鱿鱼海岸线在他们眼前徐徐展开，海岸线另一头是遥远的苦力怕森林。"我们去安全的地方。"尤米告诉他。

　　"没有安全的地方。"阿奇回答。虽说这只是他的一句牢骚话，可他说得没错，世界到处危机四伏，没有哪个地方是真正安全的。不论走到哪里，"克星"都阴魂不散，即使阿奇走到天涯海角也不能逃脱。

尤米用力拖着阿奇走得飞快，不料阿奇来不及收脚，一头撞上了她。尤米背对着阿奇站着，沉默了好一阵子，肩膀不住地上下颤抖。然后，她转过身看着阿奇。

本来尤米既愤怒又忧伤，但看到阿奇后，心头的阴霾一扫而光。"你的话没错，"尤米说，"你逃不出他们的手掌心，但世界上还是有安全的地方的。"

说着，她又抓起阿奇的手腕转身向村庄走去。这次，阿奇终于能清醒地辨别方向了。

"不，"阿奇对尤米说，"我们为什么又要回去？英雄会把我撕成碎片的。"

"你有更好的主意吗？"尤米问他。

阿奇想让尤米放手，好让自己逃命。他个子矮小，不易引人注意，因此他可以躲藏一段日子，说不定时间久了，"克星"和其他英雄找不到他也就放弃了。

但阿奇实在没有胆量逃跑。刚才，他凭一腔热血竭尽全力搭救尤米，完全不顾自己的安危，做出了不计后果的蠢事。现在，他冷静下来，却瞻前顾后，左右为难。

不过，他还是打算试一试。

"让我走吧。"他小声祈求，又希望尤米听不到这句话。

不料，这句话对尤米来说不啻一声炸雷。"想都别想！"尤米脱口而出，"你别想抛弃我，我也不会离开你，你必须跟我走！"

他们边走边说，不一会儿就走到了尤米家门口。阿奇固执地站在外面，不肯进门。"要是你继续收留我，他们肯定会把你家拆了，还会伤害你！"阿奇说，"我见识过他们的手段。"

尤米松开他的胳膊，但不允许他离开："我的家从来没有被毁坏过！"

"英雄只会用暴力解决问题。"阿奇继续劝说尤米，"他们每天挥刀弄棒的，任何东西在他们眼里都可以砍杀。"

"现在没时间跟你讨论这些，"尤米脸色阴沉地看着阿奇，"赶快进屋去！"

阿奇却倔强地站在原地，继续跟尤米争论这件事的对错。至少尤米应该听听他的意见，尤米温和友善又通情达理，跟萨拉和"克星"完全不同。

正当阿奇要再次开口时，蓦地听到萨拉的吼声："他在那儿！"

阿奇猛地回过头，看见萨拉带着英雄朝他径直冲了过来。这下，阿奇顾不上再跟尤米争论了，尤米把门唰地拉开，阿奇闪身跑进了房子里。

阿奇刚一进去，门砰的一声在他身后关上了。他转身想感谢尤米，却不见了尤米的踪影。原来，尤米把自己关在门外，独自面对外面的威胁。

阿奇拼命想把门拉开跟尤米并肩作战，可是尤米死死扣住门闩，牢牢地把门上了锁。她透过窗户用严厉的目光注视着阿奇："老实待在里面，千万别出声！"说完，她转过脸去。

71

"你们想干什么？"当萨拉向她家靠近时，尤米问道。她不给萨拉朝她怒吼的机会。

"你知道我们想干什么，"萨拉说，"你很清楚我们要找谁。把他交出来！"

尤米双臂交叉抱在胸前，朝萨拉和他身后的几个英雄努了努下巴，说："这样你就能把阿奇揍趴下了？别痴心妄想了！"

萨拉得意扬扬地哼了一声："我才不会动他一根手指头。你知道的，善良的村民不会伤害任何人。"

"可如果你把他交给那些人高马大的恶棍呢，让他们替你动手？"说着，尤米狠狠地瞪了"克星"一眼，"那还不是一样？"

"克星"一下子把萨拉推到一边，让他结结实实摔在草地上。"克星"凶神恶煞地指了指尤米的家门，然后指了指自己的靴子。

他的意思很明白，如果尤米不让他进去把阿奇揪出来，或者尤米不把阿奇交出来，他就会把门踢个粉碎，再把小灾厄村民从房子里拎出来。

但尤米毫不畏惧，寸步不让："你想抓他是吗？那就先过我这一关！"

"克星"拔出剑高高举起，向尤米劈头砍下去，但尤米面无惧色。然而，就在剑快要碰到她的一刹那，其他几个英雄抓住"克星"，七手八脚地把他拽开了。

眼看就要得手，"克星"狂吼乱叫着抗议他的同伴阻挠自己，但几个英雄仍紧紧抓着他不放手。他们冷静理智且非常坚定地劝说他，差不多是动之以情、晓之以理了。"克星"气急败坏，脸色因尴尬涨得通红，对同伴的劝说拒不接受，还是一意孤行。

劝说无果，四个英雄干脆抓着"克星"的手和脚，把他提了起来，让他悬在空中无计可施。英雄们带着他走出村庄，隐入周围无边无际的黑暗中。

阿奇忍不住举起拳头放声欢呼。本以为他和尤米必死无疑，没想到其他英雄会出手相救。

所谓英雄，在他这个灾厄村民看来都是些恶棍：他们根本不在乎别人的死活，只在乎自己的利益。但是，今天亲眼看见几个英雄把"克星"五花大绑地拖走，这是阿奇做梦也梦不到的场景，这让他心中燃起希望。况且，这里的村民接纳他，于是他幻想自己也许能在这个村庄住下来，建立属于自己的家园。

突然，四周涌现出无数火把和干草叉。

"别这样，"尤米朝其他村民喊道，"放下手里的东西，各回各家。"

"这里是我们的家园，"萨拉站起来掸掉身上的灰尘，脸上带着哀伤和惋惜的神色说道，"你也是我们的一员。"然后他指着透过窗户向外看的阿奇，对大家说，"可他不属于这里。"

尤米对萨拉的指控寸步不让："别总是翻旧账。你别想把他踢出村庄，这个孩子没干什么坏事！"

我的世界：地下城 奇厄教主的崛起

萨拉皱起眉头，龇牙咧嘴五官扭曲，好像吞了什么脏东西中毒似的。"他把一个英雄给打了，我们对待暴力的态度你应该很清楚吧？"

尤米冷冷地从鼻子里哼了一声，阿奇听出了一丝不安。"你还以为小家伙真能把英雄打伤吗？他连一声'哎哟'都没哼出来，其他几个英雄就把治疗药水送到他嘴边了！你说的那些真是笑话！"

萨拉举起双手，掌心向外，用这种手势安抚尤米的情绪："听着，尤米，问题不在这里。"

"萨拉，你说的这些有什么意义呢？能回答我吗？要是阿奇根本没有打倒一个英雄的能力，那就不用再谈其他的了。"

萨拉瞥了一眼村庄外无边无际的黑暗。"信不信由你吧。今天的事让那个英雄非常尴尬，起码伤了他的自尊心。以我们对英雄的了解，他们可是很记仇的。虽然今晚那个英雄被他的同伴硬生生地拖走了，但毫无疑问，总有一天他会回来报复的。"

这番话让尤米泄了气。的确，不论阿奇还是尤米，都明白萨拉说得对。只要阿奇待在村庄里，村庄就永无宁日。"克星"为了出这口恶气，说不定哪天杀个回马枪，把村庄夷为平地。

"那又怎样？"尤米说，"英雄随时会路过村庄，拿走我们的食物，屠杀我们的牛，甚至还大大咧咧地睡在我们的屋子里。他们根本不在意我们，从来都不在意！一个阿奇又能

74

改变多少呢？"

萨拉转过身，村民在他身后聚集成黑压压的一片，各个都举着火把和干草叉。阿奇明白村民保卫家园的心情有多么迫切。可如果英雄们回来寻仇，即使只有"克星"一个，所有村民加起来也不是他的对手。这个英雄太强大了，村民根本抵挡不住他的攻击。

大家冲萨拉点点头，表达无言的支持。他们当中有些表情痛苦，还有些表情严肃，表明下定了决心。不论怎样，所有村民此刻已经达成共识。

萨拉说得对，阿奇必须离开这里。

萨拉神情凄惶地向尤米耸了耸肩："说实话，我也不想这么做。直到今天，你对小家伙的看法都是正确的。但在关键时刻，他的本性就暴露了。"

"他勇敢地挺身而出保护我，我也要奋不顾身地保护他。"

"这就是问题所在，"萨拉说道，"你听说过村民用武力反抗英雄吗？从来没有，因为我们一向忠厚善良，爱好和平。但自从他到这儿以后，一切都变了。"

听到这些话，尤米瞪着萨拉质问道："你是想告诉我，连我也要被踢出村庄吗？"

"我们可不想那么做，"萨拉小心翼翼地斟字酌句回答尤米的质问，"虽然那个英雄怒不可遏，但他的怒气好像只针对灾厄村民。我们只是希望你的朋友离开之后，英雄不再对村庄造成威胁。"

尤米厌恶地哼了一声，追问道："要是那个恶棍冲我来，你们会怎么办？"

萨拉局促不安，对尤米意有所指的责备十分愧疚。尤米转身面对其他村民，声音因激动变得哽咽："你们的意见呢？我想听听你们的原则在哪里？如果那个恶棍冲我来，你们要作何打算？"

阿奇推了推门。盛怒之中，尤米不小心打开了门闩，门吱呀一下开了。阿奇推开房门走了出来。

"尤米，别这样，"阿奇走到她身边，"别为难大家，我不值得你这么做。"

尤米转身看着阿奇，大大的眼睛里泪光闪闪。"绝对不行，阿奇，"她轻声说，"别听他们的，跟我在一起才会安全，留下来哪儿都别去。"

阿奇却摇了摇头："萨拉说得对。"

"他就是个浑蛋！"

尽管阿奇处境艰难，尤米的话还是让他笑出声来，村民中也浮起一阵哄笑。"可他对那个英雄的评价没有错。他肯定会回来找我，就算把这里搞得翻天覆地也要找到我。我们不能让这样的事情发生。"他用幽深的目光望着尤米的眼睛，"我决不会让这种事情发生。"

"你打算今后怎么办？"尤米的声音沙哑干涩。她明白，阿奇下定了决心，她再说什么都于事无补。

"我要走了，"阿奇说，"马上就走。"

插叙一

"你疯了吗？"一个英雄问卡尔。他们把卡尔一直拖到山顶才松开他，在这里能俯瞰刚才闹事的村主。"你差点儿把那些村民都杀光！"

"是吗？"卡尔站起来，掸掉身上的灰尘，"那又怎么样？"

他对其他四个英雄怒目而视。卡尔不知道他们的名字，也不了解他们的身世。几个英雄已经互相通报过姓名，但卡尔压根没往心里去，因为他懒得关心这些。而且，卡尔平时也不称呼他们的姓名，而是给他们起各种绰号。

在卡尔看来，那几个英雄不过是来跟他争抢资源罢了。如果世界上的绿宝石和精美的工艺品，或者其他资源就那么多，别的英雄也要染指的话，留给自己的就少了。他来到这个冷酷的世界可不是为了交朋友。卡尔把世界当成一个大游乐场，游戏其中时顺手捞上一把，他才不在乎其他英雄是怎么想的。

"他们都是村民！他们是无辜的！村民手无缚鸡之力！几乎不伤害任何人！"被卡尔称为斯塔奇的英雄说道。他留着浓密的胡须，让人过目不忘。

"他们无辜？开玩笑！"卡尔的声音里充满了轻蔑与不屑，"要是有一星半点儿机会，你以为他们不想以牙还牙吗？他们不这么干还不是因为没这个本事？"

"你要是这么看这个地方、这里的村民和他们的家园，就太下作了，""刀疤脸"说道，他的前额有一道深深的疤痕，"他们又不是什么坏人。村民本性纯良，我们应该尊重他们。"

卡尔不禁哼了一声。"你难道不晓得我们是英雄吗？不论哪方面都比那些村民优秀。他们不值得我们尊重，他们别挡我们的道就行了。"

"那也犯不上伤害他们。"绰号"红头发"的英雄说道，他的一头红发如同火焰燃烧。

卡尔对这几个英雄忍无可忍。他们总是带着优越感，喋喋不休地谈论"义务"和"做善事"，让卡尔觉得无聊至极。卡尔跟他们算是话不投机半句多。

"你别忘了那个小东西揍了我一顿！"卡尔在自己肚子上比画着提醒他们。

"可你毫发无伤啊。""粉头发"说道，他的一头粉色头发引人注目。听了这话，其他几个英雄捂嘴偷偷笑了起来。

"不，应该是愈合得非常彻底！"斯塔奇说完，恨不得翻个白眼。

"我的治疗药水太棒了！""刀疤脸"露出嘲讽般的微笑调侃道。

"没有伤口，也就不犯法。""红头发"也强忍着笑意说。

月光皎洁的夜色中，卡尔面对大家的嘲讽怒不可遏。"你们想笑就笑！没错，我是没有受伤，但这不是问题所在，关键是那个小家伙竟敢袭击我！"

"粉头发"叹了一口气，不想再跟卡尔争论这件事。"那也不应该把一个村民给揍趴下，更不该扬言把整个村庄都毁了呀。"

卡尔难以置信地看着他们，开口说："难道任由那些家伙攻击我吗？我没有自卫权吗？"

"我记得你跟村民一向都合不来，"斯塔奇接过话茬说道，"在我看来，他们也不过是保护自己免受你的荼毒罢了。"

卡尔愤愤地咕哝着，好像已经料到对方会这么说。"你真的要站在村民一边，跟英雄伙伴背道而驰吗？我早就料到了。"

这时，"刀疤脸"点燃一支火把，等大家一个接一个走过去，然后问卡尔："你到底想说什么？"

卡尔回头指着村庄的方向。此时，村民已经举着火把渐渐散开，各回各家去了。看来，英雄们离开后一切都归于平静。

"我是说你们太软弱，太没有原则，把最重要的事情都忘了。你们只顾及村民，根本不在乎我的想法。"

"红头发"的眉头拧起来，看来他非常厌恶卡尔的这套说辞，"这里是他们祖祖辈辈生活的地方，他们在这里生活得有尊严。事实上，我们更应该尊重这些村民。"

"你的这些话是什么意思呢？"卡尔的脸色越来越难看。

"他们是这里的主人。即使你愿意来，我们也只是访客，是外来者。"

卡尔对他的话嗤之以鼻。"他们居住在最富饶的土地上，却完全不知道怎么利用它。这难道不是极大的浪费？"

"这里不是我们的家园，""粉头发"告诫卡尔，"而是他们的地盘。如果他们喜欢浪费资源，那就浪费好了。这是别人的事，与我们无关。"

"是我们发现了这里，我们才是这里的开拓者！"

"你觉得是我们发现了这个地方吗？"斯塔奇摇了摇头，"很久以前，村民和灾厄村民就世代居住在这片土地上，远远早于我们。别管谁发现了这里，所有的财富和资源仍是属于他们的。"

卡尔的情绪躁动不安，他在火光照耀的地方不住地走来走去。"他们只是住在这里而已！这是一片多么神奇的土地，资源丰富，让人眼花缭乱，未来大有可为！可他们仅仅是住在这里而已！他们就是种种地，混混日子，简直太荒唐了！"

"他们喜欢这样，""刀疤脸"说道，"我们也只能任由他们在这里种种地，混混日子。"

卡尔还在喋喋不休，显得很愤怒："跟我一样，你们也借住他们的房子，吃他们的东西，还睡他们的床！别只说漂亮话，其实你们比我好不了多少！"

"红头发"无奈地耸了耸肩："至少我们没想过伤害村民。"

"可那小子不是村民！"卡尔暴怒地瞪着一双铜铃般的眼睛大吼道，"那可是个灾厄村民！灾厄村民动不动就要与我们决一死战！我连自卫的权利都没有吗？"

"你当然有这个权利。""粉头发"语气很平静，"我们的意思是，你没必要这么做，这里只是个村庄而已。"

"那个小家伙根本伤不了你一根汗毛。"斯塔奇神情忧伤地摇了摇头，"起初，看到一个灾厄村民住在村庄确实挺奇怪的，但那些村民都习以为常，我们又何必多此一举呢？"

卡尔又一次指着自己的肚子，向几个英雄比画着说："可他竟然敢打我！"

"瞧瞧，""刀疤脸"提醒他的同伴，"话题又绕回来了！咱们别总揪着这个话题不放，"这时，大家全都神情严肃地瞪着卡尔，"如果你觉得自己比本地人优秀，那就做出个样子来。心胸宽广一点儿，随他们去吧。"

卡尔不住地揉着被灾厄村民痛击的腹部。虽然这点儿力道对他来说根本不值一提，但的确伤害了他的自尊心。看样子，卡尔一时半会儿是忘不掉此番耻辱的。

卡尔已经习惯了被袭击。作为一个英雄，他遭遇过各种各样的危险生物，并与它们殊死搏斗：苦力怕、守护者、傀儡、僵尸猪人、烈焰人、恶魂，还有末影人。有些对手把他伤得很重，对他痛打、猛击、刀割、剑刺，甚至把他烧个半死，但从来没有像小个子灾厄村民这样让他感到羞耻，而且是在大庭广众之下让他颜面尽失！

我的世界：地下城 奇厄教主的崛起

战斗中对付怪物是完全不同的体验。开战之前，你对将要面临的困难已做了充足的准备。风险是必须要考虑的，你一定要精打细算，权衡回报和可能遭受的损伤。

那个小家伙虽没伤他分毫，却一拳把他吓得魂飞魄散。在一个原以为安全的地方遭到袭击，还是让卡尔惶恐不安。况且是在村庄里！一个他从来都觉得安全无虞的地方！

也就是说，村庄也不再安全了。要真是这样，这世上就没有能避开对手、让他彻底放松的地方了。

这个念头惊得卡尔从头到脚直打寒战。

"别再白费口舌了！"卡尔对他的同伴说，这会儿他们已经把火把放置在山顶开始安营扎寨了，"你们可以一笑了之，但我不会善罢甘休。"

"不要去找那个小倒霉蛋的麻烦，""红头发"劝说卡尔，"放过他吧。"

"为什么？"卡尔憋着一肚子怒火，怎么也想不通，"那个不知道天高地厚的家伙，竟然让一个英雄丢脸，必须给他个教训！"

"那样做有什么好处呢？"斯塔奇问他，"即便你打败了他，又能怎样呢？你也不会在这件事情中得到什么好处。"

"这叫杀一儆百！我要让那些村民知道得罪英雄的下场！"

斯塔奇昂起头问卡尔："那些村民想要加害我们吗？"

"这不是重点！"卡尔反驳道，"重要的是，如果有人胆敢灭我们的威风，说不定就会激起村民的忤逆之心。"

"刀疤脸"放声大笑起来，这时大家已经横七竖八地躺在开阔地上休息了。"人人都知道我们被揍了，而我们只能拖着遍体鳞伤的身体，一瘸一拐地躲到某个地方，就是为了吃点儿东西补充体力或者服下一些治疗药水。""刀疤脸"调侃地说。

"是的，就是这样！"卡尔愤愤地说，"那是因为他们伤害了我们，而且是在我们保护他们的时候！"

"也就是说，我们并不是刀枪不入的金刚不坏之身，这也是人人都知道的事实喽。"不知道哪个英雄开口说道。

"可你从没听说过在村庄还会被袭击吧！这种事今天竟然发生了！"卡尔想激怒大家，冷不丁抛出这句话，但没人上当。

"他们就快要骑在我们头上作威作福了！"卡尔大吼着，声音回荡在深深的夜色中。在遥远的村庄里，一个孤零零的流浪者正踟蹰在村庄中央的小广场上，他抬头倾听着回旋在夜空中的奇怪声音。

"你们觉得外面那些怪物很难对付吗？"卡尔低声对其他英雄说，"至少你能看见它们是从哪儿来的。它们大多怕光，它们也不会在你呼呼大睡的时候偷袭你，它们更不会在你跟别人聊天的时候出其不意攻击你。"

"可如果任由灾厄村民偷偷混进村庄呢，比如那个小个子？那样一切都完了。我们认为最安全的地方也会毁于一旦。从此再没有安全的地方，我们每时每刻都要担心敌人会不会在我们睡觉时来到床头要了我们的性命。"

我的世界：地下城 奇厄教主的崛起

"你太荒唐了！""红头发"想要纠正卡尔的想法，"那个小家伙根本威胁不了你。放他一条生路吧，你说的那些不可能发生。"

"你们快看哪！""粉头发"喊道。"粉头发"今晚负责在山顶周围站第一班岗。他正站在火把圈外，有了火把，晚上的视野更加清晰。此刻，他指着远处一个移动的东西问同伴们："是他吗？"

其他英雄，当然还有卡尔，全都一骨碌爬起来跑到"粉头发"身边，一起向夜色中眺望。果不其然，就在鱿鱼海岸边，向着潮湿沼泽的方向，有个人正在艰难跋涉。几个英雄慢慢移动，在浓浓夜色中仔细辨认，果然是那个小灾厄村民。

"你们看清楚了吗？"斯塔奇问道。

"不是他还能有谁？""刀疤脸"反问道，"有几个人能绝望到半夜三更还在外面游荡？况且这里到处危机四伏。"

"只有一个办法能知道真相，"卡尔说着拔出了剑，"我们去把他抓来看看不就行了。"

"你说什么？绝对不行！""红头发"又震惊又生气地喊道，"我们苦口婆心劝了你好半天，结果全是徒劳？他伤不了你，也伤不了其他人！"

面对指责，卡尔只说了声"随便"，便头也不回地冲进黑暗中。他还没走出营地十步远，斯塔奇和"刀疤脸"就赶上去拦住了他。

"你不能那么干，"斯塔奇警告他，"我们坚决不允许。"

"我的事你们管不着。"说着，卡尔挣脱了他们的手。虽然他这么说，但并没有固执己见地再次往黑暗中走去。

"没必要浪费你的时间。你真的想在伸手不见五指的黑夜中追赶那个小灾厄村民吗？怪物自然会代劳的。""刀疤脸"说。

卡尔皱起眉头思考着，"刀疤脸"的话似乎有些道理。他们身处森林的边缘，从营地到潮湿沼泽还有很长一段路要走，一路上到处是各种各样的怪物。没等他们出手，那个灾厄村民说不定已经一命呜呼了。

"我们可以跟着他，"斯塔奇说，但语气并不坚定，"说不定能救他的命，"然后他又瞥了一眼卡尔，"可是你必须留在原地。"

"你们还想救他？你们不论在什么地方找到他，都只会让他死得更快，这是毫无疑问的。"卡尔双臂交叉抱在胸前，一脸不屑的样子，"还有，如果你们要去找那个小个子，我必须跟着去，否则大家都不安全，你们说是不是？"

他可没说谎。

"到处都黑黢黢的，我们根本找不到他。""刀疤脸"回应道，"虽然从这个制高点向下俯视就能看见他，可一旦进入森林或者沼泽地，四周环境复杂，我们就很难找到他了。最重要的是，我们不知道他要往哪儿去。"

"这时候还孤身一人在外游荡简直是疯了，"斯塔奇若有所思地说，"肯定是村民把他赶出去的。"

斯塔奇的话让"刀疤脸"浑身战栗："村民一定是迁怒于他，这等于对那个小家伙判了死刑，他们能预料到这个结果。"

"如释重负！"卡尔毫不掩饰放松的心情，"起码这是为民除害了，对吧？"

第八章

　　阿奇心中茫然，不知该何去何从，只知道自己再次成了弃儿。他不能回到村庄，更不可能被灾厄村民部落接纳。眼下，他只能漫无目的地满世界乱转。

　　周围夜幕四合，正是怪物四处游荡寻找猎物的时候。像他这样——身形瘦小，独自在夜色中徘徊，没有武器也没有盔甲，是怪物们最好的狩猎目标。他不知道自己的运气什么时候会耗尽，成为怪物们的下一顿美餐。

　　寒冷加剧了内心的恐惧，阿奇哆哆嗦嗦地在黑暗中摸索着寻找出路。他从来没学过观察星星辨别方向，所以没有太阳的时候他不知道该往哪个方向走，只知道必须远远地离开村庄。

　　他失去了村庄的庇护，也离开了阻挡怪物的家园，再没了那些驱散怪物的火把照亮前路。铁傀儡只保护它们职责范围内的村民。

在村庄生活比在灾厄村民部落安全多了。除了萨拉，没人欺负他。有的村民，例如尤米，已经成了他真正的朋友。在此之前，他从没交过朋友，可现在他又失去了这一切。

然而，阿奇心里仍怀有希望。当初被赶出部落，他以为自己必死无疑了，但当他独自熬过第一个夜晚时，简直不敢相信这是真的。接着，命运指引他来到村庄，那可是个相当不错的地方。

现在阿奇又一次面临流浪，可即便这样，他的状况也比离开部落时好得多。他没有受到伤害，过去几个星期他吃得好、睡得香。虽然被迫离开村庄让他很伤心，但比以前更多了一份对抗黑暗的勇气。

不过，怪物们才不管这些，它们只想把猎物撕碎后吞进肚子里。

为了不成为怪物们的美食，阿奇要尽可能地轻手轻脚不发出任何声响。千万不能招惹麻烦，否则黑暗里的怪物就会锁定他的位置。

有好几次，阿奇都听见森林高处有什么动静。还有一次，他甚至看到那里有闪烁的微光。不知道谁如此胆大包天，竟敢在这么偏僻和怪物横行的地方安营扎寨。阿奇想了想，那里要么是把他赶出村庄的英雄，要么是一些更可怕的东西。

阿奇从没指望在村庄受到什么优待。在村庄里他全仰仗尤米，因此他只能把那段美好时光当成侥幸，当成自己悲惨人生中偶尔走的狗屎运。

现在他彻底断了再找一个村庄的念头，只要能活下来就是万幸。但怎么活下来，阿奇一点儿主意都没有。

第二天的黎明终于到来了，他依然活着。

阿奇想继续往远处走，一直走到太阳完全升起，但他实在走不动了。他双脚剧痛，疲惫不堪，真是一步都挪不动了。

他爬上一座小山丘四处张望，想看看有没有什么潜在的危险。尽管阳光能驱散怪物，但这对他躲避村民和灾厄村民毫无用处。更糟糕的是，天亮后他更容易被英雄们发现。

阿奇觉得茫茫天地间他是如此孤苦伶仃。此刻，他的眼皮似有千斤重，双脚像灌了铅，还伴着一阵阵疼痛。阿奇发现在几棵大树遮蔽的树荫下有一片空地，那里荒草长得旺盛，于是他走过去蜷缩在荒草中睡着了。

醒来的时候，太阳高挂在空中。他站起来舒展一下筋骨。这时，一群巨大的蜘蛛爬上了南边的斜坡，虽然它们看起来不像在觅食，但阿奇可不想以身犯险。

阿奇漫无目的，于是打算往北边走。村庄坐落在南边的鱿鱼海岸，再往南就是波涛滚滚的大海。如果他往南边走，必须确保自己有能力穿越大海。

阿奇没学过游泳，更不知道如何造船。就算有人给他一条船，在波涛汹涌的大海上他也不知道该怎样航行。海上航行看起来不难，但万一有个闪失，船被海浪打翻，那可是灭顶之灾。

因此，他认为往地势较高的方向走是明智的选择。最理想的是找到一个制高点，这样他就能探察几里地之外的危险，也可以在那里挖个洞当作栖身之所，用来护他周全。

如果从此只能孤身一人，他也无所谓，有了这个洞至少他再也不会被别人赶走了。

在西北方向和东北方向绵延起伏的高山之间，自然形成一条宽阔的山谷。阿奇打算顺着山谷走，看看能走到哪里。没有特定的目的地，没有现成的路可走，他只好根据周遭的环境随时调整路线。只要听见僵尸的呻吟声、苦力怕的嗞嗞声或者骷髅嘎啦啦的响声，他就马上绕开。不知道是命运、运气或者冥冥之中神明的指引，反正阿奇一路向北而去。

走了几天以后，阿奇一度觉得当初的决定是错误的。他应该往南走，因为那里的山容易攀爬。假如往南走，他既可以找到合适的道路再往前走，也可以在森林里碰碰运气，尽管那里看起来非常可怕。

不料，他往南走了没多久，前面就传来僵尸的呻吟声和骷髅嘎啦啦的响声。听动静，怪物们像是从三面包抄上来。这样的话，只有北边的路是安全且畅通的。

但阿奇不断鼓励自己，无论如何都要往南走。他每走一步，僵尸的呻吟声和骷髅嘎啦啦的响声就会越来越近，后来他甚至觉得那些怪物在黑暗中正朝他直扑过来。

他的直觉没有错。

阿奇暗地祈祷那些声响只是怪物们的阴谋诡计，是迫使他往北走的小把戏，虽然听起来可怕，实际没什么危险。

可是，当一群僵尸出现在黑暗中，一边呻吟一边向他鲜美的肉体伸出爪子时，他才知道自己大错特错了。

幸运的是，还没等陷入重重包围，他就发现了怪物。离他最近的怪物一把就能抓住他，阿奇闪身躲开怪物的魔爪，免得被一张腐烂的血盆大口吞噬。他猛地往后一闪，在地上打了个滚，紧接着站起来，转身向北跑去。

好在僵尸行动缓慢。但如果是一大群僵尸，也能把猎物团团围住并切断退路，那样肯定就逃不出去了，否则很轻易就能摆脱它们。

糟糕的是，僵尸跟阿奇这样有生命的生物不同，它们根本没有疲倦感，能整夜不停地奔跑走动，直到太阳升起来把它们烤成一堆冒着青烟的灰烬为止。

骷髅的速度快一些，也许是因为没有腐烂的肉体给它们造成负担。它们还随身带着弓箭，这意味着即使躲开它们也未必能捡回一条命。就算你比它们跑得快，那些家伙也能在你没跑出弓箭射程之前往你背上射一两箭。

在不停呻吟的僵尸后面不远处，阿奇听到一群骷髅嘎啦啦的响声。在夜幕掩护下，阿奇看不到骷髅在哪里，但骷髅却能清清楚楚锁定猎物，并向他射箭。毫无疑问，它们肯定会把阿奇射成个"刺球"。假如第二天有人经过阿奇的尸体，肯定看不出来这是个灾厄村民，而认为是一头豪猪。

　　阿奇没有选择，只能往北跑，一直跑下去，直到身后各种怪物的声音消失才能停下脚步。于是他飞奔起来，嘎啦啦的响声和呻吟声越来越微弱，越来越遥远，却没有完全消失，这使得阿奇不能彻底放松神经。

　　夜幕渐渐退去，阿奇仿佛看见太阳在前方升起。他想知道自己是怎么走了这么远。难道被僵尸袭击后他一直往东跑吗？

　　阿奇登上一个不太陡峭的斜坡，这时他才恍然大悟，那道深红色的光并不是早晨的阳光，而是横亘在面前的一条炽热的熔岩河。

第九章

阿奇绝望了，一下子跪在地上。

熔岩河截断了去路，从他徒步穿越的山谷一端延伸到另一端。也就是说，前面是死路一条，身后是数不清的怪物，阿奇觉得自己彻底没救了。

阿奇坐在地上，呆呆地看着熔岩河从面前滚滚流过，他只能接受即将降临的厄运。他多希望在村庄平静地生活下去，在那里他也许会找到属于自己的一方天地，还可能住在尤米家旁边。他们比邻而居，一起耕作，并肩劳动。

尤米都开始教他念书了。以前部落里藏着一些图书，但阿奇连碰都不能碰一下，就算能偷偷拿出一本，他也一个字都看不懂，但尤米却大大方方地教他怎么读书。

读书这件事对阿奇来说很神秘，你可以把脑袋里的想法变成一个个字词写在书页上，然后用那些字词把你的意识传递给其他人。你可以把知识、感觉，甚至传说和故事都保存在书页中，当其他人坐下来翻阅时，马上就能把它们吸收到脑子里。

他多希望自己是刻苦勤奋的学生，多希望有机会多读书、多学习，做更多的事。

成为一个更优秀的人。

从一个灾厄村民成为一个真正的村民。

但他再也没有机会了。

此外，那些英雄和萨拉这样的村民对待他的方式，也让他清醒地认识到，他们永远不会接纳自己。他本可以成为一个模范村民，但他们仍然轻视他，驱赶他，嘲笑他。

最后，他们会随便找个借口把他赶出去，这是他们一贯的做法。含辛茹苦地工作，想融入他们成为其中一员，这种想法真傻，阿奇现在后悔莫及。

一阵杂乱的僵尸呻吟声在身后响起，阿奇赶紧站起来。虽然他已经放弃了求生的希望，但怪物还是把他吓得魂不附体。他还能动，不敢躺下来任由怪物们吃个够。

厄运降临时，他不知道该跳进熔岩河，还是该听凭僵尸捉住自己。他根本来不及考虑这些。

就在阿奇抬脚往北走的时候，他看到右边的悬崖并不是他想象的那样连接着熔岩河。峡谷和熔岩河之间出现一条窄窄的平坦的小路向东延伸。他几乎不敢相信自己的眼睛，于是毫不犹豫地拼尽全力向那片平坦的狭长地带冲过去，沿着小路发足狂奔。

他一边跑一边忧心忡忡地向这片狭长地带的尽头望去，想快些摆脱被怪物和熔岩河两面夹击的境况。阿奇不停奔跑，地上的岩石逐渐成了沙地，他心中冉冉升起希望。只要再坚持一下就能活下来。

东方天际出现破晓的第一线曙光，黎明真的来临了。这片狭长地带越来越开阔，一片宽广的沙漠在阿奇眼前徐徐展开。他呆呆地立在那里，不敢相信自己已逃脱死神的追捕。然而，很快他又听见怪物的呻吟声正在逼近。

阿奇向沙漠方向疾走。踏进沙漠，他回头看到怪物还在身后紧追不舍。它们越来越近，太阳也越升越高。炽热的阳光牢牢锁住每个怪物，把它们一个个点燃，最后除了一堆堆灰烬什么都没留下。

现在他可以仔仔细细地观察这些怪物残骸了。这些怪物跟他以前遇到的典型的僵尸不完全一样，它们更老迈，更干巴，不像是僵尸，更像是尸壳。

一阵暖暖的微风吹拂过沙漠，卷走了怪物残骸，这些怪物的痕迹很快就荡然无存了。

阿奇走了整整一天，把熔岩河远远抛在身后。暮色再次笼罩大地，怪物此起彼伏的低沉的呻吟声又在夜色中传来。这次阿奇下定决心再也不要被怪物抓住，于是不顾双脚的剧痛，加快步伐向前赶路。

我的世界：地下城 奇厄教主的崛起

雨毫无征兆地落下，雨点劈头盖脸砸向阿奇，把他浇得像只落汤鸡。沙漠里一片昏暗，天空覆盖着厚厚的乌云，夜晚比之前更加漆黑，天地间很快变得伸手不见五指。

阿奇只好不停地往前走。

阵雨变成倾盆大雨，阿奇听见一种奇特的咝咝声。他意识到这声音不是苦力怕发出的，而是巨型蜘蛛的声音。

透过黑暗中的雨幕，他看见身后有一排闪烁的红眼睛，是巨型蜘蛛！跟其他怪物不同，这些蜘蛛速度很快，能轻松追上阿奇细碎的步伐，想要逃命他必须跑得更快。

虽然跑得太快容易跌进坑里，但此时逃命第一，他不顾危险加快了脚步，除了尽快避开巨型蜘蛛，没有别的选择。

冥冥之中阿奇像是被拽着不断前进，这不仅是自我保护意识的驱使。与其说他在逃避什么，还不如说他在向什么东西靠近。

一道闪电划过夜空，阿奇发现自己正向一座黑黢黢的大山走去。狂风暴雨的夜晚，这座大山几乎是隐蔽在黑暗中。山上没有裂缝峡谷，也没有可逃命的通道或者可藏身的山洞。这座大山就像一堵不知道谁建起来的高墙，阿奇只能翻过这座山，尽管这非常危险。

山坡陡然倾斜，阿奇全力以赴往前走，加快速度摆脱巨型蜘蛛的威胁。很快，他就从脚蹬岩石就变成了手脚并用攀爬岩石。虽然大雨使岩石表面又湿又滑，他还是尽量找到一些像样的支撑点和落脚点。很快山坡几乎成了垂直的了。

阿奇回头向身后瞥了一眼，发现陡峭的山崖并没有阻挡巨型蜘蛛的前进，它们用八条腿在山崖上凶悍迅速地移动，一点儿不比平地上速度慢。在山崖几乎竖直的地方，阿奇的速度远远落后于巨型蜘蛛，看来这些怪物追上他是迟早的事。

　　阿奇还是一刻不停地向上攀登。他不小心蹬掉了一个松脱的石块，石块旋转着坠落下去。这把阿奇吓坏了，如果不慎踩空，他也会像石块那样随时坠落。可紧接着，那个石块砸中一只巨型蜘蛛并把它从山崖上撞了下去，摔死在山脚下。假如有多余的力气，阿奇肯定会兴高采烈地欢呼，但他只能继续向上稳稳地攀登，一旦发现松脱的石块，就把它扔在身后。

　　不一会儿，最后一只巨型蜘蛛也被石块砸死。阿奇停下来歇息，突然又是一道闪电，阿奇趁着闪电的光，发现自己离头顶一块凸出的岩石很近了。他很开心靠找到这样一个地方休息片刻，于是拖着疲惫的身子爬了上去，瘫倒在岩石上。

　　一阵阵雷声和一道道闪电提醒阿奇应该找个遮风挡雨的地方。现在他逃脱了巨型蜘蛛的威胁，需要在黑暗中找个地方安顿下来，以免怪物追上来把他团团围住。但是山崖的一侧光秃秃的，根本没有合适的地方让他藏身。

　　阿奇勉强喘了口气，艰难地站起来跟跟跄跄继续往前走。他小心翼翼地穿过怪石嶙峋、又湿又滑的岩架，尽力不让自己掉进看不见的深坑里。当他走到山崖另一侧时，又有一堵岩石挡住了去路。这堵岩石光滑陡峭，要爬过去是绝对不可能的。

阿奇真想一头栽倒在地上昏睡过去，但又不想在毫无知觉、羸弱无助时被一只悄悄靠近的蜘蛛用毒牙咬断脖子。因此，他只能强迫自己顺着陡峭的山崖继续前进，希望能找到逃出生天的办法。如果遇到平缓的山坡可以爬上去就好了，但最好能找到一个遮风挡雨的山洞。

这时，他差点儿被一支没点燃的火把给绊倒。火把躺在凸出的石台上，直到被绊了一跤阿奇才发现它。起初，阿奇还以为那是一个树根，但这里地势很高，很难长有大树，阿奇用手摸了一下才知道那是什么东西。

他没有火种引燃火把，也担心火把太湿很难被点着，但当他捡起火把时，不知道是什么魔法作祟，火把顶端突然蹿起火苗。他搞不明白，但也不想考虑太多。

在火把的照耀下，阿奇能看到更远的地方。他发现他所站的岩架很宽敞，足够驻扎一支小型军队。他开始设想是否有一条捷径可以通向这里，但假使有捷径，就会有两个问题困扰他。

首先，如果真的有捷径，那么他辛辛苦苦攀爬陡峭的山崖岂不是太傻了？其次，如果真的有捷径，那么怪物也会顺着它找到这里。这个地方还有什么安全可言呢?

新的恐惧笼罩心头，因疲惫而放松的神经又紧张起来。尽管担心会把更多怪物引来，但阿奇还是高高举起火把。在火光照耀下，他看见左边真的有一条小路，于是他顺着小路往前走去。

小路弯弯曲曲形成深入山体的通道，直切入大山腹地，蜿蜒环绕着群山中几座比主峰矮得多的次峰。走进山口，阿奇再也看不见攀爬山崖的起点了。但不管怎样，这座岩架构成的山洞至少为他提供了一个小小的庇护所，一个避风港。

当阿奇到达山洞尽头时，他发现前方有闪烁跳跃的火把亮光。绕过山洞最后一个弯道后他倒吸了一口气，这里有高塔一样的巨型大门矗立在眼前。构成双扇门框的高架上安放着巨型火盆。借着火盆的光，阿奇看见门上高高的把手，把手太高，他根本够不着。

阿奇无法想象是谁建起了这个地方。应该有人曾经在这里居住过，但好像很久以前就弃之不用了。

阿奇明白，要是够聪明就应该马上转身离开，回到狂风暴雨中，重新面对可怕的天气和到处游荡的怪物，时刻提心吊胆。但他实在不愿意这么做。

他抬起头望着大门，心里涌起不祥的预感。他感觉不管门后藏着什么，都是恐怖的噩梦里才会出现的东西。

强烈的好奇心驱使他一直往前走。他无法对这扇神秘的大门视而不见。假如现在走开，门后的秘密就永远无法揭开了。

阿奇鼓起勇气高高举起火把，把一只手放在厚重的大门上。

秘密即将被揭晓。

第十章

出乎意料，高耸的大门竟然真的打开了，好像它一直在等待阿奇的到来。但是，门后面黑乎乎的，好像什么都没有。

阿奇蹑手蹑脚地走进大门，发现自己站在一个宽广平坦的洞室里，洞室的空间延伸到很远，阿奇费尽力气也看不见洞壁在哪里。他只知道外面狂风大作、暴雨肆虐，但他在这里却安然无恙，此时此刻他心满意足。

阿奇继续向前走，趁着火把的亮光，他发觉自己像是走到了尽头。在这里他看见一个无底洞。往相同的方向望去，还有一座光秃秃的石桥伸向无边的黑暗中。

岩架下方的边缘地带有柔和的光，阿奇不清楚是什么东西在发光。他很好奇，不知道从岩架边缘跳下去会有什么新发现，但他确定，如果跳下去最大的可能就是一头扎进死神

100

的怀抱。

阿奇不敢贸然走上那座光秃秃的石桥。但除了那座桥，他找不到其他方式继续往前走。恐惧之中，他的喉咙变得干涩嘶哑，他只能小心翼翼地见机行事。他战战兢兢走上石桥，不住地往石桥两边张望，可是除了那道神秘的亮光什么都没有。

阿奇终于有惊无险地走过石桥，面前横亘着一个陡峭的山坡，好像有人挖空了那座山，在大山深处留下另一座山峰等待他去探索。

阿奇用手遮在眼睛上方，避开火把的亮光。这时，他发现大山深处的山峰上射出一道微弱的金光。他找不到捷径离开这里，对他来说唯一的路就是上山，于是他开始往上攀爬。

阿奇越爬越高，那道金光也越来越耀眼。就在他一步步靠近目标的时候，脑子里好像有个声音在低语。阿奇这才恍然大悟，这个声音一整天都在轻柔地与他交谈。

"走近点儿，"这个声音传来，"再走近点儿。"

这几个字阿奇听得真真切切，他呆住了。他一直以为这声音只是掠过耳边的风声，但当他听清楚了这几个字之后，心中不由得升起一阵恐惧。

"没关系，"这个声音响亮，语气坚定，"别害怕，再走近点儿。"

阿奇战战兢兢地往身后扫了一眼。如果他不会失足摔死的话，现在溜下山，走过石桥，几秒钟就能夺门而出。可不知为什么，比起山下，山顶上的金光仿佛更温暖、更诱人。

我的世界：地下城 奇厄教主的崛起

"我在等你。我将赐予你力量。"

阿奇狠狠地摇了摇头，想摆脱这个声音，但无济于事。他想把耳朵堵住，可依然是徒劳。

"走近点儿，"那个声音在他脑子里回响，"再走近点儿。"

阿奇发现自己并不想违逆这个声音，完全不想。这个声音很怪异，但如果是它把自己吸引过来的，至少它帮自己找到了这个温暖、避风、干燥的好地方。

沿着倾斜的山坡，阿奇越爬越高，最后到达了山顶。爬上山顶之后，他看到了这辈子都难忘的奇异景象：在宽大低矮的基座上，有个光芒四射的方块在缓缓旋转。

阿奇眼睛瞪大，一眨不眨地看着方块。就在他目不转睛注视方块的时候，方块的颜色不断变化，开始是亮粉色，然后是明黄色，后来又变成艳橙色。

"欢迎你的到来。"那个声音对他说，"我是支配之球，我的职责是辅助你主宰世界。这是你的天降使命。"

阿奇头脑中一片混乱。主宰世界？他连自己的命运都主宰不了。这种想法太荒谬，他甚至笑都笑不出来。带着满腹疑虑，阿奇呆呆地站在原地。

可是，他感觉支配之球有种不可抗拒的吸引力，于是双脚不由自主地朝支配之球靠近，伸出双手想抓住它。

当阿奇用双手环抱住支配之球时，支配之球充满希冀地剧烈跳动起来。"这就对了，你将接受自己的命运。"

支配之球迫不及待地迎接阿奇，使阿奇惊讶得往后退缩。

他很清楚，世上的好东西都不是白白得来的，必定有附加条件，所以他根本不相信支配之球赐予他命运这种无稽之谈。像他这样微不足道的灾厄村民，何德何能配得上这种至高无上的权力呢？

可是，他不能放弃这个天赐良机。

"很好。你注定会成为一个伟人。所有苦难必将终结，现在是你统治天下的时候了。"

有支配之球的力量加身，像"克星"这样的英雄和索德这种凶悍的灾厄村民再也不能伤他分毫，他们必须对他毕恭毕敬，臣服在他脚下！

阿奇把支配之球捧在手心。它开始剧烈震颤，一股股不可思议的神秘力量传向阿奇。

强烈的光环绕着阿奇，让他陷入耀眼光芒的旋涡之中。支配之球强大的力量在阿奇身体内不断膨胀，从此以后，阿奇会变成一个无所不能的超人。

"很好，现在我们已经合为一体。从今往后，我们的命运会紧紧相连。"

阿奇感觉全身充斥着强大的力量。他仰天大笑，巨大的山洞里回荡着他疯狂的笑声。

第十一章

第二天清晨，阿奇醒来的时候，还以为昨晚不过是做了一个放肆荒唐的梦。可当他睁开眼睛，发现手里依然紧握着支配之球。

要在以前，这种强烈炫目的亮光肯定让他难以成眠，但支配之球的光所蕴含的神秘力量却有一种平静安抚的效果。

其实，"平静"这个词不太适合形容这个拥有强大法力的神奇宝物。如果支配之球在别人手里，阿奇可能已经膝盖跪地向对方求饶了。但支配之球只属于阿奇，所以紧紧攥在手里的感觉令他安心。

"早上好，该起床了。"又是那个声音，"我们还有很多任务。"

阿奇的肚子咕咕叫着表示妥协。他站起来伸个懒腰，然后把支配之球夹在胳肢窝下。

又是新的一天，阿奇如释重负。怪物对他不再有威胁，至少今天他的小命保住了。

"它们以后再也伤害不了你，因为我会伴你左右。"

支配之球的话让阿奇忍不住微笑起来。比起在无边的恐惧中度日如年，支配之球像是帮他从肩上卸下了一副重担。阿奇不由得站直身子，感觉自己比任何时候都要高大。

他低头仔细端详支配之球，暗暗赞叹它的神奇力量。支配之球晶莹璀璨，光芒万丈，它宣称所拥有的超能力能让阿奇得偿所愿，护他安然无恙。

这一切都像在做梦，阿奇害怕自己随时被惊醒，发现死亡已经降临。也许这都是脑袋被重击后产生的幻觉。

"这不是梦。从此以后你再也无须焦虑。"

阿奇依然觉得一切都是幻觉。然而，总是怀疑天降好运只能给自己带来痛苦。不管怎样，即使做梦也好，现实也罢，先享受一下吧。

"我来告诉你该做什么。首先，我们必须离开这个地方。"

显而易见，阿奇这位新朋友不能把他从这里传送出去，它也不能飞，所以阿奇只能把支配之球扛下陡峭又危险的山坡。

说走就走。可出人意料的是，下山比他预想的容易得多。不知道是不是因为支配之球的力量，他走的每一步都信心满满。按照以往，看见路两旁全是滑下去就会没命的无底深渊，阿奇肯定吓瘫了，但现在他沿着山坡往下走，跟走在宽敞平坦的大道上一样踏实。

    阿奇跨过石桥来到门前的平台上。他瞥见门框上有一组雕像，雕像在门框两边各有三座。它们看起来很像尤米村庄里的铁傀儡，但不是用生铁制成的，而是用某种闪耀着红光的活石雕刻出来的。

    "它们站在那里守望着你，保障你的安全。有了它们谁都伤害不了你。"

    "它们有生命吗？"阿奇盯着这些红石傀儡问道。就在这时，本来倚在墙上的红石傀儡纷纷跳下来大踏步向他走去。它们的关节在移动时嘎嘎作响，听起来像石头互相摩擦的声音。红石傀儡在距离阿奇几步之遥的地方挺直身子站住，像是肃立在将军面前的士兵。

    双方都静默无声。过了一会儿，离阿奇最近的红石傀儡浑身战栗，把阿奇吓得想转身逃回黑暗中。这时，支配之球发出光芒，给予他极大的安慰。他平静下来，又向那个家伙靠近了一点儿。

    阿奇看到这个红石傀儡把身上经年累月的灰尘抖落下来，用红石雕刻的四肢在身体上不停摩擦，双眼目不转睛地望着他，瞳仁好像一块熊熊燃烧的火炭闪闪发光。

    阿奇没有跟红石傀儡说过话，但红石傀儡就能知道他是谁，他要做什么。红石傀儡向前迈了一步，在他面前单膝跪下，把他认作自己的主人。

    阿奇忍不住放声大笑，直到笑得喉咙嘶哑，接着便开始哽咽。他抹去眼睛里的泪花，再定睛一看，这才发现所有的红石傀儡都跪在他面前表示臣服，于是他又哈哈大笑起来。

"它们完全听从你的命令。"

阿奇兴奋极了，拼命抑制住想高声尖叫的冲动。村庄里只有寥寥几个铁傀儡保护村民，现在他手下有六个红石傀儡听凭他的调遣。从此以后，谁都不能再来找他的麻烦，即便英雄也会在他强大的威慑力下紧张得瑟瑟发抖。

想到这儿，阿奇喜出望外，脸上乐开了花。他继续向前走，到了山洞洞口向外面张望。大山外面，太阳已渐渐西沉，一天的时光就这样在半梦半醒间偷偷溜走了。

"你的体力已经透支，需要休息。我会默默守护你，抚平你的创伤。"

阿奇心中涌起浓浓的感激，支配之球在他的胳膊下发出温暖的光。阿奇低头端详支配之球，下决心要用心对待它，而不是带着它到处溜达。支配之球是他此生见过的最宝贵的东西，他必须恭恭敬敬地把它供奉起来，好让每个人对它顶礼膜拜。

"明智的想法，完全符合天选之子的身份。在你的羽翼下被庇护的臣民是何等幸运。"

支配之球发出一道强光，轰地穿透了阿奇面前的土地，地上露出一条矿脉。大块大块的铁和金从地下涌出来，在他面前盘旋着。紧接着，它们像陀螺一样飞速旋转。所有矿石不停地旋转，越来越高，越来越细，最后融合在一起成了一根笔直高耸的铁杆，顶端还有一个圆盘。

严丝合缝，无懈可击。

阿奇认出这铁杆原来是一根权杖。权杖飘浮在空中，飞到他右手边的位置。落在地上时，阿奇伸出手把它握在掌心，大小正合适，像是专门为阿奇打造的。

阿奇用另一只手举起支配之球，放在权杖顶端的圆盘里，支配之球立马稳稳当当地立在上面，好像被什么东西粘住似的。但凑近看会发现，支配之球并没有接触权杖，而是悬在权杖上方，跟它在山洞里悬在基座上的样子一样。

"这样感觉好多了。"

阿奇也感觉好多了。这时，他回过神来才发现自己已经饥肠辘辘了。

"请稍候。"

不过几秒钟，满满一盘热气腾腾的食物出现在旁边一块跟桌子一般高的大石头上。这块石头倏地变出另一块石头，高度刚好与阿奇匹配。阿奇马上坐下来狼吞虎咽，好像几个星期没吃过东西似的。

每当阿奇吃完盘子里的东西，马上就有更多食物涌现出来。他只好不停地吃呀吃，一直撑得肚子快要爆炸，走不动路为止。酒足饭饱之后，他一骨碌从石椅子上滚落下来，再一次蜷缩在地上。

更神奇的一幕出现了。只见地上猛然长出一个枕头，刚好垫在阿奇的脑袋下面，接着空中飘来一张毯子，盖在他身上。一阵困意袭来，阿奇仰头看见支配之球稳稳地在威严的权杖顶上缓缓旋转着。六个红石傀儡将他团团围住，忠心耿耿地护卫着他，不让任何怪物打扰他休息。心满意足加上安全可靠的守卫，阿奇很快坠入梦乡。

不知过了多久，一阵熟悉的尸壳呻吟声突然传来。阿奇惊醒，吓得魂不附体。他揭开身上的毯子，慌慌张张站起来，恐惧中全然忘了支配之球的光笼罩在身上，忠诚的红石傀儡护卫着他。

"无须惊慌，我会保你安然无恙。"

阿奇抬头仰望亮晶晶的支配之球，不知道它的法力究竟有多大。虽然见识过它用铁块和金块瞬间变出一根权杖，或者凭空变出一顿饕餮大餐，但能不能对付凶恶的尸壳可要另当别论了。红石傀儡也许能把怪物打个落花流水，可它们会动手吗？带着对支配之球的种种疑问，阿奇双手紧握权杖，像攥着武器似的立在那儿，其实他根本不知道如何使用它。

他紧盯着周围的重重夜色，屏住呼吸，想看清楚是什么东西在向他逼近。说时迟，那时快，一个浑身腐烂、皮肤发绿、外形像人的怪物踉踉跄跄朝他扑来，一只眼在支配之球红色光芒的照耀下反射出阴森森的亮光。

通常情况下，一个尸壳就能把阿奇吓得连滚带爬地跑回山洞，砰的一声把门死死关上。可现在此起彼伏的呻吟声表明，后面还有着数不清的尸壳正向他扑来。

"待在这儿别动。放心，你会安全无虞。"

我的世界：地下城 奇厄教主的崛起

阿奇瞥了一眼身后幽深的山洞，心想要是遭遇不测，可以马上后撤到这个安全的地方。于是，他扭过头想看看尸壳离自己还有多远。他看到刚才那个领头的家伙身后还跟着五六个尸壳，正趔趔趄趄地走着，天晓得暗处还藏着多少冲他而来的怪物呢？

红石傀儡面对这样的威胁，呆头呆脑地一动不动，看起来跟雕像没什么两样，难道它们的作用就是当阿奇的挡箭牌吗？

阿奇想放下权杖转身没命地夺路狂奔，但最后关头打消了这个念头。如果现在逃跑，苦心得到的权力和力量就全白费了，他再也没有机会验证自己有多强大，能做些什么。想配得上这样的权力，他就必须行使它。

现在就是验证权力的最好时机。

"是的，你可以命令红石傀儡为你效劳，不要顾虑。你也可以给我下命令，把怪物全都消灭掉。"

阿奇把权杖高举过头顶。顶端的支配之球射出血色残阳般的红色光芒，在尸壳步步逼近的时候，红色光芒发出剧烈的噼啪声。

最前面的尸壳跟阿奇近在咫尺，阿奇收回权杖，又朝怪物的脸猛挥过去。就在这时，支配之球突然爆发出一股不可思议的能量。

支配之球的光越来越耀眼，刹那间一道炫目的强光射出来。强光穿透最近的尸壳把它点燃，尸壳一下子被烧成了灰烬。阿奇高举权杖大步向前走去。支配之球的强光所经之处摧枯拉朽，剩下的怪物全都应声变成了灰烬。不一会儿，所有尸壳都被消灭殆尽。

眼前的一幕让阿奇兴奋得喘不过气来。"真不敢相信！"他大声喊道。

"你满意吗？"支配之球急切地问道。

"非常满意！"虽然支配之球好像能感知他的想法，但他宁愿大声说出口。脑子里有一个外来的声音喋喋不休，这种感觉多少有些奇怪，至少现在他还没打算用这种方式跟别人交流。

当然啦，要是有人不小心看见阿奇这个样子，准以为他在自言自语，可他周围也没什么人，所以被误解的机会并不多。况且手握至高无上的权力，他还有什么好在乎的呢？

有了支配之球，再也没有怪物能威胁阿奇。自从离开尤米家，他头一次有了安全感，说不定自打他出生以来也是头一次。

"我说过我会保护你，你再也不用担忧。"

阿奇的感激无法言喻，只能化成一句"谢谢你"，虽然这句话有些苍白无力，但此时他真的不知道该说什么好。

"请允许我带你参观其他领地。"

阿奇震惊得合不拢嘴。领地？难道支配之球对他悉心保护，让他变得强大无比还不够吗？他竟然还拥有领地？

带着疑问，阿奇急切地想看看支配之球所说的领地在哪里。"我们要去哪儿？"

"把权杖向南边的石头挥一下。"

我的世界：地下城 奇厄教主的崛起

阿奇原地转了一圈才分辨出方向，看到了支配之球说的那些石头。他高举权杖朝南边一挥，一道光束迸发出来吸住一大块石头，并把它挪到了一边。要是单凭阿奇自己，休想搬动它一分一毫，但是支配之球挪动石头就跟转移一袋羽毛那样轻松。

接下来，支配之球把一大块一大块石头全都挪开，石头旁边很快出现一条小路。

"要想加快速度，你可以命令红石傀儡来帮忙。"

"这个主意真妙！"阿奇转过身想找红石傀儡，却发现它们全都整整齐齐地站在身后，阿奇这才知道红石傀儡一直跟在他后面。

"你们！我说，呃……叫什么来着？对，我的傀儡！"他指着面前那堆石头对红石傀儡下达命令，"开出一条路！"

六个"红石巨人"迈着整齐划一的步伐走上前，齐心协力行动起来。它们并肩合作，石头很快被清理干净，一条通往山下的弯弯曲曲的羊肠小道显露出来。看到它，阿奇马上明白了，那些尸壳就是从这里上山的。怪物被支配之球的光芒吸引，钻过一条不为人知的羊肠小道来到这里。它们还以为亮光来自一个可怜的流浪者的火把，以为遇到了嘴边的肥肉，但它们为自己的错误付出了巨大代价。

"这是你的未来之路。我们一起探索吧。"

阿奇在空无一人的小道上信步前行，好像整座大山都是他的。也许他真的是这座大山的主人。

当他沿小道下山时，一缕曙光冲破天际，太阳从东方冉冉升起。

从山路上望去，阿奇可以清晰地看见向南延伸的沙漠，景色令人叹为观止。如果极目远眺，还能看见更远处的崇山峻岭和莽莽森林。他这才注意到，为了躲避巨型蜘蛛，那晚在茫茫黑夜中他竟一口气爬到这么高的地方。更让他惊讶的是，他居然平安无事地登上峰顶，并没有失足跌下悬崖被摔死。

刚到山脚下，支配之球就在他脑子里低声下达各种指令。阿奇不想理睬，因为他一心想往南走，渴望回到村庄，找到尤米并让她知道自己平安无事。

最重要的是，他要找到萨拉和索德，还有那些把他害苦了的家伙，包括把他赶出村庄，逼得他流离失所的英雄们，当然还有那个"克星"。

尤其是那个"克星"。

"现在就是报仇的最好时机。英雄对你也没有威胁，遑论其他人。

"可是，他们一向成群结队。一旦他们勾结起来沆瀣一气，就会凝聚成一股强大的力量。想要打败他们，把他们永远赶出这片土地，我们一定要找到盟友。

"我们必须建立起一支属于自己的军队。"

阿奇打心底喜爱支配之球喋喋不休的低语。

第十二章

权杖顶端的支配之球有一股无形的力量，引导阿奇往大山的南面而去。在支配之球的指示下，阿奇打算用权杖和六个红石傀儡组成的队伍创造出全新的景观——他的新家。

阿奇现在要做的就是用权杖指点正确的方向，并考虑需要做出怎样的改变，而接下来的工作交给支配之球和红石傀儡就行了。实际上，红石傀儡承担了大部分工作，阿奇和支配之球只负责规划新家的风格。

做规划花了好几天时间，而挖掘建筑材料耗时更长，然后按照阿奇的想法把建筑材料精妙组合，造出了令人叹为观止的建筑。整个过程阿奇都精神振奋，而红石傀儡则按照指示孜孜不倦地忙碌着，最后疲惫不堪的阿奇不知不觉进入了梦乡。

"这座城堡必须宏伟气派、威严肃穆，有高大的围墙和高耸入云的塔楼，让看到它的人都对它顶礼膜拜。"

"非常正确。只有恢宏的城堡才配得上统治它的主人。这个地方壁垒森严，地盘广阔，可以用来屯兵。"

"太棒了！这座城堡将是世界上最辉煌的建筑！"

"令人骄傲的建筑必须有个大气响亮的名字。"

"有道理！应该让听到这个名字的人都肃然起敬！"然而，阿奇绞尽脑汁也想不出合适的名字。他在灾厄村民部落长大，那里的房子都密密匝匝挤在一起，跟他们正在搭建的城堡简直是天壤之别。

"就叫高墩之堡吧。"

阿奇无法分辨这个名字究竟是他想出来的，还是支配之球的主意，但他知道高墩之堡这个名字简直是天作之合，没有比它更合适的了。

很快，高墩之堡主体顺利完工。虽然要把它装修得富丽堂皇还得花好长时间，但至少阿奇现在就能搬进去了。

"欢迎回家。"

阿奇登上高墩之堡长长宽宽的台阶。这座城堡是用大山的活石雕凿出来的，跟山体结合得天衣无缝，规模之大令人瞠目结舌。阿奇从没见过如此庞大的建筑，现在它竟然归他所有。

虽然这座宏伟的建筑刚刚建成，但阿奇感觉它不像今日

我的世界：地下城 奇厄教主的崛起

才立存于世，而是存在了颇为久远的时间，一直等待着重见天日。就好比一座精美绝伦的雕像长久以来跟大理石浑然一体，阿奇和支配之球并不是它的缔造者，而是揭开了它的神秘面纱。

"进去吧，它属于你。"

阿奇登上最高的台阶，首先映入眼帘的是高墩之堡气派的城门，这道门比他进入山洞的那道门还要高、还要宽。门前拦着一条深不可测的峡谷，峡谷的宽度人类无法跨越，只有鸟儿才能飞过去。除此之外没有别的路可通行。

阿奇苦思冥想了很久，不知道该怎么办。难道他设计了一座自己都进不去的城堡吗？此时，他的脑子里又响起支配之球的声音。

"别担心，我会帮助你。"

阿奇不禁在宽宽的额头上拍了一下，笑自己太过迂腐。现在他拥有至高无上的权力，只需动动手指就会有人为他效劳。

站在峡谷前，他又一次高举权杖，心中默默下令造出一座吊桥。刹那间，周围的大树纷纷向上跃起，一根接一根固定在峡谷对岸的岩架上。阿奇眼睁睁看着木头在已经砌好的木质基座上越堆越高，并且飞速向他站立的位置延伸。

眨眼间，吊桥已经延伸到峡谷这一边。一座坚固的木质吊桥横跨过无边无际的天空，但看起来好像还没有完工。

阿奇沉思良久，再次挥动权杖。巨大的铁链从吊桥的边角冒出来，一直延伸到峡谷对岸，连接到高墩之堡城门最高处两个边角的洞里。铁链能牢牢拉起吊桥，把外面的世界和高墩之堡彻底分隔开，为城堡主人提供绝对的安全。

虽然阿奇不明白吊桥的工作原理，或者说他不知道如何才能设计拉起吊桥的装置，但这不重要，支配之球会帮他打点好一切。它默默地为阿奇效劳，让阿奇感到安心踏实。更令阿奇心感安慰的是，不论他在高墩之堡做出什么决定，都具有不容置疑的权威。

阿奇怀着从未有过的自信，雄赳赳、气昂昂地踏上吊桥。到达对岸后，高墩之堡的城门在他眼前轰然打开，阿奇泰然自若地步入高墩之堡。

在高墩之堡高大的围墙里，阿奇兴致勃勃地到处勘查。虽然城堡是他亲自设计的，但步入其中却是另一番感受——尤其是这座城堡占地面积大，结构极其复杂。每当阿奇迷失其中，支配之球总会为他指明方向，阿奇对它的指示毫不怀疑，比自己做出的决定更值得信赖。

高墩之堡实在太大了，好像不是为他这样的小个子灾厄村民建造的，而是为那些比他高大魁梧的主人建造的。然而，尽管这里规模宏大，但阿奇依然感觉像在家里一样自在。无须丈量，城堡中每样东西的尺寸都与他的身材完美契合。

在城门外的某个地方，一座巨大、宽阔的石桥从高墩之堡的前端一直延伸到茫茫大海，然后跨越海面到达一座峰峦叠嶂的海岛。这座海岛像是在一次火山爆发后形成的，所有熔岩凝结成固体，最后变成坚硬似铁的岩石。

我的世界：地下城 奇厄教主的崛起

"岛上的黑曜之巅有一座更大的城堡。那座城堡也在你的管辖之下，是你伟大帝国的发祥地。"

阿奇脸上现出肆无忌惮的笑容，幸好周围一个人都没有，否则任谁看见他这副德行都会以为他疯了。

当阿奇在高墩之堡中四处游走时，几个红石傀儡在他身后亦步亦趋紧紧跟随。它们整齐划一的步伐让阿奇倍感安心。现在，该去看看这些城堡守卫的新房间了。阿奇带着几个红石傀儡走进一间宽敞的地下室，这是它们建造高墩之堡时挖掘出来的。跟高墩之堡其他房间一样，地下室的天花板很高，身形魁梧的红石傀儡可以在房间随意走动，完全不用担心会碰到头。

阿奇高举权杖，支配之球的光照亮整个房间。"我的红石傀儡，看好了！"阿奇大声喊着，"这就是你们的家！"

几个红石傀儡各就各位，阿奇对它们展现出来的巨大力量啧啧称奇。虽然它们只有六个，但阿奇从没见识过这样强大的战斗力。他也从未想过，有朝一日自己会拥有如此雄厚的力量，征服支配之球后的野心好像已经膨胀到了顶点。

然而，他的崛起之路才刚刚开始。

"还有什么？一起来吧！"经历了种种应接不暇的神奇事件后，阿奇甚至都来不及休整一下，"这个世界还要给我哪些惊喜？"

"世上的一切，整个世界都将属于你。接受它们吧。"

这个声音让阿奇突然清醒过来。此刻，他觉得自己不是小偷，而是正宗的强盗。在灾厄村民部落里，盗窃会受到严惩，沃尔达会公正严明地伸张正义。

"你没有盗窃别人的一分一毫。这些都是你应得的。"

这话让阿奇如同坠入云里雾里。为什么这个世界应该是他的？说实在的，他根本不明白支配之球和高墩之堡怎么就成了他的。难道纯粹是运气好，偶然闯入无人之地，这样的好事才落到他头上？

"你不是偶然被选中，这是你的宿命。"

这样的话支配之球以前说过，但本就糊里糊涂的阿奇此时更糊涂了。被命运选中的说法让他的心为之一动。想当初，他在绝境中闯入大山，要不是那些怪物在后面穷追不舍，谁愿意踏上那条荒无人烟的小路呢？

然而，阿奇很快意识到真相，吓得呼吸都停顿了。也许那些怪物并不是在抓他，而是故意把他驱赶到这里来的。

这就能解释为什么怪物一直抓不到他。在这段恐怖的经历中，没有任何怪物对他造成实质性的伤害。

突然，阿奇的脑子里升起另一个可怕的念头。他不敢面对真相，也许这个真相比眼前的困惑更恐怖，所以他宁愿让它成为未解之谜而不愿揭穿它。

"我该如何征服世界？"终于，他声嘶力竭地发问，"我每天只能挥动权杖，等待命运的安排吗？"他满心疑虑，犹豫不决，"是这样吗？"

"当然不！但有了我和军队的协助，我们会慢慢积累力量和资源，征服世界的伟大目标轻而易举就能实现了。"

这时，阿奇感觉权杖在拽着他往上走，于是他留下红石傀儡，自己走上楼梯。几个红石傀儡静静地肃立，目送阿奇离开地下室。

跟随权杖的指引，阿奇一直向上，向上，向上，越爬越高。最后，他登上黑曜之巅，来到最高的山峰。这里有一个专门为他准备的石头宝座。

阿奇走近宝座，发现宝座前的石头地板上恰好有个洞口，大小和权杖的宽度一样。

"把权杖立在洞里，然后坐下来。我将向你展示你感兴趣的一幕。"

阿奇按照指示把权杖一头插进洞里，权杖开始缓缓下沉，最终支配之球随着权杖降落在比宝座高一些的位置，并在那里继续转动。在这个过程中，权杖缓缓下沉，变得越来越短，阿奇看得提心吊胆，最后他强迫自己放松下来。谢天谢地，一切都很顺利，阿奇松了一口气。他在宝座上坐好，支配之球悬在空中，刚好跟他的眼睛平行。

"集中精神看着我，有个画面你肯定会感兴趣的。"

阿奇不理解支配之球在说什么，但他信赖它。他努力瞪大眼睛，紧紧盯着光芒四射的支配之球，最后瞳孔聚成一个点。

然后，他看见了一幅清晰的画面。

在他的视野里，支配之球的光芒隐去了，眼前出现的画面是高墩之堡南面的荒漠地带。那是他以前经过沙漠时故意绕开的区域，但不知为何，他一眼望去马上判断出了确切方位。

阿奇好似一只飞鸟在天上盘旋，从高空俯瞰大地。夜色像一张毯子笼罩四方，只有头顶的一线月光撕破黑暗。

黎明时分，东方已现出鱼肚白，但沙漠还很遥远。

两支军队在沙漠里正面遭遇，一场恶战就此展开。一边是尸壳和骷髅，它们从一座砂岩砌成的庞大的沙漠神殿中蜂拥而出。这座神殿对阿奇来说并不陌生，上次走过沙漠边缘时他远远地望见了它，虽然跟现在画面中的角度不同，但他还是一眼认出了沙漠神殿。

交战的另一方是灾厄巡逻队。此时激战正酣，在人群中阿奇突然认出了索德，他不由得倒吸一口气。他的老对手立于战场的边缘，用魔法召唤出恼鬼——它们是一种长着双翼的小怪物，身佩锋利的长剑在战斗中为索德效劳。每当有尸壳靠近，索德就扬起双臂从地上召唤出一排带有巨大尖牙的恼鬼，它们以迅雷不及掩耳之势撕咬住凶恶的怪物。

阿奇虽然憎恨索德，但不得不佩服这位唤魔者的强大法力，因为尸壳根本无法挨近索德一步。但不幸的是，灾厄巡逻队的其他成员明显招架不住一群群怪物的袭击，只好苦苦支撑。

"一群蠢货！"阿奇说道，"竟然被打得落花流水！"然而，话刚说出口，他猛然意识到这个场景是多么熟悉。相同的遭遇他曾经历过，和上次他参加巡逻队时一模一样，整支队伍被怪物死死压制。

　　现在，看着眼前的画面，阿奇开始怀疑他能活下来，是否真的要归咎于运气。

　　"你为什么让我看这个？"阿奇问支配之球，心中疑虑丛生。灾厄村民的软弱令他厌恶，想到要面对即将来临的战败，他只想赶快躲开，可是支配之球根本没有注意他的情绪。

　　"因为你需要看到这一幕。"

第十三章

当阿奇坐在黑曜之巅的宝座上观战时，沙漠中已是黎明时分，而灾厄村民还在与怪物鏖战。一拨拨怪物军队已经消失不见，它们知道战斗时间所剩无几，但仍有零星的几个不服输的怪物在战场上与灾厄村民血战。这些怪物有的射箭，有的徒手搏斗。

怪物还在对灾厄村民紧追不舍，直到太阳出来，它们的暴行才趋于结束。但即便身上着火，一些不愿放弃的怪物还在坚持战斗。为了不被怪物身上的火焰灼伤，灾厄村民转身没命地狂奔。

怪物们终于变成一堆堆灰烬，逃命的灾厄村民这才停下脚步，瘫倒在沙地上。他们有的开始包扎伤口，而更多的则只是为了喘口气。最终他们活了下来。

可是，仍有大多数灾厄村民等不到怪物变成灰烬就死在了战场上。

阿奇又把视野放得更远一些。现在，他能看到瘫倒在沙地上休息的灾厄村民正享受沙漠热浪来临前最后的放松时刻，因为随着气温升高，沙漠表面很快会变得滚烫，令人难以忍受。在那些灾厄村民中，阿奇一眼瞥见了索德。

画面中，这个气急败坏的唤魔者大发雷霆，催促大家站起来继续前进。至于巡逻队要向何处进发，目的是什么，阿奇只能猜测了。

阿奇突然想到一件事。在他还是巡逻队队员时，对这件事就百思不得其解：灾厄村民为什么要袭击怪物？怪物没有任何财产和值钱的东西，跟它们对战完全得不到任何好处。

可是，阿奇没有勇气向索德提出这个问题。通常，如果开口向袭击队长询问这些不该问的问题，得到的唯一回答就是后脑勺上重重挨一下子。在阿奇看来，索德也不知道跟怪物搏斗的目的是什么。可能纯粹就是喜欢战斗，至于跟谁战斗，为什么战斗，对索德来说根本无所谓。

阿奇最后琢磨明白了，跟其他人一样，索德只是执行沃尔达的命令而已。知晓战斗目的的只有沃尔达一人。可灾厄村民根本无法彻底消灭怪物。尸壳和骷髅源源不断地出现，即使沃尔达搭上所有灾厄村民的性命也无济于事。

"我的族人需要我。"阿奇终于开口了。

"是的，他们需要你的帮助。"

"不然，怪物会把灾厄村民杀得片甲不留。"

"他们是你的同胞。他们也能帮你建立属于你的军队。"

军队？支配之球曾提出过这个设想，现在这个设想让阿奇感到抑制不住的兴奋和激动。一直以来他都憎恨战争，战争危险、卑鄙、肮脏，令他生厌，所以他尽可能地逃避加入巡逻队的机会。可是，如果有人为他而战，完全听从他的命令呢？阿奇对此倒是很感兴趣。

然而，死去的灾厄村民是无法为他战斗的。阿奇无法掌控逝去的族人，因此他需要他的族人活着。

可是，怎么才能搭救他的族人呢？怎么才能以灾厄村民的名义加入这场战斗呢？

应该带上支配之球向沙漠进发吗？说不定当初在山洞入口处消灭怪物的方法就能助他达到目的，但那样做确实有些冒险。那时候，他面对的仅是一小撮怪物，可不是现在这样从沙漠神殿里拥出来的怪物大军。

"你可以带上红石傀儡。它们会是你得力的左膀右臂。"

这句话提醒了阿奇。他已经有了红石傀儡，还要灾厄村民干什么？就让他们被怪物消灭掉吧！

这个念头一闪而过，把阿奇吓了一跳。虽然在部落里一直不被尊重，可他毕竟是灾厄村民部落的一员，他当然不希望看到族人白白送命。

但是，如果要建立军队，难道红石傀儡还不够吗？这些家伙太强大了，阿奇想不出来有什么力量能跟它们抗衡。它们中的任何一个都能像踩臭虫那样把对手踩死。

"可是，假如被敌人重重包围，红石傀儡的力量还不足以保卫高墩之堡。"

阿奇一时语塞。在这个新家，他被周全地保护着，每天过得安心踏实。况且谁会来围攻他的城堡呢？

曾经有什么人掌控过支配之球吗？他们是谁？他们有可能也是红石傀儡的主人，甚至神奇的红石傀儡就是他们造出来的。

后来他们怎么了？为什么放弃已经到手的权力？他们逃走了还是丧命了？又是谁如此强大打败了他们？

他们还会回来吗？

"谁也不能把我从你身边夺走。"

阿奇不明白支配之球是怎么觉察到自己的担忧的。他暗暗下决心再也不去追问答案，即便答案有可能揭开支配之球落进自己手里的秘密。在他看来，对天赐好运提出疑问只会带来伤害。

纠结过往没有意义，他应该往前看，必须拯救自己的同胞，同时建立自己的军队。他要做的只是团结他的族人，为自己所用。

想到这儿，阿奇从宝座上一跃而起，抓起权杖回到高墩之堡，向红石傀儡所在的地下室走去。到了地下室，他把权杖高举过头顶，说道："起来吧，我们要并肩战斗了！"

几个红石傀儡站起来，直挺挺地站在他面前，让他仔仔细细检阅了一遍。尽管这几天非常忙碌，但红石傀儡的精神状态依然很棒。除非它们裂成碎块，否则跟平常没什么两样。

阿奇挥了一下权杖，带领它们走出地下室，红石傀儡跟在他身后鱼贯而出。它们的步伐比阿奇慢，前进的时候，沉重的大脚每走一步，地面都会震动一下。

看它们走得那么慢，阿奇有些着急。以这样的速度，不知何时才能接应灾厄巡逻队。可他知道这是红石傀儡最快的速度了。

他们来到高墩之堡门口。走过吊桥，阿奇停下来，回头凝视着高墩之堡。他刚成为这里的主人就要离开，没有他的守护，高墩之堡会安然无恙吗？

他犹豫了许久。他真的要离开高墩之堡吗？灾厄村民需要他的帮助吗？毕竟族人曾经无情地抛弃过他。

更重要的是，他离开后高墩之堡还会安全无虞吗？如果自己连堡垒都丢掉了，集结军队还有什么意义呢？

就在他思考这些问题的时候，支配之球突然发出异常耀眼的光芒。过了一会儿，木质吊桥缓缓升起。

最后一个红石傀儡还站在吊桥上。看见吊桥升起，它马上加快脚步向前奔跑，从桥上猛地跳下去，落在阿奇身边。

看来，还没等阿奇下命令，支配之球就把一切都安排好了。阿奇不清楚支配之球是体察到了他的意识，还是作为先知帮他安顿好了一切。既然如此，这是否意味着支配之球完成任务并不需要他的命令呢？

我的世界：地下城 奇厄教主的崛起

阿奇脑子中不断涌出各种疑问，每个问题他都不愿意面对。

"谢谢你！"阿奇大声说，"要不要留下几个红石傀儡守卫高墩之堡呢？"

"阁下不在的时候，对高墩之堡的安全大可放心。你要集中所有力量对抗那些折磨你的同胞并在沙漠中肆虐的怪物。"

阿奇走下几层台阶。红石傀儡依然拖着沉重的脚步跟在身后，小心翼翼不碰到任何东西。阿奇庆幸他把高墩之堡的台阶设计得又宽又长，否则容不下红石傀儡这种身材庞大的家伙。

远离高墩之堡，阿奇马上意识到自己是那么孱弱渺小。即使红石傀儡齐刷刷地站在他身后，但没有高墩之堡坚实的城墙保护，他还是没有底气。

"我能否把红石傀儡直接送到灾厄村民那里，让它们自行履行职责？"阿奇问道。这样一来，他就可以放心地躲起来，不用出去冒险了。

"红石傀儡没有自主意识。主人必须根据现场情况做出判断再下达指令，它们才知道怎么行动。"

阿奇点点头。虽然不太情愿，但他认为这个说法有些道理。因为保卫村庄的铁傀儡就是这样。它们力量强大，顽强坚韧，但由于不是很聪明常常被愚弄。由此来看，如果没有他的领导，这些红石傀儡反而成了危险因素。

"每支军队都必须有个领导者。"话音刚落，他就听见支配之球发出轻轻的笑声，像是很赞同他的舌。

就这样，阿奇带领他的红石傀儡朝沙漠进发。红石傀儡只有寥寥几个，但个个都高大魁梧。他们进入沙漠，红石傀儡毫无怨言、意志坚定地跟随阿奇一路走来，在酷热的太阳下隆隆前进。阿奇本想命令一个红石傀儡在他身边为他遮挡毒辣的阳光，但又害怕这家伙一不小心用大脚把自己给踩扁了，只好作罢。

行进途中，阿奇意识到，对于如何寻找灾厄巡逻队，他最初只有一个朦胧的念头。阿奇注意到，他的族人逃脱怪物的魔爪是在拂晓时分，他也知道当时的方位，但后来他的族人去了哪里，他就不清楚了。阿奇想再利用支配之球寻找族人的下落，可他现在没有端坐在黑曜之巅的宝座上，支配之球也许无法找到他的族人。

"我们能找到他们。"

听支配之球这么说，阿奇连一句疑问都没有。到目前为止，他对支配之球的指示百分之百信赖，任何时候都不用与之争论。

他们来到沙漠深处，阿奇终于看到那座像喷泉一般涌出怪物的沙漠神殿。它静静地矗立在那里，周围没有一个活物，连只鸟都没有，像是几百年前建好又被废弃了的样子。

"离沙漠神殿越远越好。"

"我想红石傀儡可以保护我。"

一般来说，它们可以起到保卫作用，但红石傀儡只是孔武有力，还形不成有规模的军队力量。

"至少它们能对付袭击灾厄村民的怪物吧？"闪念间，阿奇怀疑支配之球是不是让他来送死的。

"不要怀疑我的忠诚。我为你效劳，你是我唯一的主人。我们团结一心，犹如一体。"

"你还没有回答我的问题。"

"让红石傀儡对付我们早晨看见的怪物应该没有问题。如果有灾厄村民的帮助，打败怪物就更容易了。"

阿奇的心紧缩成一团。他不知道他的族人愿不愿意见到他。他希望当他带着红石傀儡神兵天降搭救他们的时候，他的族人不再排斥他，但索德就难说了。

这个唤魔者很可能会对阿奇嗤之以鼻，并且拒绝他的帮助，甚至会命令巡逻队对阿奇和红石傀儡发起攻击。如果是那样，阿奇只能被迫自卫——这将是非常可怕的局面。

"他们不会攻击我们。"

"我可比你了解他们。"

"胆敢袭击我们，就把他们全部消灭掉。"

一想到能报复索德，阿奇突然来了兴致。过去，他避免跟别人发生冲突，因为他总是会输。而眼下这场战斗即便稳操胜券，他依然不希望介入其中，尤其是这场战斗可能会要了某个族人的命。

但如果能在大庭广众之下羞辱索德呢？对此他可不介意。

"要是红石傀儡有伤亡怎么办？"阿奇只有这几个红石傀

傀，还要靠它们跟怪物殊死搏斗呢，他可不想把战斗力浪费在本可以化敌为友的族人身上。

"放心，我们还能造出更多红石傀儡。"

阿奇吓得屏住了呼吸。如果红石傀儡能随心所欲地制造，他们为什么还要浪费时间寻求灾厄村民的联盟？当然更不需要解救他们了。

看来，制造红石傀儡，比游说灾厄村民加入同盟军要简单得多。红石傀儡按照指示执行命令，从不嘲讽他，从不反驳他。他在族人那里可得不到同等的尊重。

况且，他还不用离开安全的高墩之堡！

"制造新的红石傀儡并不是那么简单的，需要的热量比高墩之堡贮藏的要多。"

热量？阿奇知道哪里可以找到大量的热源！

第十四章

　　直到太阳落山，阿奇和红石傀儡仍未寻觅到灾厄巡逻队的踪影。他们搜遍了沙漠神殿南边的区域，但不论阿奇怎么努力，他的族人就像凭空消失了一般。

　　照耀在沙漠神殿上的夕阳余晖渐渐隐退后，怪物准时出现了。它们一个接一个步履蹒跚地从神殿走出来，密密匝匝，一直延伸到沙漠最黑暗处。看来，它们是漫无目的地到处游荡，只要闻到新鲜猎物的气味，马上就会变得穷凶极恶。

　　虽然红石傀儡高大强壮，阿奇还是尽量让它们躲开怪物出没的方向。出人意料的是，阿奇和红石傀儡竟然真的躲过了怪物。怪物彻底放过了他们，甚至都没往他们的方向看一眼。

　　夜幕降临，阿奇打算暂时放弃寻找灾厄巡逻队，明早再搜寻也不迟。他张望四周，寻找地势较高的沙丘安营扎寨，同时他也在琢磨，是否可以爬到红石傀儡的肩膀上倒头就睡。他可不想在树梢上过夜，那是最糟糕的结果。

"灾厄村民离我们不远了。"

"你怎么知道？"

阿奇极力压抑对支配之球的恼怒。它知道灾厄巡逻队在哪儿？那么它知道他和红石傀儡疲于奔命差点儿迷路吗？

"你仔细听。"

阿奇想要呵斥支配之球，但还没开口就突然明白了支配之球的意思，于是赶紧闭上嘴、屏住呼吸。他闭上双眼，把脑袋歪向一边，竖起耳朵仔细聆听着。

在遥远的地方，除了尸壳的呻吟声，他还听到弓弦射箭发出的嗡嗡声、铁器撞击的叮当声，以及受伤和垂死之人的叫喊声。

他睁开眼睛，像钟摆似的把头转来转去。他一边测量声量，一边设法确定声音从沙丘上传来的方向。

然后，他长长地呼出一口气。

"在那边。"阿奇用权杖作为徒步拐杖，朝声音传来的方向走去。红石傀儡排成一队紧跟在他身后。

听到那些声音后，阿奇迫切地想知道发生了什么，便匆匆往前走。越靠近声源，动静越大，但沙漠似乎一直在捉弄他，他每登上一座沙丘，都满怀希望地想看到战斗在眼前展开，但历经几次失望后他才终于找到……

我的世界：地下城 奇厄教主的崛起

他们赶到战场，阿奇全速登上最后一座沙丘驻足观望。这里可以纵观全局。在他脚下，一群怪物正与灾厄巡逻队进行一场激战。

战场上，尸壳与骷髅的数量比以往都多。今晚所有怪物都被一个骷髅扮的怪物头顶指挥得团团转。怪物头领头戴宝石头环，穿着牧师长袍，手里挥舞着一根权杖，看起来跟阿奇的那根很像，只是顶端没有发光的支配之球。怪物头领悬停在半空，脚一点儿都没有沾到地上的沙子。

那是一个亡灵法师。这位古代巫师利用亡灵魔法来控制怪物。

这是阿奇见过的最可怕的事情，比最恐怖的噩梦还可怕。虽然曾陷入怪物的包围中，但他从没思考过怪物到底是打哪儿来的。它们在夜晚出现，像天黑后在夜空盘旋不去的蝙蝠，然后又在白天消失。今天他终于知道它们原来是被某种东西，或者某个人所指引。想到这里，阿奇不禁感到一阵阵寒意。

他暗自揣度，这就是尸壳和骷髅今晚将灾厄村民团团围困的原因。一般来说，灾厄村民的速度比怪物快得多，除非准备跟怪物大战一场，否则他们一定会及时避开怪物。然而，不知怎么的，今晚怪物把灾厄村民四面围住了，他们无法逃脱，只能引颈受戮。

阿奇不知道自己出了什么问题。过去他憎恨战争，希望离战争越远越好。那时候，他只能呆呆地看着一场战斗演变成大屠杀，最终连呼救的人也没了，灾厄巡逻队全体阵亡。

然而，此时他却能昂首挺胸站在红石傀儡面前，用顶端悬着支配之球的权杖指向怪物并振臂高呼："冲啊！"

红石傀儡毫不犹豫地遵从指令，不顾自身安危，步履蹒跚地朝战场直冲过去。它们唯一的使命就是取悦主人。

怪物对红石傀儡的进攻毫不在意，因为它们正忙着用手、弓箭、牙齿全力对付灾厄村民。脚下的沙子突然扬起来，也没引起它们的丝毫警惕。

就在红石傀儡距离激战双方咫尺之遥时，亡灵法师发现了这些红石巨人。亡灵法师原地旋转并挥舞权杖，命令一部分怪物停下战斗，抵挡即将到来的威胁。但是太迟了。

红石傀儡像汹涌的海浪冲刷海滩一般向怪物猛撞过去。它们像拎孩子似的把尸壳弹到一边，又把骷髅踩得粉身碎骨，埋进脚下的沙子里。

被围攻的灾厄村民蓦地腾起一阵阵惊叫，然后用沙哑的嗓音欢呼起来。就在刚才，他们已经筋疲力尽，准备面对不可避免的惨败。可现在他们又振奋起来，高举武器，向怪物冲过去，准备一举消灭它们。

阿奇站在一个相对安全的地方观战，像得胜了一般兴奋。他距离战场一箭射程之外，只有不自量力的骷髅才有射杀他的想法。而且，红石傀儡在战斗中的表现上阿奇深受触动。

亡灵法师再次挥舞权杖。还未阵亡的尸壳全都转过身，集中凶残的力量围攻一个红石傀儡。它们把红石傀儡团团围住，用腐烂的手指生拉硬扯，用一口烂牙拼命撕咬，而灾厄村民和其他红石傀儡则联手把骷髅击打成碎片。

阿奇惊恐地看着尸壳重重压制住被围攻的红石傀儡。红石傀儡不顾一切地反击任何能够得着的敌人，用坚硬的身体将尸壳一个个撞开，但是被击中的怪物滚到一边后，马上就有新的怪物替补上来。

这个红石傀儡再也抵挡不住猛烈的攻击，一条腿断了，单膝跪下。眨眼间，尸壳像一座小山似的压下来，红石傀儡被撕得四分五裂，最后在沙地上变成一堆闪闪发光的粉末。

阿奇立刻明白了，这个红石傀儡彻底完蛋了。

阿奇很绝望。他只有为数不多的几个红石傀儡，怪物却还在无穷尽地拥出来。就算今晚赢得战斗，劫后余生的红石傀儡还够不够保卫高墩之堡呢？难道前一晚他是个大英雄，这一晚就变得一无所有吗？

"你需要一支军队。否则在这里战败了，只能把自己封闭在高墩之堡与世隔绝，默默度过余生。"

其实，阿奇认为那样也不是很糟糕。当然会很孤独，但他习惯了孤独。那可比在这片土地上孤零零地到处游荡，居无定所好多了，至少高墩之堡安全又温暖。

"你不能浪费至高无上的权力。权力是用来行使的，不能束之高阁。"

阿奇猜测，支配之球以前是被什么人藏了起来，但不清楚目的是什么。阿奇从没听说过支配之球的拥有者，也没听说过支配之球的法力，而这些也许就能佐证阿奇的猜测。当自己有可能成为一代传奇时，真的愿意默默无闻，或者被人遗忘吗？

阿奇做梦都没想到自己能拥有这样的命运。他从小就过着东躲西藏、任人欺凌的日子。可现在他拥有了巅峰权力，怎能忍心把它浪费掉呢？

阿奇重新下定决心，他拿起权杖，直指对方的怪物头领。"干掉亡灵法师！"他声音洪亮地大吼着。

其余的红石傀儡整齐划一地转过身执行阿奇的命令，浑然不顾骷髅射来雨点似的箭镞。它们迈着坚实的步伐向亡灵法师直扑过去。

亡灵法师觉察到红石傀儡要对付他，于是把另一只手伸向空中，召唤尸壳向身边集结。得到命令的尸壳抛下已变成发光粉末的红石傀儡，赶来援救自己的主人。

与此同时，骷髅把注意力从红石傀儡和群情激昂的灾厄村民身上转移开，直冲阿奇扑过来。这个变数让阿奇措手不及，在此之前他以为谁都伤不了自己。好在第一支箭距离太远，没有射中阿奇，但还是把他吓了一跳。

阿奇想逃跑，一直逃进沙漠更深处。当然，红石傀儡和灾厄村民就能应付局面。一旦红石傀儡除掉了亡灵法师，对付其他怪物就容易多了。

"你是领袖。领袖是不能临阵脱逃的。"

阿奇发出一声痛苦的哀号。显然支配之球说得对，但从个人角度讲，他宁愿当一个活着的懦夫，也不愿当一个英勇牺牲的领袖。

"你能打败任何胆敢靠近你的怪物。尽管放手一搏吧。"

阿奇抬头望着光芒四射的支配之球，明白它不会欺骗自己。他完全不必恐慌，唯一要做的就是行使赋予自己的权力。

他高举权杖，下决心彻底消灭汹涌而来的怪物。

阿奇曾经担心支配之球的法力控制不了远处的骷髅，除非它们自己送上门来。对付山顶的尸壳当然容易些，还没等这些怪物威胁到他的生命，支配之球就能要了它们的命。可如果骷髅在射程内举箭射向他，支配之球能及时击败它们吗？

其实，他的担心是多余的。支配之球从没有为阿奇引错方向，这次依然没有。它发出一道道强光，速度快得像闪电，靠近阿奇的骷髅还来不及放开弓弦就被烧成了灰烬。骷髅被消灭，武器散落一地，箭镞在它们身后到处滚动。

阿奇为躲过一劫发出小小的欢呼。也许一个强大和自信的领袖不该是这个样子，但他不在乎，他简直激动得不能自持。

幸运的是，亡灵法师没有用类似的方式对付红石傀儡。尸壳已经退到他身边，但比尸壳高大得多的红石傀儡正用力把它们踩成齑粉。阿奇还在观战，一个红石傀儡冲破尸壳的重重围堵，挥起拳头正中亡灵法师的面门。亡灵法师被击得踉踉跄跄后退好几步。

越来越多的骷髅逼近阿奇，它们遵循亡灵法师最后的命令——"干掉那个拿着发光方块权杖的家伙。"骷髅好像没有任何自我保护意识，根本不怕死。它们奋不顾身地朝阿奇猛扑过来，支配之球则不停地发出一道道强大的火力，穿透怪物的躯体。

灾厄巡逻队已经停止战斗。战场上幸免于难的队员正在察看队友的伤势，看看能帮上什么忙。怪物不再发起进攻，巡逻队队员把活着的队友拖离战场，同时准备在援军顶不住时返回去继续战斗。

又一个红石傀儡在尸壳的围攻中倒下去。巨大的损失让阿奇沮丧得哀叹连连。大批尸壳朝倒下的红石傀儡一拥而上，在亡灵法师前筑成的防线因此出现了缺口。剩下的红石傀儡冲上去，对亡灵法师左右夹击，亡灵法师像个瘦骨嶙峋的沙袋被打来打去。

不一会儿，亡灵法师就倒在地上变成了一堆碎骨头。

刹那间，失去头领的怪物乱作一团。尸壳继续攻击红石傀儡，而骷髅则想远离阿奇和强大的支配之球以求保命。

在支配之球的掩护下，阿奇走向红石傀儡，同时命令支配之球彻底铲除那些负隅顽抗的尸壳。最终，还剩三个红石傀儡侍立在阿奇身旁，它们昂首挺胸、毫发无伤，其他的则一动不动地倒在沙地上。

还有一些怪物向灾厄巡逻队的方向扑去，但只是零星的几个，再也没有大军压境的气势。等怪物靠近后，灾厄村民把它们挨个儿干掉，一个不留。阿奇也把靠近他的怪物全都消灭光了，很快所有怪物都消失得无影无踪。

　　袭击队长走上前，向救命恩人自报家门。阿奇让支配之球的光变成平时的亮度，免得晃着灾厄村民的眼睛。那个队长拿下遮住双眼的手，阿奇一眼认出他是索德。索德呆呆地望着阿奇，好像面前站着的是阿奇的鬼魂。

　　"阿奇？"索德难以置信地问道，"真的是你？"

第十五章

如果阿奇认为，族人们见到他仅仅是高兴的话就错了。他们发现救兵原来是自己人，都非常激动，笑得合不拢嘴，拍着阿奇的后背恭维他跟以前大不相同，都对他刮目相看。看到阿奇还活着，他们很震惊，而且对阿奇取得的地位并没有表现出忌妒心，至少现在还没有。

大家绝口不提阿奇因巡逻队全军覆没被赶出部落的往事。阿奇没有蠢到认为大家不提这件事，是因为他们知晓了索德在撒谎。他知道，没人提起过去，是因为族人胆小怕事，不敢冒险激怒他这位新的灾厄村民英雄。

阿奇承认，现在他非常享受族人的赞美和关注。有许多族人他都认识好多年了，但以前只要走过他们身边，这些族人就会对他嘲笑挖苦。因此，阿奇对他们毫不吝啬的溢美之词感到由衷欣慰。

　　然而，索德一直保持沉默。也许是又一次在战场跟死神擦肩而过，他被吓傻了。但后来，阿奇发现索德总是盯着自己，带着难以置信的表情不住地摇头。因为他无法接受现实：孱弱无能的阿奇摇身一变，成了最强大的灾厄村民。

　　阿奇故意忽视索德的种种表现，假装没看见索德脸上显而易见的沮丧与惊慌，这比直接提醒索德更令阿奇满足。

　　"他在忌妒你，他认为他才有资格成为我的主人。"

　　阿奇双手牢牢握住权杖，不让任何人夺走支配之球，谁都别想。

　　"别担心。我的命运与你息息相关，跟他没有任何关系。"

　　这话让阿奇极度恐慌的情绪放松下来，哪怕只能让他安心一会儿也行。

　　所有的喧哗都归于平静。阿奇示意索德走上前，他有话要跟索德说。这个唤魔者犹豫了一会儿，不知道该不该对阿奇毕恭毕敬，但后来还是照办了。

　　"感谢你救了我们。"索德极不情愿地说道。在大庭广众之下承认自己需要阿奇的帮助，让他很难堪。"沃尔达得到我们胜利的消息一定很高兴。"

　　"很久没尝过打胜仗的滋味了吧？"阿奇问道。他发现自己很喜欢嘲讽索德的感觉。这个灾厄村民总是欺负他，活该被嘲讽。"我记得上次巡逻队的行动简直是灭顶之灾。"

　　索德尴尬又惊讶，咳个不停，然后马上转移话题："我们要尽快赶回部落向沃尔达报告。"

"现在还不能让他们一走了之，我们需要灾厄村民与我们结盟，你需要邀请沃尔达跟你会面。"

阿奇向索德点了点头，像是在考虑这个灾厄村民的话，而不是聆听支配之球的建议。"请转告沃尔达，本人想邀请她来我的城堡。"

索德震惊得几乎背过气去："城堡？你有一座城堡？"

阿奇向北面指了指。"它的名字叫高墩之堡，坐落在东北海滨。从这儿出发往北一直走就能到达，但务必绕开沙漠神殿。"

索德皱起眉头："你的那些'大怪物'不是已经把亡灵法师干掉了吗？"

阿奇一时语塞，陷入沉思。如果亡灵法师已经死了，索德的话就不无道理。

"沙漠神殿是许多亡灵法师的老巢。杀了一个还不能终结它们的恐怖统治。"

"别傻了，"阿奇告诉索德，"那只是其中一个亡灵法师。沙漠里这样的法师多如牛毛。"

索德心里犯嘀咕，他觉得阿奇还有事瞒着他，但他又不能把阿奇当作骗子，毕竟阿奇救了在场所有灾厄村民的命。

"好吧，我会把你的话原原本本转告沃尔达。"

"我希望与沃尔达亲自会面，还有部落里的其他族人，越快越好。"阿奇话音刚落，便转身大步走进夜色中，强迫自己不要回头。

他带领三个红石傀儡向高墩之堡走去。一路上，阿奇不断打量着身后的三个大家伙。与亡灵法师一战竟损失了好几个红石傀儡，这让他很是沮丧。

假如沙漠神殿真是亡灵法师的老巢，他就麻烦了。如果再经历几次这样的战斗，红石傀儡非消耗殆尽不可。

"你说过我们还可以制造更多红石傀儡。"阿奇大声说道，此时他们已远离灾厄巡逻队，别人都听不见他的话。然后，阿奇又压低声音，不想泄露他与支配之球之间的秘密。

"我们需要红石，还有大量的热量。有了这些原料，我们就能建起一座烈焰锻造厂，制造出更多红石傀儡是指日可待的。"

阿奇回想起他在北去的路上，为了躲避怪物慌不择路经过的熔岩河。那里似乎很符合他们的要求。如果连这样的熔岩热度都达不到烈焰锻造厂的建造标准，还有什么东西能派上用场呢？

"那里的熔岩储量丰富，你的设想没错。"

能够为双方合作做出自己的贡献，找到支配之球也想不到的资源，这让阿奇很开心。也许支配之球落在他手里是有原因的。他常常怀疑自己的好运气，但这样的点滴小事会让他觉得自己配得上这种运气。

他真想现在就冲到熔岩河边，可又担心沃尔达和灾厄村民在他离开时光临城堡。如果那样的话，他可不希望对方见他不在就转身离开。毕竟，他的军队需要他们，不是吗？

"我们留在高墩之堡迎接他们。他们还可以帮助我们修建烈焰锻造厂。"

阿奇对这个计划表示赞同。

阿奇领着红石傀儡到达高墩之堡时，太阳已经高高升起。走过吊桥回到城堡，阿奇才真正觉得安心。他把剩下的几个红石傀儡送到地下室，然后打算找个地方休息一下。

支配之球带他来到一座神奇的套房，套房位于高墩之堡最高的塔楼中。在这里，透过窗户可以一览无余地看到南面的区域，因此阿奇能随时看到来访者。阿奇看到路上空无一人，长舒一口气，他终于可以放松下来了。

支配之球为阿奇展示了一张新床，尺寸是为他现场量身定做的。阿奇希望在沃尔达和其他灾厄村民到来之前，讨论一下怎么把高墩之堡布置得气派一些，期待用财富和权力震慑他的族人。

然而，脑袋刚挨到枕头，阿奇就在这张宽大舒适的新床上沉沉睡去了。

醒来的时候，阿奇看见第一线曙光冲破天际。他睡了一整夜，现在已经是第二天了。充足的睡眠让他精力充沛，精神振奋。接下来，他惴惴不安地等着灾厄村民敲响他的房门。

在支配之球的协助下，阿奇用了一早上的时间把高墩之堡尽可能整理得井井有条。虽然支配之球法力强大，但要做的事情实在太多，布置高墩之堡像是无法完成的任务。头一次，他理解了支配之球为什么提议建立一支军队。即使布置高墩之堡这样的工作，仅凭一己之力也是难以胜任的。

一旦野心超出能力范围，他就会陷入一场灾难，至少红石傀儡就是牺牲品。虽然消灭了亡灵法师，但他付出了惨重代价。如果不能找到红石傀儡的替代品，或者将它们优化、增加数量，他这个高墩之堡的主人就很难久居其位。

阿奇一整天都在忙着布置高墩之堡。他挥动权杖，召唤来一块块厚实昂贵的地毯，铺在那些大房间的地板上。他还在房间里摆放床，等待灾厄村民舒舒服服地把脑袋放在枕头上睡一觉。阿奇又用魔法变出数不清的蓝色旗帜挂在墙上，给高墩之堡增添了一抹亮色。为了使高墩之堡更加多姿多彩，他给许多房间的窗户设计了彩色玻璃；当阳光照在玻璃窗上时，五彩缤纷的颜色会点亮整个房间。他还花费大量时间在公共场所造了许多自己的雕像，雕像尺寸都比他本人稍大，不论谁看见都会终生难忘，这样就能提醒来访的客人，谁才是这里的主人。

这些工作很艰难，似乎无穷无尽，但阿奇想给他的族人留下好印象，所以不觉得累。如果展现在族人面前的，是一座比倾倒在海边的瓦砾堆好不了多少的垃圾场，大概许多族人会对跋山涉水来到这个破地方后悔万分，恨不得马上离开。他必须让每个客人到达这里时震惊于高墩之堡的富丽堂皇，内心涌起忌妒和敬畏之情。

毕竟，他的灾厄村民部落不是这片土地上唯一的部落。一旦族人在此处落脚，他会派出一部分人散播消息，告诉每一个灾厄村民，他们有了一个条件优渥的新聚点。阿奇可以组织起一个新部落。这位冉冉升起的领袖新星，必定会带领大家收获无尽荣耀。

　　一天即将结束，灾厄村民还没有到达高墩之堡。回想刚刚结束的战斗，阿奇已经预料到这种情况。受伤的索德和巡逻队一路上踉踉跄跄，行进速度缓慢，回到部落后还要把阿奇已成为强大领袖的事实告诉沃尔达，并让她相信这不是谎言。

　　然后，沃尔达还要召集族人收拾家当，带领他们一起上路。她可不会丢下自己的族人拔腿就走。虽然她会派巡逻队出去烧杀抢掠，但她永远不会跟部落分开。沃尔达常说的一句话是：她的家在这里。

　　想把那么多族人全都带走可不是一蹴而就的事，需要很长时间，因此一两天之内来到这里是不可能的。

　　"我们必须耐心等待。这里需要他们。"

　　支配之球说得对，可是阿奇不想百无聊赖地等待好几天。要做的事情太多了，他恨不得马上建起烈焰锻造厂。

　　"我们立刻出发。"

　　听闻此言，阿奇非常兴奋，决定当晚就动身。他不再恐惧夜色中四处觅食的怪物。现在有支配之球伴他左右，还有什么好怕的呢？

支配之球坚持带上三个红石傀儡中的一个，以应付路上的各种意外。阿奇没有跟它争论。本来他想把几个红石傀儡全留下镇守高墩之堡，但转念一想，假如他在半路上丢了小命，高墩之堡再安全又有什么用呢？

这次由他而不是支配之球来带路。他昂首阔步出了高墩之堡向西走。绕过那座中空的大山，他顺着来时的老路回到途中遇到的熔岩河。

光芒耀眼，好似太阳升起时的万道华光。阿奇心里清楚，这些亮光来自那片土地上奔流不息的炽热熔岩。很快，熔岩瀑布跃入眼帘，阿奇不禁停下脚步，欣赏令人生畏的壮丽景观。

上次踏上这片土地时，他只顾慌里慌张躲避怪物的追捕，根本没心思欣赏这里的苍凉荒蛮之美。特别是在夜色中，壮丽的场景更震慑人心。熊熊燃烧的熔岩瀑布照亮天地，给周围蒙上一层血红色的光。在他眼前，熔岩瀑布从山峰峰顶倾泻而下，一直流到阿奇的脚下。

光芒，炽热，还有空气中的灰烬和强烈的硫黄气味，给这里带来一种超脱凡尘的感觉。灾厄村民部落所在的平原好像离这里很遥远，跟这里完全是两个世界。阿奇不禁疑惑，生活在这个地方有什么意义。

只有用红石制造的怪物才能在这里生存，而且还能就地打造，并且快速壮大队伍。但与此同时，它们也必须被保护得当，不受高温侵蚀。

起初，阿奇不太清楚支配之球为什么要建造烈焰锻造厂，但在某种力量的作用下，他很快明白了支配之球的目的。"原来如此。"他一边说着，一边向跟随自己的红石傀儡挥动权杖。一束光从支配之球直射到红石傀儡身上，把它从头到脚笼罩得密不透风，好似跟它的红石外壳融为一体了。

　　紧接着，红石傀儡大步向前，径直从阿奇身边经过。红石傀儡没有征得他的同意就自行移动，这让阿奇很惊讶，于是他急忙追赶过去。那个大家伙直接走到熔岩河岸边，好像正在考虑是否要蹚进去。

　　果然，它走进了熔岩里。

　　阿奇呼吸急促，担心红石傀儡被熔岩熔解后化为乌有。出人意料的是，熔岩并没有把它熔化，红石傀儡好端端地站在里面，滚烫的熔岩刚好到达它的膝盖处，对它来说像是泡了个舒适的温泉。过了一会儿，红石傀儡又回头看了看阿奇。

　　"它知道你要往哪儿去，就让它带你走吧。"

　　阿奇不明白支配之球的话是什么意思，可红石傀儡张开巨大的双手越过熔岩河向他伸去。那双手缓缓降到阿奇的高度，阿奇小心翼翼地爬上去。红石傀儡挺直腰板，阿奇爬上它的肩头，丝毫不担心自己的样子有多狼狈。

　　没有任何防备，红石傀儡转身往熔岩河更深、更远处走去。熔岩渐渐上涨到红石傀儡的腰部，阿奇开始质疑，任由红石傀儡把自己拖进又深又热的熔岩河，是否是明智之举。他不禁回头往岸上望了一眼，想要退回去。

我的世界：地下城 奇厄教主的崛起

观察了周遭的情况后，他没有阻止红石傀儡继续前行。现在，熔岩的高度差不多与红石傀儡的腋下持平，这对阿奇来说已达到忍耐极限。他汗如雨下，备受煎熬，恨不得赶快蹚过这条要命的河流，找到他们要找的东西。

红石傀儡渡过熔岩河，转过头向一座大山最深的裂缝处走去。走进大山，红石傀儡又带着阿奇沿着蜿蜒曲折的小道向更深的地下前进。朝阳破晓之时，红石傀儡终于发现了一个洞口，它停下来，阿奇从它的肩头爬下来站在地上。

"这里就是我们的目的地。"

阿奇以前从不喜欢探索陌生的洞穴，但现在不同了，身边有法力无边的支配之球和高大强壮的红石傀儡，他简直胆气冲天。走进森森的洞口，他发现自己身处一个巨大的山洞中，连支配之球的光都无法照射到它的尽头。洞壁上密密麻麻全是红石和钻石，阿奇这才意识到他们找到了一个蕴藏大量宝藏的地方，这个地方远远超出他的想象。

"这些就是我们要找的东西。"

阿奇大步走进山洞深处，顺着倾斜的地面一直向下，很快就发现一个巨型熔岩池。它是由远处洞顶的熔岩瀑布倾泻而下形成的。

"我们以这里为起点建造烈焰锻造厂。"

这个消息让阿奇松了口气。不过，虽然到达了目的地，但怎样着手动工，阿奇完全没有头绪。

"首先，你要造一个模具。然后，挖掘红石填进去。"

这下，阿奇不再手足无措了。他需要找到坚硬的原料来雕刻模具，而且这种原料必须耐高温，还能经受住打制产生的冲击力。只有一种原料符合所有要求。

他举起权杖朝身边的洞壁上一挥，钻石立即从洞壁上掉下来，飘浮在他手上。他和红石傀儡不停地采挖，终于集齐了足够数量的钻石，然后用它们做成一个巨大的傀儡模具。

"太棒了。再找一些红石放在模具里。"

阿奇举起权杖指向另一侧的洞壁。石头轰的一声裂开崩塌，露出来一大块红石。红石自动飘向阿奇，最后停在钻石模具上方，再由阿奇放进模具里。这个过程不断重复，模具终于被填满了。

阿奇看着熔岩瀑布散发大量热能，并象他预计的那样开始对红石起作用。一般情况下，熔岩的温度是无法熔化红石的，但钻石能够大大增加热量，促使熔岩达到足以熔化红石的温度。红石的颜色比之前更红了，原本的形状很快消失，在模具里化成一池子液体。

"真是不可思议！"阿奇忍不住啧啧称奇，胸中激荡着满满的自豪感，这种感觉甚至比他单枪匹马打败进攻灾厄村民的怪物还要强烈。摧枯拉朽的力量固然强大，创造的力量更加惊人！

"请让我来帮你。"

模具里的东西看起来像是个红石傀儡雕像，跟他的傀儡一模一样，只是死气沉沉，没有生命。阿奇对着它高高举起权杖，支配之球开始积聚巨大的能量。不一会儿，一道刺眼的光从支配之球直射入红石傀儡雕像的身体，那个家伙的身体也随之闪闪发光。一瞬间，光芒闪耀如同白昼，使得阿奇的眼睛无法直视。

亮光渐渐暗淡下来，阿奇拼命眨眼，想要驱散视野里被亮光晃出来的黑影。这时，模具里的雕像突然动了起来。它尽力地挣扎，好像深陷在模具里动弹不得似的，身体左一下、右一下地晃动着，紧接着发出一声爆裂的巨响。过了一会儿，新的红石傀儡从模具里坐起来，凝视着阿奇，它认出了自己的主人。

第十六章

　　阿奇把新造出来的红石傀儡留在烈焰锻造厂，让它按照支配之球的指令挖掘更多原材料，从而制造出越来越多的红石傀儡。为此，这个新造出来的红石傀儡必须尽全力不停地挖掘大量红石，并把红石全都填进模具里。挖掘出的红石不断增多，一个模具被填满后，它又继续填充下一个模具，一个接一个，不断制造出新傀儡。

　　新的红石傀儡制作完成后，阿奇又忙着给它们注入生命。其实，这个任务只有支配之球才能完成。

　　"也许，你可以在这里监督整个操作流程。"

　　阿奇有自知之明，他知道支配之球说得对，他在这里一点儿忙都帮不上。而且，他务必赶在灾厄村民到达高墩之堡前先行到家，因为他对他的族人完全不信任，尤其是索德，

我的世界：地下城 奇厄教主的崛起

更需要提防。他可不想在回到高墩之堡后才发现黑曜之巅的宝座已经被别人窃取了。

"你在担心你的王位吗？"

说真的，阿奇以前确实不在意那个宝座。对他来说，宝座就是一把椅子，是让他坐下来的地方，好让他一刻不离地盯着支配之球，而王位是为统治者准备的。

"你就是统治者。"

他感到一阵错愕，好像哪里出了问题。难道统治者不应该有臣民吗——也就是他所统治的人？连臣民都没有，怎么能称得上统治者呢？在高墩之堡，他只有红石傀儡可以驱使，这完全不像统治者该有的样子。

"你的臣民很快就要到达城堡了。"

听了这话，阿奇不禁双眉紧锁。他可不确定沃尔达能否轻松地答应让他成为灾厄村民的首领。自从他被沃尔达赶出部落后，至今他俩连一面都没有见过。

假如沃尔达听说了他拯救灾厄巡逻队的消息，可能会改变主意吧。不过，从沃尔达承认错误到把整个部落都交给他，中间还有一段漫长的过程。

"你无须她的认可。灾厄村民肯定会追随你。"

阿奇多希望支配之球说的是事实。

他爬上红石傀儡的肩头往家走。当他们回到高墩之堡时，没有看到任何来访者。不过，没过多久，阿奇就看见一大群

154

人正乌泱乌泱地穿过沙漠向北进发，朝高墩之堡的方向而来。肯定是灾厄村民部落的族人！看阵势整个部落的族人都来了，这跟阿奇预料的一样。

阿奇放下吊桥步入城堡，走进地下室放出其余几个红石傀儡。几个红石傀儡慢悠悠地跟着他一起来到吊桥上。

阿奇要向族人展示自己的实力，至少展示一部分实力，而且还不能伤害他们的自尊心。红石傀儡就是用来展示实力的最好方式。虽然跟红石傀儡朝夕相处已经习惯了，但这些大家伙仍时不时地让他惊叹。他也清楚他的族人见到这些红石傀儡后会作何反应。

族人终于来了，他们到达城堡时天色已晚，阿奇也等得疲倦厌烦，于是靠在一个红石傀儡身边坐着。听见远处灾厄村民的喧哗声后，阿奇一骨碌站了起来，抓起权杖举在身前，支配之球还浮动在权杖顶端。

领头的正是沃尔达，整个部落的族人紧紧跟在她身后。大家随身带着大大小小全部家当，随时准备在任何看得上的地方安营过夜，也许只是凑合一晚。一路上的劳苦奔波让他们看起来疲惫不堪，毕竟他们可能横穿了整片沙漠才来到这里。

"欢迎来到高墩之堡！"族人向他走过来的时候，阿奇热情地大声喊道。

族人向着城堡越走越近，人群中发出一阵低沉的欢呼声。阿奇注意到，不论是沃尔达还是跟在她身后的索德，都没有跟着一起欢呼。他们顺利抵达这里时，不像阿奇料想的那样神态轻松，而是满怀心事，表情非常严肃。沃尔达朝身后狠狠地瞪了一眼，正在欢腾雀跃的族人马上变得鸦雀无声。

族人沉默不语地来到吊桥一端，许多人在吊桥入口处围成一个半圆。沃尔达和索德走上前跟阿奇说话，他们既没有向他展露笑容，也没有热情拥抱他。

这不是一个大家庭的重逢，也不是问候流浪在外的孩子。这就是一个赤裸裸的交易，而且似乎这个交易让他们一点儿都不开心。

"你好，阿奇。"沃尔达说道，她脸色严峻、语气得体。她用高高在上的姿态注视着阿奇，那目光好像要逼他下跪似的。"我知道，巡逻队能幸存下来全要感谢你的帮助。"

阿奇大大方方地迎着她的目光，对这个不容置疑的事实展现出宽宏大量的胸怀。他努力挺直腰板让自己显得高大挺拔，气宇轩昂。"怪物必定被消灭得一干二净。我很乐意帮助大家。"

"你碰巧赶上那一战真是太幸运了。"沃尔达的意思是，这一切不可能只是巧合。索德站在沃尔达身后，尖锐的目光从她身后投过来，盯着小个子阿奇。看来，过去几天，索德肯定在沃尔达耳边进了不少谗言。

"多希望我能早些赶到战场。我当时正在黑曜之巅，通过我的，呃，观察站发现你们遇到了大麻烦。"说着，阿奇指了指高墩之堡远处的那座山峰，"从那里到巡逻队所在地还有很长一段路要走。"

"也就是说，这里是你的家？"索德抬头看着高墩之堡，用满是嘲讽和难以置信的语气说道。这座城堡让他忍不住惊叹，但他极力掩饰内心的想法，而且他有一种执念：像阿奇这样身份卑微的家伙怎能拥有如此宏伟的城堡！索德不想让阿奇看出来他的震惊和忌妒，于是一直躲在沃尔达身后，让她把自己和阿奇隔开。

"这里就是我的家。"阿奇不想跟他争论这个问题，也不想加重他的怀疑。如果这个灾厄村民妄想从他手里夺走高墩之堡，他倒很乐意接受挑战。因为即使索德煽动身后所有的族人一起造反，也不一定得到什么好处。

"现在你明白了吧？"

看到其他族人的表现，阿奇暗自觉得好笑。当他们看到红石傀儡、带着支配之球的权杖，尤其是看到阿奇本人的时候都充满敬畏，没有一个人质疑阿奇的权威。

灾厄村民向来只尊重和推崇强者，而恰好阿奇在他们面前展示了自己强大的实力。这是灾厄村民刻在骨子里、流在血液里的特质，他们本能地被力量吸引。如果不是跟首领在一起，说不定他们早就宣誓效忠阿奇了。

阻碍他们归顺阿奇的只有沃尔达和索德。他俩都摆出挑衅的姿态，因为他们觉得自己是骄傲的灾厄村民，不愿屈服于任何人。

嗯，至少索德是这样，然而他天生就是个恃强凌弱的蠢货，没有谁敢反抗他。他会魔法，而且声名狼藉，因此很少有族人敢去挑战他的权威。看到索德总是欺负阿奇这样孱弱的家伙，其他灾厄村民都为自己躲过索德而暗自庆幸。

索德小心翼翼地借着各种作战功勋一步步爬上部落领导阶层。而且，他还会寻找那些官阶比他高的族人的弱点给予痛击，从而借机上位。

他早晚要对付沃尔达，这只是时间问题，也是公开的秘密，每个部落族人，包括沃尔达自己也知道。但是，阿奇却抢先一步超越了他们的实力。

显然，索德是个蠢货，但沃尔达已经看明白了现在的局面。她知道自己已处于下风，于是脸上挂着假笑向阿奇表示敬意："感谢你的善举，还有你的盛情款待。"

"小事一桩，不必在意。"阿奇云淡风轻地说，一点儿都没有表现出战斗中损失红石傀儡的沮丧。随着烈焰锻造厂的建立和开工，他希望自己尽快从挫折中恢复过来。

他打算进一步壮大实力。"我想邀请你和所有族人一起光临我的黑曜之巅。我保证能提供足够的房间和舒适的床铺。那里非常安全，跟壁垒森严的高墩之堡不相上下。"

话刚说出口他就后悔了，因为他觉得自己的实力还远远不够。灾厄村民个性骄傲，他们并不太在意生活是否舒适，在他们看来权力才是最重要的。如果阿奇想让大家跟随他，就必须表现出诚意，不仅关心他们，还能让他们得到这辈子都难以企及的荣光。

他要向他的族人承诺，他们跟随他就能得到整个世界。

"只要团结起来，我们就能消灭一切敌人。我们可以把村民像蚂蚁一样踩死，让他们从哪儿来回哪儿去。我们会占有这片土地上的所有财富。团结起来，我们一定能征服这片土地！"

这些豪言壮语使得阿奇自己也吓得屏住了呼吸。让主世界所有土地成为灾厄村民统治管辖的范围，这个想法听起来颇有野心，可是他有资格成为首领吗？

"没有他们你将一事无成。"

阿奇听到支配之球的提醒，露出会心的微笑，这个微笑让沃尔达和索德糊涂了。

"如果你们追随本人，我保证我们的族人会得到命中注定的伟大成就，但要想实现这些成就还有很长的路要走。我们不要在英雄的威胁之下战战兢兢地生活，忍受他们的欺凌与掠夺。我们要狠狠地把敌人全都打倒，把他们从我们的地盘上驱赶出去，最终还要把他们的财富据为己有！"

说着，他停顿了一会儿，让刚才那些话传递到每个族人的耳朵里。"在我的领导下，以后再也没有谁敢在灾厄村民面前耀武扬威！"

灾厄村民聚集成黑压压的一片，他们纷纷举起拳头，喉咙里爆发出的胜利的欢呼，在山谷里不断激荡。阿奇这番话让他们振奋鼓舞。那正是他们渴望的未来，至于这些话出自谁的口中，他们才无所谓呢。

沃尔达紧抿双唇陷入沉思，很明显她的内心受到了极大触动。她预感到她一直盼望的机会已来到眼前，但心里又十分犹豫，无法下定决心抓住它。无论如何，作为首领她必须做出表率，让她的族人看到她的态度。

可索德不一样。他虽凶狠但很愚蠢，根本不相信阿奇的许诺能够兑现。他认为只有像他一样，有计划地从沃尔达手里强行夺权才行，否则沃尔达是不会放弃权力的，所以他对阿奇的野心嗤之以鼻，还希望沃尔达像他那样不要理会这个小个子灾厄村民。

这时，沃尔达小心翼翼地说："部落领导阶层的更迭非同小可，所有族人的命运都与首领息息相关。我们用自己的方法在这个世界中勇往直前，能够为部落掌舵是我的无上荣光。"

索德环顾四周，打算在看到阿奇遭受挫折后幸灾乐祸地喝倒彩。沃尔达听见索德在身后躁动不安的声音，明白他的企图，于是回头用冰冷严厉的目光逼迫索德保持安静。索德惊恐地看着沃尔达，意识到自己完全判断错了。

"在外面的世界你飞速成长，并且拥有了惊人的强大力量，我不会忌妒你的好运气。"沃尔达对阿奇说，"更重要的是，你心性善良，愿意与族人共享财富，而且你对自己被放逐这件事并没有耿耿于怀。"

在场的灾厄村民脸上都绽放出满足的笑容，他们知道沃尔达已经对部落族人的意愿做出了最正确的判断。他们当中有些人已经开始欣喜若狂地大喊大叫了。

"我们愿意接受你的领导，"沃尔达语气平静，努力让大家听不出任何幽怨的情绪，"不论你去哪里，我们都会紧紧跟随你。"

这些话让索德一下子绝望地跪倒在地上，几乎要哀号地抱怨不公平的世道。然而，其他灾厄村民看到索德这副模样，还以为他在屈膝向新首领致敬。他谦卑的表现启发了族人，大家纷纷在索德身边跪成一大片。

沃尔达站在灾厄村民族人最前面，这一幕发生在她身后。索德倒下去的时候她假装没看见，因为她不想助长这种装腔作势的恶习。然而，当听到其他族人纷纷下跪的动静时，她转过身震惊得倒吸了一口气。

沃尔达回头望了望身后的族人，发现自己是唯一一个站在阿奇面前没有下跪的灾厄村民。尽管如此，她还是一动不动地站在原地，只是张开双手，好像要把族人都奉献给阿奇似的。

"你不能纵容这种不尊敬首领的行为。"

阿奇的目光喷出怒火。他知道沃尔达生性高傲——打他记事起，沃尔达就是部落的最高领导——但如果她想在他的统治下保住地位，就必须臣服于权威，向他下跪。

也许阿奇应该给她个教训，让她知道谁才是真正的首领，但部落族人尽数跪倒在地，这种最高形式的臣服让阿奇目瞪口呆，忘了发脾气。欣喜若狂之下，他差点儿大笑起来，但还是咬紧牙关硬生生地忍住了。庄严肃穆的时刻，他不能表现出沾沾自喜的样子，只有严肃认真地完成权力交接仪式，才能让族人真正臣服于他。

"没关系，总有一天她会想明白的。给那些跪下的族人一些时间，让他们好好感受一下这个庄严的时刻。"

阿奇自己也花了足足一分钟来享受这无上的荣耀。他做梦也想不到这些竟真切地发生在眼前。他摇身一变成了部落首领？沃尔达竟然心甘情愿地把政权拱手相让？种种不可思议的事情让他一时间反应不过来。

在山洞里偶然得到支配之球和红石傀儡的过往，以及在它们的帮助下建起高墩之堡的经历，都曾是阿奇平凡人生中的巅峰时刻，但那些没有别人来见证，他只是孤零零地完成了那些壮举。现在，所有族人在他面前跪倒，承认他至高无上的地位，这对他来说才是最高荣耀。

"你还觉得这一切是巧合或者意外吗？这就是你的命运！"

阿奇的头脑中一片混乱。他宁愿相信是自己运气好，这样他就无须背负沉重的期望，不论这期望来自他本人，还是他的族人。假如第二天希望落空，一切恢复原样，他还可以说自己只不过经历了一场冒险，他很遗憾冒险旅程必须结束。

但如果他命中注定要成为一个伟大的人物，他就有责任迎接挑战。仅仅把族人都搬进高墩之堡是不够的，这顶多算是让平民住进了宫殿里。他还需要规划很多崇高远大的目标，然后号召大家齐心协力去实现它们。

"就是这样，简直无懈可击。"

阿奇想不顾一切地傻笑，但他马上清醒过来。他把权杖高高扬起，让所有族人都能看得清清楚楚，让他们知道这是权力的象征。"崛起吧！"他向族人大声呼喊，"有了你们的支持，我就会所向披靡。没有我们得不到的丰碑。这片土地，还有土地上的一切都属于我们！"

灾厄村民全都站了起来，爆发出崇拜的吼声。虽然索德和沃尔达有些不情愿，也并不完全赞同阿奇的观点，但族人群情激昂，他俩也受到鼓舞，跟族人一起欢呼起来。

沃尔达站在原地直到所有欢呼声渐渐平息。接着，她走上前向阿奇伸出双手。沃尔达比阿奇高大得多，但当阿奇握住她的手之后，她突然屈下身子，这样显得比阿奇还要矮。

"如你所说，一切都会变好的，"沃尔达用一种从没有过的严肃语气开诚布公地对他说，"你只需要给我们指引正确的方向，我们必将与这条道路上的任何敌人殊死搏斗。"

"你知道该往哪个方向指引他们。"

支配之球的话让阿奇仔细揣摩了一会儿，答案在他脑子里倏地一闪而过。

"现在请进入高墩之堡！"说着，阿奇走到一边，扬起胳膊远远地指向吊桥另一端，还有吊桥后面的广阔天地，"好好休息，安心疗伤！痛饮美酒，大快朵颐！大家做好准备迎接最伟大的战斗吧！"

他脸上带着胜利者灿烂的笑容面对他的族人："我们很快就要出发攻打村庄，我们不会放过任何一个村民！"

第十七章

　　阿奇想让族人在新家过得舒适，对他们总是有求必应，但支配之球劝他不要这么做。它的意见是，与其让大家习惯一切有首领负责，一切靠首领照顾，还不如要求他们做出贡献，否则只会让索德，甚至沃尔达生出造反的念头。为了保证对所有族人的统治，阿奇必须与潜在的竞争对手之间维持稳定的关系，并且满足族人合理的需求。

　　阿奇是灾厄村民中的另类。他生命中的大部分时间都在思考如何让自己生存下去。让霸凌行为自动终结，才是他真正的愿望。

　　灾厄村民天生就是强盗，他们依靠抢夺他人财物过活。他们的抢劫对象通常是那些在灾厄村民地盘上游荡的傻瓜村民，有时还会干掉一两个粗心大意、丧失警惕的白痴英雄。

无论如何，要么战斗，要么强夺，即使他们身处高墩之堡，这个地方遮风挡雨，安全无忧，食物充足且美酒无数，抢劫村庄也永远都是灾厄村民的目标，是他们无比向往的生活。

阿奇必须帮他们实现目标。

只要达成一个目标就能满足他们的愿望，而且阿奇也宣布了第一个进攻目标：村庄。进攻村庄最大的好处是，他终于能够报复萨拉和其他村民了，这些人曾半夜举着火把、拿着干草叉把他从村庄赶了出去。

把村庄夷为平地的计划只有一个阻碍，那就是尤米。阿奇不想伤害她分毫，只希望她够聪明的话，灾厄村民进村时能自觉离开，不要挡他的道。

尽管顾虑重重，第二天早上阿奇还是带了一支最好的灾厄村民先锋队，出发去了烈焰锻造厂。沃尔达被留下来负责掌管高墩之堡，但是阿奇一定要带索德一起走。他可不想让沃尔达和索德密谋勾结对付自己。此外，他还要让索德明白，反抗他的统治是徒劳的。

这一次，阿奇带上所有的红石傀儡跟他一起出发。他需要红石傀儡帮忙建造烈焰锻造厂，这可比把它们留在高墩之堡更能发挥作用。阿奇希望沃尔达把这样的安排当作对她的信任——证明阿奇强大自信，不害怕沃尔达趁他离开时借机煽动族人反对自己。

他们到达烈焰锻造厂后，阿奇命令红石傀儡架起一座跨越熔岩河的桥梁。今后灾厄村民来烈焰锻造厂工作，就有了一条从这里进进出出的通道。红石傀儡只需利用热量就能把桥建起来。

桥的主体结构刚建好，阿奇就领着灾厄村民过桥进入了烈焰锻造厂。大家看到阿奇留下来制作红石傀儡的那个家伙，正站在钻石模具上方，不断地往里填红石。所有族人都被眼前数不清的钻石震惊了，大气都不敢喘。索德看到制作红石傀儡的钻石模具，忌妒得眼睛都红了。

"后退！"阿奇一边警告族人，一边举起支配之球，用它给新造的红石傀儡注入生命。

当新的红石傀儡从模具里挣脱出来后，族人爆发出震耳欲聋的欢呼声。阿奇故意转过身看着索德脸上错愕震惊的表情。"简直不可思议。"唤魔者索德上气不接下气地说。

阿奇只是笑了笑，然后指派一群灾厄村民留下来跟着红石傀儡一起工作，帮忙挖掘红石，制作新傀儡。突然，他意识到一个问题。如果把先锋队永久驻扎在烈焰锻造厂，尤其是当中那些战斗力最强的族人，无异于自找麻烦。他们会因百无聊赖发生冲突，而幸存下来的族人下一个进攻目标肯定就是他。

"一旦我们活捉了那些村民，就能得到充足的劳动力。"

阿奇原计划要把村庄夷为平地，片甲不留，但支配之球的话听起来颇有道理。如果控制住村民，就能强迫他们在烈焰锻造厂工作，派一小支灾厄村民军队予以监督即可，这样就万事大吉了。

"一旦我们征服村民，就命令他们在这里工作！"阿奇领着不需要留下的族人往回走时大声宣布。大家都为奴役村民的计划雀跃不已，可留下来的族人却嘟嘟囔囔地发牢骚，为不能亲自去现场目睹这一壮举感到遗憾。

阿奇和他的随从浩浩荡荡地回到高墩之堡，留守在高墩之堡的灾厄村民蜂拥而出，热烈迎接新造出来的红石傀儡，就连沃尔达也为这个神奇的"怪物"能加入队伍，增强部落力量而欢欣鼓舞。阿奇精神振奋，他知道随着时间的推移，红石傀儡的队伍只会越来越壮大。他心里非常清楚，只有建立起一支强大的红石傀儡军队，征服整片土地的宏伟计划才能实现。

"那倒没必要。你可以先利用现有的力量攻打村庄。你应该脚踏实地一步步取得最终胜利。"

起初，阿奇对支配之球的建议并没有十足的把握，可后来还是索德帮他下了决心。

在支配之球强有力的帮助下，阿奇已经把高墩之堡最大的房间改造成自己的正殿，在这里他会见族人、与谋士商议政事。说起来，他只有一个活的、会呼吸的谋士，那就是沃尔达。当阿奇接见其他族人时，沃尔达总是立于一侧，在阿奇耳边窃窃私语，为决策给出参考意见。

在阿奇做决策时，沃尔达的作用很像支配之球，但她的优势也仅仅是熟悉部落每个族人的情况。如果阿奇一定要在沃尔达和支配之球之间做个抉择，他会毫不犹豫地把沃尔达一脚踢到九霄云外去。

我的世界：地下城 奇厄教主的崛起

阿奇认为沃尔达心里也明白，她还算不上首领的左膀右臂。当然，她肯定不知道支配之球的存在，更不知道支配之球每天都对阿奇耳提面命，但她必须有自知之明。虽然她总能提出独到的见解，但对阿奇来说她是可有可无的。与其他灾厄村民相比，她是最有价值的，可妄想功高震主，她绝对不会得逞。

也许是看清了局面，沃尔达向阿奇提议，他应该给他自己一个新头衔。

起初，阿奇不明白沃尔达为什么对头衔如此在意。灾厄村民部落的领导人一直被尊称为首领，没有那些花里胡哨的名头，如国王、皇帝什么的，也没有特殊的着装彰显与众不同的地位，他们有的只是来自族人的尊重。

"但这次不同，"沃尔达对阿奇说，"你跟我们以往的首领截然不同。请问，宏伟辉煌的宫殿我们何曾有过？"

说着，她指向正殿高高的拱形天花板，然后顺着天花板一直指向更大范围的空间，还有整个高墩之堡。"你建起了一座完全不同的崭新建筑。它代表的雄心壮志需要用全新的称呼发扬光大。你必须有一个响当当的新头衔，确保你能在全世界立足。"

阿奇仔细考虑了她的建议，可还没等做出决定，思绪就被索德的突然发难打断了。在场的族人是少数还没在高墩之堡谋得职位的灾厄村民，这个恶棍在沃尔达和众人面前粗声粗气地向他叫嚣，这让阿奇对他忍无可忍。

"你这个无能的家伙，"说着，索德伸出一根手指戳着阿奇的脸，而阿奇正坐在新打造的奢华宝座上俯视他，"你把在座的族人骗得团团转，你不过是运气好，误打误撞来到这里，别以为从此你的人生就不同了。什么都没有改变。别忘了，我对你了如指掌。"

"他对你和你的权威都是巨大的威胁。你应该打掉他的嚣张气焰，以儆效尤。"

一想到要当场把索德干掉，阿奇有些畏首畏尾。以他现有的权力，这个恃强凌弱的浑蛋完全不是他的对手。不过，阿奇不想成为索德那样的统治者，如果哪个族人胆敢在索德面前出言不逊，一定没有好下场。

那种统治者要凌驾于所有人之上，用恐怖手段统治一切。

"以恐怖手段统治一切，总好过被人欺压。"

支配之球说得有道理。如果想保住自己的权力，就必须给索德个下马威，彻底打掉他的嚣张气焰。这个恶棍正在考验阿奇的底线。也许是参观过烈焰锻造厂后，索德明白阿奇再也不会惧怕他，于是只能寄希望于阿奇习惯了被他欺凌，还会像以前那样容忍他的蛮横无理。

然而，阿奇心里清楚，如果在众目睽睽之下，他跟索德之间的交锋露出一丝怯懦，那么他千辛万苦得到的拥护和支持就会化为乌有。可老实说，在这个恶棍面前他还是不自觉地胆怯，但他已经感受到了拥有权力的骄傲，怎么可能主动放弃！

于是，阿奇脸上挂着一抹威严的怒气，打算教训一下索德。可没等他开口，沃尔达就抢先表明了态度。

"你胆敢质疑首领？"她语气严厉地对索德说，"你没有看见他为我们做出的努力吗？你应该爬过来表达你的感激！"

索德发出一阵肆无忌惮的狂笑。"当然，我对此五体投地，感激不尽！"索德傲慢地环视正殿，好像他马上就能变成这里的首领似的。最后，他的目光落在阿奇身上："我很感激你为族人所做的一切，但别以为这样你就能像个缩头乌龟一样藏在城堡里，永远不面对其他人。"

"我什么都不怕。"阿奇明白索德的企图。如果这个恶棍成功地把他污蔑为懦夫，那么他对其他族人和索德这种害群之马的统治，就跟他的身材一样长久不了。

"干掉他！"支配之球提醒阿奇。

阿奇正要开口下达命令，沃尔达用关切的目光制止了他。他马上意识到自己差点儿犯了个错误。如果除掉索德，他跟这个恶棍之间的所有麻烦都会烟消云散，但这好像就能证明索德是对的——他就是个离不开家的缩头乌龟。

"不要顾虑重重！"

阿奇没理会支配之球的意见。他才是决策者，支配之球不能越俎代庖，这是他自己的事。

"经历过上一场战斗后，我本想让你休养一下，"阿奇对索德说道，"如果你急不可耐地要参加下一场战斗，我们明天一早就出发，去攻打村庄。"

索德当场惊呆了，哑口无言。他本打算当众奚落阿奇，把阿奇说成一个懦夫，可现在形势突变，他在战术上失败了。"明天吗？"他狼狈不堪，声音微弱地问道。

阿奇从宝座上一骨碌滑了下来。"还不够快，是吗？如果你愿意的话，我们今晚就可以出发。我已经准备好为部落族人而战，你准备好了吗？"

索德双眉紧锁，算计落空让他非常沮丧。"我吗？当然没问题！但是等天亮了再出发，对行军更安全，你说呢？"

阿奇把权杖的一头在地上顿了顿，语气凝重地说："白天还是夜晚对我来说都不是问题。暗夜怪物再凶险，也不如我们要参加的战斗难应付。胜利必将属于我们！"

索德冲阿奇微微鞠了一躬，这纯粹是出于大失所望的本能反应，而不是对首领的臣服。索德今天终于见识了权力带给阿奇的自信——即使阿奇仍有些底气不足。而阿奇默默地告诉自己，刚才没有采纳支配之球的意见干掉这个恶棍，是正确的。

"这只是暂时的。"

命令颁布，其他灾厄村民立即行动起来着手准备。阿奇不知道他该干点儿什么，于是想努力让自己看起来忙忙碌碌的，以鼓舞大家的士气。他还要在城墙上苦思冥想，对即将到来的这场战斗进行细致全面的考虑。

经过精心谋划，他决定外出时仅留下一个红石傀儡保卫高墩之堡。也就是说，他可以带上三个红石傀儡跟他一起上路。等他回来后，再去烈焰锻造厂为更多红石傀儡注入生命。

原本他希望再等一阵子，好制作出更多的红石傀儡，但索德的挑衅迫使他提前了作战计划。现在只能看具体情况使用现有兵力了。

第二天早晨，东边天际出现第一缕阳光时，阿奇率领族人和全副武装的红石傀儡，浩浩荡荡从高墩之堡出发了。他用支配之球收起身后的吊桥，头也不回地向村庄开拔。

队伍在行进途中刻意绕开沙漠神殿，因为阿奇不清楚里面到底藏着什么东西，所以最好别去惊扰那个地方。他们要进攻村庄，需要处理许多事情，不能因为冒险穿越某个地形复杂或者他们不了解的区域，而浪费本就不多的资源。

阿奇很担心索德会故意把他们引到沙漠神殿的方向。然而，当他回过头，才发现索德正茫然地盯着远处，浑身还在不停地打哆嗦，好像跟怪物血战的回忆让他不寒而栗——两次交锋，灾厄巡逻队都损失惨重。

路上走了好几天，阿奇终于回到了鱿鱼海岸。虽然他迫不及待地要赶到村庄，但还是每天晚上都命令大家原地停下，安营扎寨。他还设了岗哨，在营地外圈设置火把以阻止怪物靠近。

谢天谢地，这段时间几乎没有任何怪物侵扰他们。阿奇可不希望队伍还没到达村庄，族人就被时不时出现的怪物吓得屁滚尿流。当然，他是完全不必担心的。他回想起来，有一天晚上，他看见周围到处都是凌乱散落的帐篷，才知道巡逻队常常在外露营，早已练就了过硬的本领，随时可以解决骚扰族人的怪物。

就这样，他们终于在某天深夜到达了村庄附近。阿奇站在一个红石傀儡的肩头向他的族人训话。他已经把这些族人当成他的臣民，他也经常这么说。

"我的臣民们！"他说道，"这个村庄最适合抢劫！这里藏着数不尽的食物！饲养着数不尽的牲畜！它很快就会属于我们！"

族人全都向他欢呼，连索德和沃尔达也不例外。接着，大家在他的命令下着手进行战斗前的准备工作。

夜幕降临，黑暗像一张闪闪发光的厚毯子笼罩着村庄，阿奇带领他的臣民爬上可以俯瞰村庄的山坡，从这里可以眺望到村庄周围点燃的火把。那些火把是为了保证村民的安全，当然这只是村民一厢情愿罢了。

"大家同时发动进攻，"阿奇命令道，"我们从黑暗中向他们发起冲锋，打他们个措手不及。"

"要是英雄突然出现怎么办？"索德用挑衅的口气问道，"我们是不是他们的对手呢？"这家伙脸上带着轻蔑又得意的笑容，好像一个孩子揪住了长辈的错误似的。

"一般情况下，英雄不会晚上出现在村主。如果英雄真的出现……"阿奇说着指了指红石傀儡，"我们自然会收拾他们的。"

不过，索德的话引发了阿奇的另一种担忧。尤米怎么办呢？

他不能为此下令放过某个村民。这样的话，族人会怀疑他的动机，索德甚至沃尔达也会指责他同情敌人。

"不用担心她，不值得为她惹麻烦。"

阿奇差点儿对支配之球气愤地大吼起来。虽然他理解支配之球的想法，在某种程度上也不反对，但是尤米对自己这么好，他怎能恩将仇报伤害她？

"保护她对你有什么好处呢？"

有一瞬间，阿奇很想把支配之球扔得远远的，但他意识到这么做非常愚蠢。没有支配之球的强大力量，他根本一事无成，不过他还是不愿放弃搭救尤米的想法。

现在，阿奇迫不及待要做的第一件事就是径直跑向尤米家，并祈祷她在家，这样他就可以说服尤米放弃抵抗，向自己投降。在他心里，这虽然不属于计划的一部分，但一定是最重要的事。

第十八章

　　在阿奇的命令下，灾厄村民冲进村庄，开始大肆劫掠。一些灾厄村民想直接闯进村民家中；一些灾厄村民将火把放置在村庄周围，打算把房子点着；还有一些灾厄村民计划抢夺村庄里的奶牛和猪，反正他们已经开始烧杀劫掠，破坏哪里都一样。

　　阿奇命令两个红石傀儡寻找负责村庄安全的铁傀儡，然后向它们发起进攻。这两个红石傀儡像石头似的，看起来呆头呆脑的，但它们会遵从阿奇的命令。更妙的是，它们不会听从其他人的命令，或者说，它们只听命于支配之球主人的命令。阿奇有时会担心索德什么时候背叛自己，但他从不担心红石傀儡会造反。

　　"你只需要完全信赖我。"

我的世界：地下城 奇厄教主的崛起

阿奇把支配之球视为珍宝，他不知道怎样做才不辜负支配之球的拳拳赤诚。当他把族人全都领进高墩之堡时，内心是充满恐惧的。他害怕支配之球改了主意，选择某个族人——最大的可能是沃尔达，最坏的可能是索德——代替他成为它的主人。但无论如何，阿奇都要冒险把族人带进城堡，现在他终于得到了回报，这才彻底放了心。否则，阿奇绝对不可能发动这次袭击行动。

村民们立刻拉响了警报。再过几分钟，村庄的村民就会奋起反抗。阿奇知道时间不多了，于是转身往尤米家的方向狂奔而去。

来到尤米家门口，他看见尤米家的房门大敞着，而尤米怒目圆睁，全身戒备地站在门前，身边还有一个铁傀儡。这时，尤米也看见了他。

如果天气好、视野清晰，认出阿奇是很容易的，因为一个灾厄村民冲进村庄本来就很引人注目。但是在浓浓夜色中，一个红石傀儡挪动着巨大的身躯，迈着笨重的步伐跟在阿奇身后，就像有一道聚光灯。身后的强光把阿奇的脸遮挡在黑暗中，尤米根本看不清来者何人，于是怒吼着："从这儿滚出去，你这个无耻的灾厄村民！不然我把你的脑袋拧下来！"

阿奇只好一边朝她飞奔，一边高举双手，并且大声说："尤米，是我！"

本来尤米已经命令铁傀儡发起进攻了，可听到对方的喊话，赶紧举手示意暂停。她眯起眼睛仔细打量那个越来越近的身影，对方的身材比她看到的灾厄村民矮得多。"阿奇？"她显然很震惊，"真的是你？"

阿奇跑到尤米面前猛地停了下来，红石傀儡也在他身后不远的地方紧急收住脚步。出于本能，尤米先是向铁傀儡靠近一些，然后伸出双手把阿奇搂进怀里，想要拥抱他。

"你怎么了？"她急切地问阿奇，"你从哪儿来？"

"说来话长。"阿奇贪婪地享受着尤米温暖的拥抱，真希望时间停留在这一刻，宁愿自己没有带领军队进入村庄。可如果不是这样，阿奇根本不可能再次回到村庄来。

尤米松开怀抱，用双臂紧紧抓着阿奇仔仔细细打量着。她看到阿奇还活着而且毫发无伤，简直大喜过望。不经意间，尤米看见阿奇背后高大魁梧的红石傀儡，心脏差点儿跳出嗓子眼儿："这家伙是你的朋友吗？"

"这不是一两句话能说得清的，"他拉着尤米的手说，"以后我再详细讲给你听。现在我要赶快带你离开。"

尤米摇了摇头，心中大为不解："等等，到底发生了什么？是不是村庄被袭击了？"

"是的，"阿奇回答她，"所以你得赶快离开。"

尤米顿时起了疑心，猛地把手从阿奇手中抽出来："可是村庄为什么会被袭击呢？"

她的目光越过阿奇和他身后的红石傀儡，看见村庄偏远处的一些房子已经蹿起火苗。一阵恐惧袭上心头，尤米一只手捂着嘴，震惊地问道："天哪，阿奇，你到底干了什么？"

阿奇皱起眉头，他必须赶快把尤米转移走，不然一切都来不及了："相信我，尤米，你不能留在这里，必须马上撤离。"

尤米用能喷出怒火的目光俯视他："你是来救我呢，还是你参与了这次袭击？"

面对尤米，阿奇彻底投降了。他重重叹了口气："难道我参与了袭击就不能来救你吗？"

尤米震惊得瞠目结舌，一句话都说不出来。这时，阿奇身后的红石傀儡换了个姿势，尤米抬头盯着它，刹那间猜到了真相。她不禁后退几步，说："你不是参与其中，你根本就是幕后主使！"

在阿奇身后的某个地方，战斗号角已经响起，战斗迫在眉睫。村庄里的铁傀儡不会坐视灾厄村民把村庄夷为平地，它们已经做好准备开始一场保卫战。

阿奇抬头注视着尤米，眼睛里满是祈求，他不能让尤米被强行抓去烈焰锻造厂做苦工。"求求你，"他说道，"跟我走吧。"

尤米的眼睛里迸出疑惑与愤怒的泪花，她坚定地摇了摇头："我简直不敢相信！我无法相信你会干出这种事情！"

"我也是迫不得已，"阿奇说，"形势逼得我不得不这么做。你应该看得出来。"

他伸手想去拉尤米，但被尤米甩开了。这时，阿奇听到一个熟悉的声音朝他大喊。虽然不懂对方的语言，但从语气里很明显能听出来，那人喊的是："原来是你！"

阿奇转身看见一个英雄，就是他的"克星"卡尔。对方举着一把铁剑朝他猛冲过来，准备跟他搏斗。

　　阿奇的心忽地一沉。如果这里有一个英雄，也就意味着所有英雄都在场，要真是这样的话，灾厄村民的袭击注定要失败。

　　可现在只能死马当活马医。他拍了拍红石傀儡的腿，提醒它注意，然后手指"克星"下达命令："干掉他！"

　　巨人般的红石傀儡举起硕大的拳头向卡尔扑过去。然而，对卡尔而言，被红石傀儡攻击似乎让他很兴奋。他笑得龇牙咧嘴，高声欢呼着，一把剑挥得虎虎生风。

　　尤米紧紧抓着阿奇的肩膀大声喊道："赶快住手吧！"

　　"你不跟我走，我是不会住手的。整个村庄都会毁灭，这里的村民很快就会成为我的奴仆，我不想让你和村庄同归于尽。"

　　尤米惊恐地瞪着阿奇："你是个白痴！我对你这么好，我收留你进我家！像最好的朋友一样对待你！"

　　这时，一声巨响打断她的话。阿奇转身，看到"克星"已经把红石傀儡的一只胳膊砍了下来。红石傀儡使尽全身力气与"克星"搏斗，但明显已处于下风。它的动作太缓慢了，在强壮和敏捷的英雄面前毫无招架之力。

　　"住手！"阿奇朝"克星"大喊着，"离它远点儿！"

　　尤米跪在阿奇身边，正视他的脸庞，神色凝重地说："是你发起的袭击，对吗？你以为我们能眼睁睁看着你毁了整个村庄？”

“他毁了我的人生！”阿奇指着“克星”对尤米说，“他必须放弃进攻，我的使命就是阻止他！”

“你必须召集红石傀儡跟你协同作战。”

关键时刻，支配之球提醒了阿奇。阿奇明白支配之球的意思，如果他把所有红石傀儡召集到这里，他们还是有机会打败英雄的。这会儿其他红石傀儡肯定正在村庄与守卫村庄的铁傀儡对战，但它们必须转战到此地。如果能够打败“克星”，灾厄村民的胜算就很大了。

阿奇真希望一直驻守在高墩之堡，等烈焰锻造厂制造出千军万马的红石傀儡士兵再出兵。这样不论什么英雄都不是他的对手。不过，现在太迟了。

一切都来不及了。

情急之下，阿奇挣脱尤米的手，跌跌撞撞地向村庄中心跑去，尽量远离“克星”和红石傀儡的搏斗。“你这个背信弃义的小人！”尤米在他身后大吼着，“你最好赶快滚！”

尤米拍了拍铁傀儡的后背，让它脚步蹒跚地跟在阿奇身后。看着铁傀儡一路追赶阿奇而去，她擦去了脸上的泪水。

阿奇认为，如果他跑得够快，说不定还能找到其他两个红石傀儡，跟它们一起组队去对付“克星”。然而，他还没跑出去多远就发现情况不妙。村庄中心地带并不像他预计的那样到处都是灾厄村民。

嗯，可以说灾厄村民确实很多，但大都不在村庄中心地带。

此刻，在村庄的某些地方，灾厄村民正拼尽全力向村民进攻，但在村庄的另一处，一些灾厄村民被迫停止进攻村庄，因为他们被一群不知从哪儿冒出来的骷髅和尸壳给缠上了。

这一幕让阿奇惊呆了，他想不明白，万无一失的作战计划怎么成了这样。是什么原因致使战斗陷入如此可怕的局面？阿奇举起权杖保护自己免受怪物的进攻，但怪物好像忙着跟灾厄村民搏斗，暂时还没有注意到他。

阿奇明白了，这些怪物不是凭空出现的，灾厄村民也不是偶然遭遇到怪物的阻击。这些怪物笃定是从沙漠神殿出来，一路跟踪他的军队来到村庄的。

也就是说，某种力量控制着怪物，甚至有可能让它们避开支配之球的法力，否则它们在路上就暴露了。然后，它们在某个时间，趁灾厄村民没有防备，发起了进攻。

所以，它们白天躲避太阳，只在晚上行动，一路追踪来到这里。怪物既有耐心又狡猾，暗地里等待着，直到灾厄村民对村庄发起总攻后才开始行动。它们拖延到战斗最危急的关头才现身，誓要把一切全摧毁。

"我们必须马上撤离。"

阿奇心有不甘，但他明白支配之球说得对。

"停止战斗！"阿奇向灾厄村民和红石傀儡大吼着，希望红石傀儡能听见他的声音，"战斗结束了，赶紧撤离！"

他意识到面对铁傀儡、英雄、怪物的多面夹击，灾厄村民完全没有胜算。而且，他预感到亡灵法师肯定藏在村庄的某个角落。他的军队已经丧失了偷袭的优势，反而被怪物乘胜追击。如果继续战斗，他的军队会伤亡惨重。

这是阿奇唯一的选择，虽然万般不舍，但只能撤退。

不料，这么一来他被索德抓住了把柄。索德原本就视阿奇为懦夫，说他是个遇到麻烦转身就跑的家伙。然而，不论如何，阿奇不能眼睁睁看着自己的军队全军覆没。在这种形势下，他们只能另找机会东山再起。否则，今天战斗结束后，他们再也没有翻身的可能了。

"听他的命令！"尤米带着铁傀儡出现在阿奇身后，向村民们大声疾呼。他们一路追踪阿奇来到这里，本是想对付阿奇，但跟阿奇一样，怪物肆虐的一幕也让尤米感到震惊。"别再跟灾厄村民纠缠，集中力量对付怪物！"尤米说道。

除了怪物，在场的灾厄村民和村民都盯着阿奇和尤米，彻底被他们弄糊涂了。

"不要进攻村民！"阿奇向灾厄村民大喊着，"让他们的铁傀儡对付怪物！"

"你在开玩笑吧？"索德从战斗中脱身出来，难以置信地朝阿奇吼着。他一边向阿奇走去，一边顺手把他身后一个尸壳的脑袋砍了下来，"我们不能撤退！我们就要赢了！"

"怪物太多了！"阿奇努力做出恶狠狠的表情，"我们都会死的！"

显然他的语气还不够威严，索德本来就不愿服从他的命令，现在终于有了借口公然抗命。"好吧！"索德用充满挑衅的语气对阿奇说道，"你逃跑吧！我留下来与族人并肩作战，血战到底！"

阿奇想教训索德，但还没等他开口，一支箭射中了他的后背。

"你受伤了！"

箭矢穿透后背带来的巨大疼痛让阿奇的脑子一片空白，阿奇转身想对尤米说些什么，但一个字都说不出来。其实，他想求得她的帮助，跟她一起并肩作战对抗怪物。

紧接着，另一支箭射中了他的胸口，阿奇已无法呼吸。他感觉无论怎样用力吸入空气，都阻挡不了身体一直在泄气。

"坚持住，我会保护你。"

阿奇拼命坚持着。他紧紧箍住尤米，尤米牢牢抓着他的胳膊，想让他站起来。

阿奇的视野渐渐被黑幕笼罩，他感到双膝软弱无力，正在弯曲。几秒钟之后，眼前的黑幕越来越大，他只能看见一条长长的隧道一直向前延伸，尽头是支配之球在权杖顶端缓缓转动的画面。

"虽然我不想这么说，但你真的是活该。"尤米一边说，一边把阿奇将死的身体放在地上。

那是阿奇彻底失去知觉前听到的最后一句话。

插叙二

当卡尔听到警铃大作的时候，他正在某个村民的房子里睡觉，虽然不知道是谁家的房子。那天晚上他闯进村庄，就近找到一户人家溜了进去，半夜冲出大门的时候都不知道自己身在何处。他只知道外面有了什么紧急情况，又可以找些乐子了。

卡尔冲出来的时候，剑已紧握在手中。眼前的一幕没让他失望，一群灾厄村民半夜潜入村庄，烧杀抢掠。他正百无聊赖，眼下的局面对他这样的英雄来说再合适不过了。

更重要的是，灾厄村民还带了红石傀儡，简直太棒了！

卡尔没见过红石傀儡，他曾经只跟一个村庄里的铁傀儡干过一架，显然他在那个村庄已经不受欢迎了。到现在为止，卡尔还无法理解为什么那里的村民对他的帮助毫无感激之心，最后还派了一个铁家伙对他穷追不舍，把他赶了出去。

如果村民直截了当要求他离开，卡尔会头也不回地离开那个村庄，完全可以避免那场无谓的纠纷。可村民总是用一口土著话跟他交流，而他一个字都听不懂，结果村民跟他的沟通就显得白费力气。但他并不在乎，因为村民的态度本来就很无理。

因此，卡尔把那个铁傀儡砍成了一堆废铁，还在它残留的铁皮上狠狠踩几下才解气，然后潇洒地离开了那个村庄。

而眼前这个村庄的村民似乎对卡尔很宽容，至少从没派村里的铁傀儡对付他。现在，他们还莫名其妙地给他带来了精彩的夜晚"娱乐节目"！

卡尔一头冲出房门，径直向他看见的第一个红石傀儡扑过去。一路上他还砍倒了一两个灾厄村民，但对方连一根汗毛都没伤着他。现在，村民对灾厄村民唯恐避之不及，卡尔决定先解决红石傀儡，再慢慢把灾厄村民一个个除掉。

卡尔指着红石傀儡大吼着："这个归我了！"说着，手持利剑高举过头顶，使尽全身力气朝红石傀儡劈砍下去。他力道惊人，一下子就把红石傀儡的右臂砍了下来，右臂咕咚一声重重掉在地上，好似一个重重倒下的尸壳。

卡尔兴奋地大叫一声，接着左一剑、右一剑地把红石傀儡砍成了碎块。正在他越战越兴奋的时候，蓦地发现一个奇特的小个子灾厄村民紧盯着他。

这个小个子看起来有点儿眼熟，卡尔好像在什么地方见过他。不过，卡尔认为这种可能性不大，但凡遇到过他的灾厄村民大多再也不会有机会骚扰别人了。

而且，小个子手里攥着一根权杖，权杖顶端有个亮闪闪的方块在缓缓旋转，如同被一块巨大的磁铁吸附在上面似的。

如果卡尔以前见过类似场景，肯定记得清清楚楚。而且，似曾相识的熟悉感一定会在脑子里挥之不去。

紧要关头他顾不得想太多。战斗局势越来越复杂，越来越混乱。如果说灾厄村民袭击村庄还不算大麻烦，那么他们竟然还吸引来了一群怪物，这下就热闹了。

说真的，现在的战局激起了卡尔的斗志，让他亢奋无比。只要能对付得了，敌人越多越好，卡尔天生爱挑战。

不过，他暂时还无法判断他是该冲上去，还是该袖手旁观。如果形势不妙他就躲起来，毕竟他跟村民没有什么感情，根本不值得为他们丢掉性命。

事实证明，他的担心是多余的。怪物跟灾厄村民不是一伙儿的——要真是那样也太奇怪了。卡尔以前从没见过怪物和灾厄村民结成同盟。

与此相反，尸壳和骷髅跟村民一样，全都凶神恶煞地朝灾厄村民进攻。这样一来，事情就简单多了。至少在卡尔看来是这样，而对村民来说也同样如此。现在，他们只需要躲在房子里，牢牢关上房门，让灾厄村民和怪物之间互相厮杀即可，卡尔和村民完全可以坐收渔翁之利。

可还没等村民全都回到房子里，卡尔就看见那个掌管几个铁傀儡、性格泼辣的女村民，正跟手拿权杖的小个子说着什么。就在他们说话的时候，几个鬼鬼祟祟的骷髅偷偷向小个子射箭，箭射中了小个子的胸口，他直挺挺地倒了下去，好像彻底断了气。

那个女村民不知道为什么看起来悲动欲绝，不过卡尔可顾不上这些。他已经把那个在他面前走路趔趔趄趄，还掉了手臂的红石傀儡砍成了碎块，又在它膝盖上刺了好几剑，彻底结束了它的使命。接着，卡尔开始大喊起来，要村民赶紧撤退。

没几个村民听他的，那个泼辣的女村民尤米也对他的话充耳不闻。她似乎拼命想让小个子复活，可她的举动在卡尔看来完全是徒劳。如果她一直待在原地，不一会儿准没命，于是卡尔做出一个英勇的举动——他一把抓住了她。

起初尤米猛烈地挣扎，直到认出卡尔，并且明白他的意图之后才安静下来，任由卡尔把她关进附近的房子里。

毕竟这是为她好。

等到没有任何战斗力的村民脱离了危险，灾厄村民和红石傀儡溃不成军四散奔逃，卡尔才放开手脚，控制整个局面，专心对付那些在街道上到处流窜的怪物。他一个一个搜索尸壳和骷髅，然后成批成批地消灭它们。不论是速度还是战斗力，怪物都不是他的对手，尤其是许多怪物正忙着敲打村民家的大门和窗户。这样一来，卡尔可以径直来到它们身后，趁这些家伙还没弄清发生了什么的时候，狠狠给予精准打击，让怪物连回头自卫的机会都没有。

卡尔一击即中，怪物立刻粉身碎骨。他只用一拳就能把一个骷髅打成一堆骨头。剩下的怪物还在周边流窜，卡尔很快就能把它们一网打尽，反正这是迟早的事。

我的世界：地下城 奇厄教主的崛起

　　就在卡尔正在对付一个特别凶猛的尸壳时，他发现其他怪物都不见了。干掉了尸壳后，卡尔环顾四周，村庄空荡荡的街道上只剩下了他自己。

　　此时，村民们正战战兢兢地躲在家里。怪物消失得无影无踪，卡尔不知道它们哪儿去了，也不知道它们是怎么逃脱的。一般来说，现在这个时间怪物不会消失，除非卡尔把它们全都打败，或者太阳升起后它们烟消云散。不过，卡尔肯定的是，那些肆虐村庄的怪物并没有被彻底消灭。

　　当然，也许是战斗让卡尔情绪亢奋，忘记了被击败的怪物数量。以前也有过这样的情况，而且不止一次。但现在不管他怎么搜索，村庄的每条街道都是一片寂静，一个怪物也看不到。

　　他不知道该庆祝胜利呢，还是继续保持警惕。卡尔一直握着剑，徘徊在空荡荡的村庄街道上，搜索任何有可能出现的怪物，然后了结它们的性命。可什么都没有，他的剑彻底没了用武之地。

　　此刻，他真希望其他英雄也在村庄里。不知怎的，其他英雄认为强占村民的家是大错特错的行为，所以他们另找合适的地方建造了用来栖身的场所。可是，卡尔觉得自己动手实在太浪费时间，只要他愿意，随时随地可以在村庄找到合适的房子借住一晚。

　　他才懒得管别人怎么想，他这么做也是为了村民的共同利益。如果灾厄村民来偷袭，而他当晚没有借住在某位村民家的床上，那么整个村庄不被敌人夷为平地才怪呢，尤其是怪物也同时出现的时候。

仅仅一夜之间，他从沉沉的睡梦中被惊醒，又眼看着喧哗鼎沸的激战迅速归于死寂。即使已经把村庄每条街道仔细巡查了一遍，卡尔还是不相信怪物已经彻底消失。他想回到床上接着做梦，但是根本睡不着，只好再次爬起来继续他拯救村民的使命。

此外，战斗引起体内肾上腺素的强烈分泌，让他一直处于异常兴奋的状态，看来他会有好长一段时间不知疲倦。

就在卡尔打算放弃，另找时间继续搜索的时候，他的几个英雄同伴出现了。他们走进村庄已是正午时分，这个时候隐藏在黑暗中的怪物早就消失得无影无踪了。

"你们来这里干什么？"卡尔即刻起了疑心。他昨晚已经历了一场激烈的战斗，现在才不想听他们唠唠叨叨地说些要尊重村民，保护村民财产之类的废话。

"粉头发"严肃地向他点点头："我们听到搏斗的声音，所以赶过来帮忙。"

卡尔上下挥舞着剑，朝空荡荡的街道一指："你们来晚了，我已经处理完了。"

"干得漂亮，"那个叫斯塔奇的英雄勉为其难地夸赞他，"你真的是孤身一人对抗所有敌人吗？"

"你以为呢？"卡尔把剑放回剑鞘，双手叉腰说道，"不然的话，在你们舒舒服服躺在床上睡觉的时候，谁来保护这

189

个村庄呢？"

"刀疤脸"在一座房子旁单膝跪了下来，仔细观察周围环境。"这里有许多骷髅射的箭，"几个英雄指着附近放置警铃的木头架子说道，"还有斧子砍过的痕迹。"

卡尔感觉大家锐利的目光都集中在他腰间的佩剑上，很明显他既没有弓箭也没有斧子。但他对大家的疑问没有表现出任何羞愧和尴尬。"好吧，我一个人无法干掉那么多坏家伙，"他解释道，"我的意思是，我到达战场的时候，村民、灾厄村民和怪物已经在互相厮杀了，可如果我没有出现的话，会有更多村民丧命的。"

"那是当然！""红头发"用一种笃定的语气说道，"你来救他们，他们一定高兴坏了。"

"他们应该感激我。"卡尔攒了一肚子怒火无法发泄出来，"我的意思是，保住他们的房子没被烧光，任谁都要感恩戴德。"

"灾厄村民到底哪儿去了？""粉头发"问道，几个英雄也用困惑的目光四处打量，"他们是全都被打趴下了，还是逃跑了？"

卡尔的目光环顾四周，不知该如何回答。他想向大家宣布他已经把敌人消灭殆尽，又担心被他们揭穿谎言。要是被同伴发现他谎话连篇，大家非严厉斥责他不可。

"我也不知道，"卡尔漫不经心地耸了耸肩，好像这个问题羞辱了他，"你看见附近还有灾厄村民出现吗？对我来说，村庄没有他们的身影才是最重要的。我的意思是，我又不是在计数，对不对？"

其他英雄听闻此言都咧开嘴笑了。他们知道卡尔经常记下被他打败的敌人数量，几个英雄常常把这个拿出来当笑话讲。

"我们进入村庄的时候看见一队怪物正在撤离，"这时，斯塔奇突然想起来什么，"但是一个灾厄村民也没看见。"

"他们也许在尸壳和骷髅突然现身的时候就撤退了，而且是朝四面八方溃散的。"

"第一次看见怪物有组织地撤退，这真的很奇怪。""刀疤脸"说，"有一个飘浮在半空的骷髅指挥它们有条不紊地离开，所有怪物都跟随着这个骷髅。"

这个消息让卡尔感到毛骨悚然。虽然他不是几个英雄里最聪明的，但他也能想到如果有外在力量控制怪物，这绝对不是一个好消息。也就是说，卡尔从半路杀出来后，这些怪物就开始有计划地撤退了，如果下次再遇到怪物，它们可能会用更狡猾的手段袭击自己。

"它们肯定都被我吓得抱头鼠窜了！"卡尔虚张声势，大大咧咧地说——这个"吹牛大王"真的让其他几个英雄受够了。

"它们好像还带着什么人一起撤走的，""红头发"说，"村庄里有没有谁失踪了？"

卡尔耸了耸肩："你在开玩笑吗？难道你以为村庄里的每

个村民我都认识？村庄里任何村民都有可能失踪，我根本分不清他们谁是谁。"

"粉头发"叹了口气："不管谁失踪，我都希望他平安无事。"

第十九章

　　当阿奇醒来时，发现自己被一个骷髅捆住了手脚。这个骷髅好像再也不是危险的怪物．它彻底死透了，任何激励魔法都不能使它复活。阿奇拼命挣扎想摆脱它的束缚，可骷髅一动不动。

　　阿奇用了好大力气也不能坐起来，他非常沮丧。他四下打量，发现自己正在移动，可他明明被捆得紧紧的。原来是有人把骷髅和几根长棍绑在一起，做成了个临时战地担架，然后把失去知觉的阿奇放在里面，就这么把他带走了。

　　阿奇不知道自己昏迷了多久，只能分辨出现在是黑夜——有可能还是那天晚上，也有可能是第二天晚上了。繁星在头顶不住地旋转，后来阿奇才知道那是头部受伤出现的幻觉。他干脆放弃挣扎让身体安静下来，休息了很久才感觉整个天空静止下来。

他想看清楚周围环境，但脑子里像有一团糨糊导致他昏昏沉沉的。在他记忆中，自己被一群偷袭的骷髅射了一箭，箭正中后背。那时候他还跟幸存的族人一起在村庄里。当时阿奇以为自己死定了，但显然有谁救了他，至少帮他包扎了伤口。目前来看，他感觉还不错。

"我说过我会保护你。"

是支配之球的声音！阿奇到处摸索他的权杖，但什么也没摸到。很可能是他昏迷后权杖被夺走了，但如果脑子里还能听见支配之球的声音，那么权杖一定距离他不远。

但这可能吗？阿奇对魔法一窍不通。也许支配之球能穿过整片大陆，从另一头与他隔空对话。他不知道是不是这样。

"我就在你旁边。"

支配之球跳动了一下，比刚才更加明亮，看来支配之球应该是飘浮在他头顶的某个地方，但在他的视野以外。如果他能够坐起来向四周看看，说不定一眼就能瞧见它。

"它们把我放在你旁边，也在担架上。"

听了这话，阿奇长长舒了一口气。如果支配之球近在咫尺，那么他们还有机会活着逃走。

支配之球的光暗淡下来，阿奇知道这样是为了不引起怪物的注意。如果他能够重新掌控支配之球，就可以用它的法力把这些怪物全变成一堆堆灰烬。于是，阿奇又开始拼命挣脱束缚，但一番努力后依然是徒劳。

亡灵法师飘飘悠悠地进入阿奇的视线，就在阿奇拼命挣扎想卸掉捆绑的时候，亡灵法师离他更近了。亡灵法师俯下身，用头骨上空洞的眼窝盯着他。阿奇不知道它会不会跟自己说话，要是真打算说话，它该怎样开口呢？

一定用魔法，阿奇猜测。凡是碰上什么稀奇古怪的事情，阿奇一概用魔法解释。

还没等阿奇对亡灵法师说出什么，那个家伙突然用权杖在他脑袋上重重敲了一下，阿奇眼前又陷入一片漆黑。

不知过了多久，阿奇醒了过来。这一次他躺在冷冰冰的石头地板上。他自由了，或者说，至少没有什么东西束缚着他。

至少他还活着。

阿奇四下打量，发现自己身处一个没有窗户的房间里。支配之球仍好端端地待在权杖上，靠在角落里。支配之球发出的光是房间里唯一的光源。借着微弱的亮光，阿奇看到除了自己和权杖，屋子里什么都没有。

又一次死里逃生让阿奇倍感意外。他敢打赌，唯一避免让自己躺在那儿一动不动的办法就是变成尸壳或者骷髅。不过，现在看来起码阿奇还没走上这条不归路。

"我们在沙漠神殿里。"

简简单单的几个字差点儿把阿奇吓得昏死过去。原来亡灵法师千方百计把他从村庄带出来，是为了把他绑架到这座矗立在沙漠深处的恐怖建筑里。他真想一死了之。蛰伏在沙漠神殿里的怪物到底出于什么动机，把他从千里之外带到这里呢？

"我们很快就会知道真相了。"

房间的门打开了，一个亡灵法师飘了进来，双脚悬浮在粗糙的石头地板上。它对阿奇只是简单地点了点头，什么都没说，然后做个"请"的手势转身便离开了房间，示意小个子阿奇跟他一起走。

阿奇不知道该不该听从它的指示，但是能走出这个牢笼总比一直困在里面好。于是，他抓起权杖——当然，支配之球一直稳当当地在顶端转个不休——跟在亡灵法师身后啪嗒啪嗒地走着。

走出房门后，他发现面前有一条长长的走廊，一直延伸到不辨方向的黑暗处。走廊两边排列着房间，房门紧闭。每扇门上都有个小窗户，窗格子里没有灯光透出来，静悄悄地没有一丝声响。按照阿奇的判断，走廊里就他一个人，当然还有亡灵法师，它一直远远地飘浮在他的左侧。

阿奇可不想在分不清东南西北的情况下，被困于沙漠神殿地底下，像没头苍蝇似的瞎逛，所以一直紧跟着亡灵法师。如果半路发现一条能够逃跑的路线——当然这种可能性很小——他会趁对方不注意拔腿就跑。在此之前，他只能睁大眼睛留意可能出现的机会。

有那么一会儿，他想用支配之球干掉亡灵法师，然后依靠自己的力量找到离开沙漠神殿的路线。眼前的亡灵法师到底是村庄里碰到的那个，还是把他敲晕的那个，他也搞不清楚。

不过，他认为是哪个亡灵法师都无关紧要。如果这里的统治者要他活着，并且费尽心思把他带回来的话，阿奇倒是很想一睹它的尊容。即使因为这个导致头上受伤也没关系，毕竟脑袋还在自己肩膀上。对方激起他强烈的好奇心，至少应该听听它们说些什么。

"你越来越聪明了。"

阿奇听到支配之球的夸奖不禁暗自得意。这时，亡灵法师把他带上一条蜿蜒曲折的小路，穿过整个沙漠神殿。沿途有各种各样的棺材、墓穴和石棺。

它们大多数是打开的，里面什么都没有，装在里面的尸骸要么被拖出来，要么自己跑了。还有一些关得严严实实，不过阿奇根本不想知道里边究竟是空的，还是保存有完整的怪物尸体。

最后，他们来到一个长长的大厅里。这里天花板很高，两边都是巨型雕像。大厅的尽头徘徊着一个有灰色皮肤的身影。它穿着一身青绿色衣服，遮住了肩膀和腿部，但裸露着前胸。它还戴着一项巨大华丽的王冠，王冠中间镶嵌着一颗硕大的翡翠。它手里拿着一根权杖，与阿奇的很像，不过它的权杖是黑色的，顶端旋转着一个翡翠球。

"欢迎你，陌生人！"这个怪物从一个大大的台子上起身迎上来，台子后面立着一个跟它的王冠一样奢华的宝座，"我的名字是'无名者'。"

阿奇可不想透露自己的姓名。"无名者"听起来就假模假式的，根本不算什么正经名字。当然，阿奇认为它叫什么都无所谓。

"你们为什么把我带到这儿来？"阿奇直截了当地问道，对绑架他并强迫他讲话的家伙，他可没心情说客套话。他的话音刚落，支配之球就变亮了，阿奇认为这是它在提醒自己可能存在潜在的威胁。

作为回应，无名者的翡翠球突地跳了一下。阿奇不知道这个翡翠球拥有什么样的法力。如果他跟无名者发生冲突，结局会怎样？是其中一个大获全胜，还是双方势均力敌，最后同归于尽呢？

阿奇不敢想象。

"我一直都在等待你的崛起，因为这是很久很久以前的预言。"无名者用低沉而空洞的声音说道，"我已经忍耐了生命中无数个日日夜夜，总算得到了回报。你终于来了。"

"你的命运即将揭晓。"

阿奇听得出来，支配之球的语气里是藏不住的骄傲和自豪，似乎选择阿奇是个无比明智的决定，无名者对他的兴趣恰恰证明了这一点。

"我从来没有听说过你的名头。"阿奇回答，他不知道无名者会不会把他的话当成冒犯。

"万事俱备之前，我不会暴露自己。现在这一刻终于到来了。"说着，无名者向阿奇飘过来。阿奇努力稳住心神站在原地，牢牢握住权杖，展现出强大的意志力。

"你还没有回答我的问题，"阿奇尽量用平静的语气说道，"为什么要把我带到这儿来？"

"一个怀有远大志向的人应该一望便知。"无名者在离阿奇几步远的地方停下，用空洞的眼窝盯着他，"像我们这样身负重任的天选之子注定要统治这片土地。互相之间结成同盟，才能保证我们的权力得以延续。"

阿奇眯着眼看对方，心里很是纠结。他不愿把无名者惹恼，于是小心翼翼地选择自己的措辞："假设我们都要统治这片领土，难道不应该是竞争对手吗，还谈什么结盟？"

无名者哈哈大笑起来，阴森恐怖的笑声似乎从数不清的棺材里引出了回声。"这里的土地太多了，足够我们分的。我们根据需求分配就好。"说着，它指了指阿奇的权杖，又指了指自己的权杖，"你统治白天，我统治黑夜。"

阿奇四下打量这间宽敞的大厅。他看到侧厅里有许多尸壳和骷髅密密麻麻地站在两排雕像中间严阵以待。他估算了一下整座神殿的面积，应该有成百上千个怪物藏匿在这个地方，只要无名者一声令下，怪物们就会应声而动。

这时，一个重要问题萦绕在阿奇的脑子里。他犹豫着该不该问出口，生怕提出这个问题会让自己显得很傻。但他转念一想，无名者肯定仔细考虑过这个问题，于是他舔舔嘴唇，问道："你如此强大，为什么还需要我？"

无名者朝阿奇摇晃着一根瘦骨嶙峋的手指："你果然跟我料想的一样精明。这真是个好问题。"

　　它指着阿奇的支配之球说："你对这个精美的支配之球的法力了解多少？"

　　阿奇忍不住打了个寒战。他竟然傻乎乎地以为自己能相安无事地拿着支配之球，是因为无名者压根不了解支配之球的奥秘。现在看来，如果这个怪物头领了解支配之球的巨大法力，却仍任由阿奇掌控，这才是更大的谜团。

　　"我从你的沉默中知道你还不愿接受现实。从很多方面来说，你的权杖和我的是天生一对。"说着，无名者轻轻挥舞那根带着翡翠球的权杖，"我的力量来自这个世界的暗夜。至于你的支配之球，力量却来自于遥远的其他地方。"

　　阿奇不理解这话的含义，但脑子里灵光一闪，意识到一个重要问题："因此，你需要我的力量来达成你的计划，是吗？"

　　"完全正确。你真聪明。"

　　阿奇把权杖举到眼前，抬头看着顶端缓缓旋转的支配之球。他在想，如果自己在沙漠神殿里释放出支配之球的巨大法力，无名者会作何反应。这里的怪物会被消灭殆尽吗？在翡翠球的庇护下，无名者能逃过一劫吗？

　　阿奇怀疑无名者并不是避开了不必要的危险才活得如此长久。他还猜测，如果自己贸然用支配之球的法力向远古怪物发起进攻，说不定下场不妙。

　　也许他能杀出一条血路逃出去，甚至还可能活着回到高墩之堡。可如果就这样从沙漠神殿逃走了，肯定会为自己树立一个劲敌。

"你要我做什么？"阿奇问道。

无名者向前飘去，在阿奇的权杖法力触及不到的地方停了下来："支配之球的力量能让我的奴才，每一个奴才，免受阳光的伤害。"

阿奇终于明白了："这样你的军队就无须在太阳出来时仓皇躲藏。你就可以随心所欲地在任何时间、任何地点出没于这片土地，怪物的活动范围可以无限扩大。'

"完全正确。"

实在太过分了，贪婪的无名者妄想拥有世上的一切！他不能让无名者得逞。

阿奇仔细权衡利弊。"作为交换，我能得到什么呢？"他又问无名者。

"或者我们把你安全护送回家，那个地方叫高墩之堡是吗？"

阿奇朝无名者严肃地点了点头，若有所思地说："就你得到的好处而言，我的回报还远远不够。"

无名者往上飞升了一些，从阿奇头顶居高临下俯视着他，权杖顶端翡翠球的光好像暗了下来。"我相信你比我更看重自己的生命。"它说。

阿奇知道无名者在威胁他，所以不屑地笑了笑："如果你无所不能的话，也不用等到现在才要我的命，说不定我早就死在村庄里了。"

无名者下降了一点儿，离地板更近了。"你也可以做我怪物军队里的一名尸壳新兵，这个建议怎么样？"

真过分！阿奇一想到要成为这个怪物永远的奴才，胃里不禁一阵翻腾，差点儿吐出来："好吧，这么做对你有什么价值呢？"

无名者深不可测的空眼窝死死盯着阿奇，阿奇感觉到它正在打量自己。"你想要什么？"无名者问道。

阿奇脸上露出尴尬的笑容："这么说吧，我需要一支正规军……"

第二十章

　　阿奇昂首阔步地到达高墩之堡时，沃尔达已经站在门口静候多时，迎接首领归来。阿奇的目光越过她的头顶审视着高墩之堡。看起来高墩之堡各处都被尽心维护，可能比之前还要好。

　　"你及时放下了吊桥，而且把高墩之堡管理得井井有条，"阿奇说，"我为此深受感动。"

　　沃尔达紧张不安地指了指跟在阿奇身后一起回来的尸壳与骷髅队伍。阿奇回头瞧了一眼在光天化日之下畏畏缩缩的怪物，这些家伙在众目睽睽之下，手脚都不知道该放在哪里。

　　"你带回一支怪物军队。我才是深受感动。"沃尔达轻轻地说。

　　阿奇耸了耸肩，好像忘了身后还跟着这些东西。他有大量时间训练怪物的战斗力，但也要打起十二分的精神，千万别被这些家伙逮着机会给吃掉了。

"我们还以为你阵亡了，"沃尔达说道，眼睛片刻也不敢离开怪物，"大家还为你举行了追思会。"

"你们太客气了，但追思会准备得太早了。"

"当然，现在不需要了。"

阿奇伸长脖子想从自己的位置把黑曜之巅仔细打量一番。"我不在的时候，这里都由你管理吧？"

沃尔达耸了耸肩，意思是"当然都遵照你的吩咐"。尽管她神色轻松，但为了以防万一还是瞥了阿奇一眼，揣摩首领的反应。"这样才是最明智的做法。有许多其他部落的灾厄村民也加入了这个大家庭，投奔到你的麾下，如果我不负担起管理高墩之堡和黑曜之巅的责任，说不定其中某位首领就要代劳了，他们可都跃跃欲试呢。"

阿奇对她的话嗤之以鼻："我猜索德也想挑战你的权威吧。"

"那是当然。"

"他在哪儿？"阿奇真希望沃尔达已经把这个恶棍从高墩之堡的最高处扔到了海里。

"在地下室看管红石傀儡。"

"对一个总是在大庭广众下顶撞首领的人来说，这份工作太舒适了。"

沃尔达明白，阿奇对她的管理还不太满意，于是嘟囔着表达自己的意见："不管他心里怎么想，也许跟你的想法一样。

可如果你总是惩罚那些当面顶撞你的人，就证明你还不算一个真正的首领。"

一腔怒火涌上阿奇的心头："那你为什么要赶走我？"

沃尔达在敞开的吊桥一端来来回回踱着步，显然不知道该如何作答。最后，像终于做出决定似的，她紧张地吐了口气才开口说道："说实在的，赶走你并非我的本意。非要做个选择的话，除掉索德才是最明智的。如果我们是村民就会这么做。"

"那你为什么不这么做呢？"阿奇问道，他能感觉到身后的怪物正在步步逼近，他挺乐意看到沃尔达在怪物的威胁下心神不定的窘样。

"因为我们是灾厄村民，资源少得可怜。权衡各方面，索德都比你强。所以必须在你们俩之间做出抉择的时候，我只好留下索德。"

她鼓起勇气等待阿奇的反应。

"她犯了不可饶恕的错误，必须给她点儿教训。"

阿奇对沃尔达的态度火冒三丈——事实上她已经接管了高墩之堡，还巴不得阿奇早点儿一命归西。他用锐利的目光狠狠瞪着沃尔达，思忖着该怎么处置她。

"真的很抱歉。"沃尔达用出乎意料的温和语气赶紧表达歉意。

阿奇严厉地点了点头，算是接受她的道歉。"现在我暂时原谅你的过失，"阿奇说道，"但别想打歪主意取代我的首领位置。你心里很清楚，我比你想象的更强大，不费吹灰之力就能打败你。别忘了，我才是高墩之堡的主人。"

"说得好！"

恐惧感让沃尔达的肩膀瑟缩起来，阿奇看看她脸上的表情，很是享受。像他曾经惧怕沃尔达那样，沃尔达开始惧怕他了。

"至于索德嘛……"

沃尔达又紧张起来。多年来她和索德一起领导灾厄村民，她负责整个部落的事务，索德负责巡逻队，自打阿奇记事起就是这样。

"他也是一个不错的领导者，"沃尔达说道，"如果你需要补充军队实力，索德是不错的选择，他会大大增强你的军队战斗力。"

"他两次带领巡逻队攻打村庄的表现都非常糟糕。"阿奇马上指出来。虽然他知道这么说也不太公平。第一次，谁都想不到半路杀出个"克星"，致使巡逻队几乎全军覆没。第二次，就是刚刚结束的那场袭击村庄的行动，阿奇才是真正的统帅。如果必须有人为第二次袭击村庄的行动负责，那就是阿奇。

当然，"克星"仍是关键人物，他的出现搞砸了一切。阿奇认为自己看到了问题的关键。"克星"才是灾厄村民共同的敌人。

沃尔达含糊其词地回答："至少，在所有灾厄村民中你做得最好。"

阿奇屈尊拍了拍沃尔达的胳膊以示安慰:"我们必须做得更好,我们一定会做得更好。"

说着,他转过身高高举起权杖。怪物齐刷刷地紧盯着权杖,好像知道阿奇能用它马上要了它们的命。"集合!"他向怪物下达命令,"保护高墩之堡的入口!"

阿奇也不知道怪物能不能理解他的话。可是,如果支配之球能够引起它们的注意,他的目的就达到了。他心里惴惴不安,如果没有支配之球的强大威力,怪物会对他俯首帖耳、唯命是从吗?他没有答案,只好转身带领沃尔达走过吊桥,往高墩之堡走去。

走到吊桥中间,阿奇发现尸壳和骷髅仍在原地磨磨蹭蹭,看来它们没有积极执行阿奇的命令。他刚开始领导这支怪物军队,真不知道用什么方法驱使这些怪物服从命令。

"我巴不得现在就看到索德和大家的表情,"他俩进入城堡大门后,沃尔达说,"他们肯定比我还要震惊。"

"我猜他们是心虚吧!"阿奇说,"灾厄村民需要一个英明强大的首领。"

沃尔达假装没听见阿奇对她领导能力的批评。为了转移话题,她回过头看了一眼怪物,然后问了一个让阿奇担心的问题:"你确定这些怪物没有你的命令就进不来吗?"

阿奇举起手中的权杖:"对这些怪物我有十足的控制权,只要我掌管这里,它们就伤害不了我们。"

沃尔达不情愿地哼了一声，以示自己的敬意："这是你巩固领导权的又一个筹码。"

阿奇怒视着沃尔达，觉得他对沃尔达太宽容了，于是开口问道："你想挑战我的权威吗？"

"我吗？我想都不敢想。"

阿奇一点儿都不相信沃尔达的话。他心里很清楚，事实上沃尔达并没有全心全意为来到这里的灾厄村民着想，尤其没有为索德着想。这些都没能逃过阿奇的眼睛。

"你招募的军队士兵数量还远远不够。"

其实，在从沙漠神殿回高墩之堡的路上，阿奇一直对这个问题忧心忡忡。灾厄村民并不能帮助他占领村庄，更别提对抗怪物保护他的安全了。现在回想起来，怪物肯定是跟踪他们到了村庄，等待合适的时机，也就是灾厄村民溃败的时候猛然发起攻击，怪不得无名者能轻易活捉他。

既然无名者已经成了他的盟友，他也就无须担心怪物们的麻烦，除非它们对他反戈一击。当然，一群散兵游勇似的怪物可能会对他发起攻击，但它们背后没有强大的力量支持，对他也就构不成威胁。

"怪物永远不会成为真正的威胁。英雄才是你必须忌惮的对手。"

支配之球的话非常有道理。虽然怪物扰乱了他们进攻村庄的计划，但像是历史重演，"克星"才是进攻村庄计划的终结者。

"而且不止一位英雄。"

阿奇的心感到一阵刺痛。他们袭击村庄的那天晚上，"克星"是唯一在场的英雄。这次战斗失手后，灾厄村民想要再次进攻村庄可就没那么容易了。阿奇和他的军队将要面对的是村庄不断加强的军备防守，而且村民也有可能向周边的每个英雄求助，甚至召集远处的英雄帮助他们。

这是阿奇最不愿看到的局面。

他本以为红石傀儡的力量足以帮他对付英雄，但事实证明并非如此。第一个冲上来的红石傀儡立马被"克星"砍成了碎块，这个巨人就这样变成了一堆石头。怪物确实能帮他进攻村庄，但如果阿奇不想办法直接对付英雄，他的军队很快就会在英雄的围攻下一败涂地。

假如制作出更多的红石傀儡，情况会有好转吗？当然这是个好办法，不论是村民还是铁傀儡，都不是红石傀儡的对手。然而，"克星"轻而易举就战胜了红石傀儡，这就证明阿奇必须拥有一支庞大的红石傀儡军队，才能勉强战胜为数不多的几个英雄。

"不能无限期地拖延建立正规军的计划。要快点儿行动，因为英雄随时可能找上门来，如果没有足够的军事实力只能束手就擒了。"

阿奇苦思冥想怎样才能避免这种情况发生。他们在村庄损失惨重，这让阿奇骑虎难下，他完全没有办法阻止英雄。他要找到另一种办法，至少需要换个思路才能解决问题。

我的世界：地下城 奇厄教主的崛起

"你要积攒更多力量。只有足够强大才能与英雄抗衡。"

阿奇紧紧盯着支配之球。难道这个强大的神器不应该有求必应吗？也许支配之球并没有自己想象的那么无所不能？

他不能太悲观，毕竟支配之球在他人生最黑暗、最无助的时候把他拉出了深渊，让他看到了希望，给了他从未梦想过的力量。不能只因为没有满足自己的欲望，把所有土地都帮他收归囊中，就质疑支配之球的法力。只有利用好支配之球献给他的资源才能完成自己的计划。

"你要尽可能利用烈焰锻造厂巩固你的权力。"

这个想法让阿奇有了浓厚的兴趣。烈焰锻造厂可以给他提供源源不断的红石傀儡，难道还有其他资源可以利用吗？

阿奇必须再次视察烈焰锻造厂，制造更多红石傀儡扩充军队。毕竟它们必须被注入生命才有战斗力，还要在他的带领下才能走回高墩之堡。可在出发之前，阿奇还有些事情要完成。首先，他要去一趟黑曜之巅。

阿奇让沃尔达先行告退，自己则往黑曜之巅攀登。路上他遇到很多灾厄村民，他们都在忠心耿耿地执行沃尔达分派给他们的任务。对于阿奇的出现，大家很是惊喜，纷纷向他致敬。

显然，对灾厄村民来说，阿奇是不朽的天选之子，随着他的势力不断壮大，关于他的传奇也会继续传承下去。

有件事一直萦绕在阿奇的脑子里，那就是如何加强军队的战斗力。他灵光一闪，有了个绝妙的主意。如果红石傀儡的力量还不够强大，制造更多的红石傀儡并不能解决问题，那么他需要制造出一个更大的家伙。

"对，就是这样，完全正确！"

一个硕大无朋的红石傀儡形象出现在阿奇脑子里，外观和现有的红石傀儡一模一样，但个头要大很多。这就需要更大的模具、更多的钻石和红石。可如果要将想象变成现实，当然离不开支配之球的鼎力相助，他认为这个计划值得一试。

"你的想法太棒了，我很喜欢。"

阿奇微微一笑，心里很得意。不管制造大型傀儡的念头是自己想出来的，抑或是支配之球植入他脑子里的，他都会马上行动，而不是犹豫不决、摇摆不定。

当阿奇终于攀登到峰顶看到宝座时，他本人以及随他而来的灾厄村民都不由得心生感激。从被部落驱逐的弃儿，到成为灾厄村民的新首领，命运的眷顾让阿奇暗自发誓，永不放弃今天的地位。在阿奇心中，他唯一的顾虑就是索德。那个恶棍确实很嚣张，也很难对付，但他不会气馁。

现在，他要透过支配之球观察烈焰锻造厂以及高墩之堡外的情况。阿奇先把带着支配之球的权杖插进宝座前的洞孔中，然后坐下来仔细端详支配之球五光十色且变幻莫测的球面。

支配之球的光越来越亮，上面现出烈焰锻造厂的景象。阿奇最先看见的是那座灌满熔岩的大山。跟以前一样，他的视线像鸟儿似的从高处俯瞰地面。过了一会儿，视线慢慢转移到洞穴密布、隧道纵横的地下世界，然后烈焰锻造厂出现了。

接着，他把视线聚焦到那里，看见模具里填满了冷却的红石。已经成形的红石傀儡正静静等待着被注入生命。万事俱备，就等着支配之球的能量了。

阿奇这才发现没有看到他留下的那个红石傀儡。当初他专门安排了一个红石傀儡负责守卫烈焰锻造厂。按说那个红石傀儡应该守候在新傀儡旁边，可阿奇里里外外找来找去，都找不到红石傀儡的踪迹。

阿奇将画面切换到山洞里，把所有的山洞都找了个遍，仔细搜寻那个失踪的红石傀儡。他指派的那些灾厄村民都在岗位上各司其职。他们有的在山洞里开凿矿石，有的在建造轨道，把挖出来的珍贵矿石运送出去，每个人都在辛勤地工作着。

他不清楚这些族人有没有听到有关他死讯的谣言。说不定他们得到这个消息就会撂挑子不干了。难道红石傀儡是因为得到这个消息才擅离职守吗？

这个念头让阿奇的心越揪越紧。他在密密匝匝的山洞里来回搜寻红石傀儡的下落。终于，他在调整视角后，一眼发现了要找的那个家伙。红石傀儡已经走到远离烈焰锻造厂的山洞极深处，比阿奇到过的地方还要深得多，好像还有个人骑在它肩上。

阿奇不仔细看也能猜个八九不离十。没错，那个人就是索德。索德骑在红石傀儡的肩膀上，显然是红石傀儡把他带到那儿的。红石傀儡好像还拖着一个七拼八凑的临时雪橇，正往一个出口踽踽而行，而那个出口阿奇从来没见过。雪橇上面放着钻石和红石，全都是价值不菲的矿石原料。

原来，索德正在烈焰锻造厂里大肆劫掠。

"你必须干掉他，现在就动手。"

阿奇彻底看明白了。索德已经对他的统治构成了最大威胁，他不能任由索德继续作恶下去。此刻，对阿奇来说，是自己赶到烈焰锻造厂收拾索德，还是等索德回到高墩之堡后再对付他，是唯一要考虑的问题。毕竟，索德不知道阿奇还活着，所以阿奇等着他自投罗网，反正一切都在他的掌控中。

但是，不论采用哪种方法，阿奇恨不得马上动手，一刻也等不了。

第二十一章

　　阿奇马上动身前往烈焰锻造厂，随身只带了一个红石傀偏。他不想动静太大，让沃尔达或者其他什么人收到风声后打草惊蛇。阿奇不清楚沃尔达是否知道索德在烈焰锻造厂的所作所为。如果知道，那么她就有可能是同谋；如果不知道，阿奇也没必要让沃尔达窥伺到自己的计划。

　　索德劫掠烈焰锻造厂还不是最糟糕的。阿奇担心的是，其他灾厄村民会由此相信邪恶的唤魔者的阴谋诡计能够得逞。一旦他们信以为真，说不定又会重新选择首领，到时候阿奇能否保住自己的地位就很难说了。他必须把一场阴谋叛乱扼杀在襁褓中。

　　除此之外，让阿奇大为恼火的还有沃尔达，她简直跟索德一样十恶不赦。阿奇失踪期间一直由沃尔达掌管高墩之堡。

毋庸置疑，她明明知道索德不在高墩之堡，却放任他胡作非为。她有责任把这件事告知阿奇，但她竟三缄其口。

这只能说明一个问题，她对索德的所作所为一清二楚，而且暗地里对索德纵容支持。

"除了自己，你谁都不能相信。"

阿奇对支配之球的提醒当然心知肚明。从沃尔达把他驱逐出部落的时候，他就意识到无论何时只能依靠自己。但他仍抱有一丝幻想，希望随着权力越来越大，他能找到足以信赖的同伴。他生命中的大部分时光都是形单影只，他多希望自己成为灾厄村民的首领之后，能够拥有几个真正的朋友，起码那些仰仗他庇护的灾厄村民还是可以信赖的吧。

然而，阿奇发现地位的改变带给他的是前所未有的孤独。以前他身无分文，一穷二白，既没有让别人觊觎的财产，更没有可利用的资源。可一旦他大权在握，就有人对他的权力垂涎三尺，各种各样的人绞尽脑汁、不择手段地想从他这里分得一杯羹。

回顾袭击村庄的行动，阿奇不疑索德是否跟英雄们暗中串通，他甚至还怀疑索德与无名者私下勾结，巴不得怪物头领把他杀了，而不是跟他达成合作协议。

看来，眼下的情形已经让阿奇真假难辨了。

唯一真心对待他、给予他关爱的只有善良的尤米。可是，为了巩固政权，阿奇悍然对村庄发起攻击，把他与尤米的友谊也彻底毁掉了。当得知阿奇才是发动袭击的元凶时，尤米脸上震惊、痛苦、仇恨交织的表情一直在他脑子里挥之不去。当然，阿奇曾竭尽全力想要搭救她，可是尤米断然拒绝了，她眼里只看到阿奇和他率领的军队妄图把她视如珍宝的一切全毁了。

尤米永远不会宽恕阿奇；阿奇也无法原谅自己。但他绝对不会改变自己的计划。

就在阿奇和红石傀儡步出高墩之堡时，正巧看见他新建立的怪物军队闹哄哄地聚集在吊桥另一端。阿奇曾担心自己不在的时候，怪物会对灾厄村民发动攻击。如果这种情况真的发生，那也只能说灾厄村民活该。

刹那间，阿奇对无名者涌起一阵说不清道不明的妒意。不论何时何地，无名者领导的怪物永远对它们的头领忠心耿耿，要是自己也拥有这样忠诚的臣民该多好！

"怪物只不过是统治世界的工具罢了。"

支配之球的话是什么意思？阿奇不甚明了。他觉得无名者其实也很孤独，况且它比阿奇的寿命可长多了，所以它忍受着更长久的孤独。他知道怪物只是机械地奉命行事，因为它们不是活生生的人，只是一些会活动的尸体罢了。

这对任何一个有思想、有抱负的领导者都不公平。可是，假如一天到晚忧心忡忡地担心队伍里出现叛徒，这滋味也不好受。

阿奇在吊桥前停下脚步，高高举起手中的权杖。尸壳和骷髅们齐刷刷地望向他，肃然而立等待他一声令下。

阿奇心里瞬间闪出一个念头，他真想命令尸壳和骷髅进入高墩之堡，消灭里面所有的灾厄村民。这样一来，困扰他的难题就迎刃而解了。他也可以像无名者那样指挥怪物军队，甚至指挥灾厄村民的遗骸来执行自己的命令。

想到这儿，阿奇不禁打了个冷战。他暂时打消了这个可怕的念头。

"留在此地驻守，"他下达命令，"保卫高墩之堡，等我回来。"

他的命令是下达给高墩之堡的所有士兵的。他没有时间也没有耐心向怪物和灾厄村民分别下达不同的命令。阿奇必须尽快赶到烈焰锻造厂，只有除掉索德他才能放心回到高墩之堡。

前往烈焰锻造厂的行程比以往每次都顺利。今天阴云密布，但阿奇没有看见几个凶恶的怪物在微弱的阳光下肆意游荡。这些怪物一看到阿奇身后高大恐怖的红石傀儡，就都如惊弓之鸟般立即逃走了。

夜色已深，阿奇终于眺望到西边熔岩瀑布迸发出的血红色光芒照亮天际。他来到熔岩河边，冲过大桥，让红石傀儡带领他沿着羊肠小道一直来到烈焰锻造厂所在的山洞里。

阿奇和红石傀儡进入山洞，正在忙碌的灾厄村民都抬起头来，但他们一看到阿奇马上就把视线移到别处。见此情形，阿奇怀疑他们也知道索德的勾当。然而，不管怎样，阿奇很乐意看到大家对他的敬畏。如果得不到大家的爱戴，被他们敬畏也能让他感受到作为首领的尊严。

阿奇看到钻石模具里已成形的红石傀儡还在冷却，随时等待被召唤，为主人效劳。被冷却的红石逐渐变暗，但还有一部分正在微微发光，最终慢慢变成了灰色。红石傀儡灰色的身体上，红色部分熠熠闪烁，阿奇这才想起来需要用支配之球激活新制造的红石傀儡。他刚才还在为索德的背叛耿耿于怀，差点儿忘了这件事。

阿奇回忆起他在黑曜之巅透过支配之球看到的画面，于是朝着发现叛徒踪迹的方向走去。

即使在支配之球的指引下，他还是几次都扑了空。不知道是山洞里小路纵横交错、地形复杂，还是索德为了不被发现一直在移动，也可能两种因素都有，反正阿奇没有找到索德。

最后，阿奇终于找到索德运送原料的出口。他沿着蜿蜒的小路不停向上攀爬，好不容易走出了山洞。这时，阿奇才发现出口的位置处于大山另一侧，那里刚好有一条汹涌的熔岩瀑布从高处喷涌而出，倾泻在一个广阔的熔岩湖里。烈焰的红光照亮了半边天。附近区域异常平静，甚至算得上偏僻荒凉，他清晰地听见有人用镐一下一下敲击金属发出的声音。

远处，在熔岩湖岸边已被挖掘开的地方，有一条巨型钻石矿脉，索德正在那里不慌不忙地用镐开凿着。他手举镐上下翻飞，时不时回头张望一眼，突然发现阿奇和红石傀儡正全速向他走来。

索德大为震惊，惊恐地咒骂了一句，拔脚冲向在一旁傻站着的红石傀儡，就是阿奇一直寻找的那个红石傀儡。索德一言不发，从红石傀儡的双脚后取出一张弓和一支箭，立即上了弦，然后把箭头在熔岩湖里蘸了一下，箭头立即蹿起火苗。索德转过身瞄准阿奇，只听嗖的一声，那支箭从弓弦上飞了出来。

箭向阿奇射过来，但箭头上的火苗很快熄灭了，那支箭掉在离阿奇和红石傀儡很远的地方。还没等阿奇大笑着讥讽索德，索德已经把另一支箭上了弦，并点燃了箭头。

"大胆！"阿奇厉声朝唤魔者索德大喊。

"我就知道！"索德发出第二支箭后狂吼起来，"我就知道你还没死！我就知道没那么容易！"

这支箭落下的地方离阿奇又近了一点儿，可是毫无用处，依然伤不到阿奇。阿奇对索德的卑鄙动机只能报以冷笑。

"一听到我的死亡传言，你就公然反对我！"阿奇对索德说。

"反对你？"索德发出一阵狂笑，"我从来就没有真正服从过你！像你这样没用的东西只不过凭运气遇到了强大的支配之球。你还是一堆扶不上墙的烂泥，这是改变不了的事实！"

"你这样的恶棍也别痴心妄想！"

阿奇牢牢攥住权杖举在胸前，好似一张坚固的盾牌。这时，索德又射出一箭，它划破夜空，炸出一道爆裂的火花。与此同时，支配之球发出一束强光正好击中空中的飞箭。箭镞的灰烬纷纷扬扬落下来，撒在阿奇胸前。

我的世界：地下城 奇厄教主的崛起

索德沮丧地怒吼一声，一把将弓抛在脚下。阿奇以为他要拔剑，没想到索德伸出手抓住身边红石傀儡的腿。"别让他跑了！"索德向红石傀儡咆哮着，"干掉他！"

红石傀儡转过头紧盯着阿奇，好像第一次看见他似的。阿奇心里暗叫不好，毕竟红石傀儡没有思维，它会服服帖帖地遵从索德的命令吗？支配之球能改变它吗？

索德身边的红石傀儡迈着大步直奔阿奇而来，像要把他踩死一样。阿奇仍牢牢把权杖举在面前，上前拦截这个巨人。他自己的红石傀儡紧紧跟在身后。

"你以为你是我的对手吗？"索德拔出剑朝阿奇大喊着，"你的傀儡守卫现在可顾不得你，让我一剑了结了你吧！"

"无须恐惧。"

支配之球的安慰让阿奇脸上浮起自信的微笑。世上有这么多人，这么多生物，这么多事情，但只有支配之球最值得他信任。如果支配之球告诉他别害怕，他就会真的放下恐惧，因为结局只有两个：要么某种神秘力量把阿奇从逼近的红石傀儡面前救出来，要么就是毁灭。

"很好！"索德一声大吼，左一下、右一下挥舞手里的剑朝阿奇扑过来，"抓住那个小个子！把他碾成肉泥！"

按照阿奇的想法，如果支配之球想让他灭亡，会有几百种方式；如果它想背叛他，也有数不清的机会，比如上次遭遇无名者的控制。但如果支配之球改变心意想要归顺索德呢？如果是这样，阿奇觉得还不如自我了断的好。

跟随索德的红石傀儡来到阿奇面前，却没有攻击他，反而从阿奇右边径直走了过去。接着，它在阿奇背后原地转身跟阿奇站在同一个方向。阿奇身边的红石傀儡往旁边挪了几步，给这个"新伙伴"留出位置，然后两个红石傀儡肩并肩站在了一起。

　　索德眼睁睁地看着红石傀儡背叛了自己，又惊又怒。他本以为红石傀儡一定会遵从他的命令，于是把希望都押在它身上。然而，眼前的事实浇灭了他的幻想，阿奇甚至连一个字都没说，红石傀儡就背叛了自己。索德的希望彻底落空，好像从黑曜之巅落下来，砸在地上摔得粉碎。于是，恶棍索德转身飞奔而去。

　　然而，索德的运气不太好。他一直忙于挖掘的钻石矿脉在半岛的尽头，一直伸向熔岩湖中心。如果他转而向另一个方向逃，说不定还有脱身的机会。希望虽渺茫，也可能只是拖延了接受惩罚的时间，但对他来说有机会逃跑总比完全没有的好。

　　阿奇希望现在就是大仇得报的机会，他不能让索德再次逃脱。

　　结局如他所愿。

　　索德气喘吁吁地跑到半岛尽头，却发现前方再也无路可走。他往左转，又往右转，看到的景象全都一样：目之所及只有一大片一大片炽热滚烫的熔岩，只要摸一下他就会化成灰烬。他回过身，看见阿奇和两个红石傀儡向他走来。

索德面如死灰，但不甘心就此投降。他高高举起双臂，准备施咒，于是大喊着："来吧，阿奇！别像个懦夫躲在傀儡后面！来证明你是个真正的灾厄村民吧！从它们身后走出来，凭自己的本事正大光明地打败我！"

阿奇一眼看穿了索德的诡计，感觉很好笑。唤魔者索德妄想用激将法欺骗自己赤手空拳跟他搏斗。这么多年来阿奇一直忍受索德的欺凌，现在终于有了机会以牙还牙，让坏人得到应有的惩罚。但阿奇转念一想，他实在没必要冒险跟唤魔者招来的尖牙和恼鬼对战。

"你的智慧就是我当初选择你的原因。"

阿奇停下脚步，招手让红石傀儡挡在前面。两个红石傀儡遵从命令在阿奇前面分别站立，形成一堵坚实厚重的红石"城墙"，阻隔在阿奇和索德之间。

恶棍索德抬头盯着两个大家伙。起初，他还想装作无所畏惧的样子，但现实让他不由自主地感到恐惧，然后他彻底崩溃了。"不能这样！"索德声嘶力竭地朝两个大家伙喊着，"你们不能这样对待我。我们谈谈条件怎么样？做个交易好不好？"

阿奇一言不发，只是用权杖指向恶棍索德。两个红石傀儡心领神会。它们步步逼近，把索德夹在中间向炽热的熔岩湖走去。

第二十二章

　　解决了与索德之间的私人恩怨，阿奇回到烈焰锻造厂，准备执行他的最新计划。他发现他离开的这段时间，留在烈焰锻造厂的灾厄村民一直在勤勤恳恳地工作，为此阿奇很欣慰。灾厄村民挖出大量钻石和红石，甚至比他们需要的还多。

　　最初，阿奇想用更多的钻石模具制作红石傀儡，这样的话一次就可以制作出许多红石傀儡。虽然是个不错的主意，但时过境迁，现在阿奇觉得当初的想法还不够完美。于是，在支配之球法力的帮助下，在熔岩河岸边的另一个位置，阿奇用一大堆钻石做成了一个巨大的模具。制作红石傀儡的模具越大，红石傀儡也就越魁梧。

　　阿奇参照守卫村庄的铁傀儡的样子打造红石傀儡，同时对自己的设计做了一些改动。他需要全新的红石傀儡更大、更强壮、更凶狠、更丑陋，让每一个看见它的人都胆战心惊。

钻石模具完工后，立刻引来一群灾厄村民围观，他们都对这个巨大的东西表现出好奇。阿奇马上安排他们动工将红石填进钻石模具里，自己则在一旁监督。这道工序耗时颇长，阿奇疲倦至极很想倒头大睡。事实上，阿奇很乐意看着灾厄村民为自己工作，这种感觉真不错。阿奇精神放松，开始幻想着强迫村民，特别是那些举着火把和干草叉把他赶出村庄的家伙，代替灾厄村民为他做苦工。

钻石模具里的红石已被填满，一切准备就绪。阿奇用支配之球在地上挖出一道深沟，把熔岩从熔岩河引至新模具旁边。熔岩的高温熔化了红石，钻石模具变成一个闪闪发光的大池子。这个阿奇亲手制作的巨大模具里溢满红石溶液。等待冷却的时间很漫长，冷却完成后，阿奇又一次举起权杖，期待支配之球为新造的红石傀儡注入崭新的生命。

模具很大，制造红石傀儡的工序纷繁复杂，阿奇不知道以后还能不能再造出一个。他只希望自己的努力能得到回报。

阿奇紧张地等待着。突然，钻石模具内部剧烈震颤，钻石模具的表面出现了一道裂缝。过了一会儿，钻石模具开始四分五裂，接着从中心位置崩塌，每次塌陷都会掉下来一大块钻石。钻石摔落在地上，碎钻石散落一地。

很快，被阿奇寄予厚望的最新奇、最不可思议的巨型傀儡矗立在大家面前。巨大无比的红石傀儡让阿奇身边的两个相形见绌。灾厄村民吓得浑身血液都凝固了。见此情形，阿奇忍不住仰天狂笑起来。

阿奇称它为红石巨兽。不论是谁，只要看看它的外形就知道为什么给它起这个名字了。

红石巨兽的高度和宽度是普通红石傀儡的两倍。任谁面对这个巨兽时，都会被它庞大的体格震慑得目瞪口呆。而且它头顶上有两只邪恶的角，让它本来就凶狠丑陋的面目变得更加恐怖狰狞。在阿奇眼中，他的红石巨兽所向披靡、天下无敌。

"这家伙简直无懈可击。"

一刻都没有耽搁，阿奇立即赶回高墩之堡。这次他骑在红石巨兽硕大无朋的脑袋上，让它带着自己走，一路上耀武扬威。虽然阿奇筋疲力尽很想倒头就睡，但由于精神亢奋，他的眼睛从没有合上过。

他终于回到高墩之堡，怪物都簇拥在吊桥前。此时吊桥已经收起，怪物无法进入高墩之堡里面。红石巨兽把阿奇放在地上，怪物像滚滚海浪般自动给他让出一条通道。阿奇昂首阔步地从怪物身边走过，红石傀儡和红石巨兽驯服地跟在他身后。来到吊桥前，阿奇举起权杖，连接吊桥的铁链子哗啦啦地松开，吊桥被放了下来。

他身后的怪物想趁机冲进高墩之堡中，但阿奇转过身在它们面前又举起权杖，阻挡住汹涌的怪物大军。在权杖威严的强压下，怪物只好后退到较为安全的距离，尸壳开始发出饥饿的呻吟，它们一直看着阿奇走进高墩之堡。

我的世界：地下城 奇厄教主的崛起

　　阿奇把红石傀儡带进去，让红石巨兽留在吊桥外站岗，严密看守外面的怪物大军。阿奇倒不怕怪物冲进高墩之堡，而是担心红石巨兽会把吊桥压塌。

　　沃尔达在吊桥另一端迎接他的到来。沃尔达的目光完全被庞大的红石巨兽所吸引，差点儿把首领阿奇给忘了。阿奇只好向她打了个响指，沃尔达这才回过神来。

　　"出了什么事？"阿奇责问道，"为什么把吊桥拉起来？"

　　沃尔达言辞闪烁地回应他："你离开这么久，怪物有些躁动不安。它们开始攻击我们的一些同胞。"

　　阿奇点点头，表示理解："所以你为了避免跟我们未来的盟军发生冲突，就用吊桥把它们阻拦在城堡外面，是吗？"

　　沃尔达很紧张，以为阿奇想找她的麻烦，责备她不尽职。她犹豫了一会儿，再三思索后才勉强承认这是自己的主意。

　　"做得对。"阿奇说道，"我暂时不砍你的脑袋了。"

　　本来沃尔达听到第一句话时心情还不错，但当她听到最后一句话时，顿时大惊失色："'暂时'是什么意思？你为什么要砍我的脑袋？"

　　"你明明知道索德去了哪里，你明明知道他在干什么，你也知道他的恶毒心思，可你却对我守口如瓶，一个字都不吐露。"阿奇冷冰冰的眼神让沃尔达如坠冰窖。

　　沃尔达急忙为自己辩解，可阿奇却阻止了她。"你以为他能把我干掉？假如他失手的话，你就可以推脱得一干二净，说自己毫不知情。他确实失手了，可你难辞其咎。"

说着，阿奇在沃尔达面前举起权杖，支配之球发出的光刺得她睁不开眼睛："你别想瞒天过海，我可是什么都知道。"

　　沃尔达吓得瑟瑟发抖，慌慌张张地抬起手想要挡住强光和阿奇的万丈怒火。以前没有人在阿奇面前卑躬屈膝，此刻阿奇很享受这种被臣民畏惧的感觉。

　　"树立首领的威严是天经地义的。"

　　虽然阿奇不完全同意这个观点，但支配之球的语气斩钉截铁、不容置疑。如果他的臣民惧怕他，那么他们背叛首领的可能性就不大。比如索德，他完全不惧怕阿奇——他当然应该对首领毕恭毕敬——因此他的肆无忌惮导致最后背叛阿奇也就不足为奇了。

　　阿奇很清楚，灾厄村民崇拜他的强大力量，而这种力量是支配之球赋予的。当初，大家都以为他早已阵亡时，他却出其不意地回到了高墩之堡。现在他了结了索德这个恶棍的性命，而且带着威猛的红石巨兽班师回朝，这更提升了他的威望。

　　在他面前，沃尔达战战兢兢，俯首帖耳。阿奇凭直觉认定，现在没有谁敢造反。

　　"你……你不明白，"沃尔达估计阿奇还没打算用支配之球的强光把她烧成灰烬，于是壮着胆子继续说，"你的臣民崇拜你。只有你是我们唯一的首领，是你让我们得到期盼已久的无上荣光。"

　　对沃尔达的这番恭维，阿奇脸上明明白白地写着"怀疑"

两个字。不过，尽管他的臣民对他的爱戴掺杂着利益，可至少惧怕他，这已经让阿奇心满意足了。到底要不要放过沃尔达，这个问题让他进退两难。假如在高墩之堡的台阶前公然处决沃尔达，他不必多费口舌，就能立刻让每个人都知晓谁才是这里的首领。

"你是至高无上的领袖。"

听到支配之球的话，阿奇脸上浮起浅浅的微笑。可沃尔达误会了，她以为阿奇默许她继续说下去："为此，我们一直在为你准备一场庆典，一场盛大的庆祝仪式！"惶恐之中，沃尔达为了活命喋喋不休地说个不停。

沃尔达的话勾起了阿奇的兴趣："你刚才说什么？"

沃尔达精神振奋起来，眼睛里闪烁着希望的光。"一场盛大的加冕仪式，标志着你是我们灾厄村民有史以来最伟大的领袖。"沃尔达越说越兴奋。

阿奇的眼睛一亮。他当然清楚沃尔达是在利用他的虚荣心，他还不至于愚蠢到连这个都看不出来。可是，向大家宣告他是伟大领袖这个主意太诱人了，阿奇激动得心脏怦怦直跳。

可他也必须承认，沃尔达之所以认为他了不起，是因为一直以来选举灾厄村民领导者的标准太低了。说实在的，沃尔达是阿奇见过的唯一一位灾厄村民首领，其他的只是听说过而已。据说，沃尔达是这些首领中的佼佼者。

然而，沃尔达最大的野心也不过是把族人聚集在一处，解决温饱便心满意足。他们不想把其他人拉拢进自己的阵营，他们也没有抢占地盘的野心，充其量只是偶尔骚扰一下附近的村庄。最艰难的时候，他们会好几天，甚至好几个星期都被英雄追杀，疲于奔命地到处逃窜。被抓住的话，他们的下场一定是被彻底赶出这片土地。

沃尔达从没有雄心壮志去征服这片土地。可阿奇不一样，虽然才独揽大权不久，但已经野心勃勃地向这个理想迈进并付诸行动了。他知道怎样得到臣民的崇拜，他的臣民必将世世代代歌颂他的丰功伟绩。熟知他底细的人早晚会死，到那时他会被神化成一个盖世英雄。

为什么不享受万人敬仰的感觉呢？

"你是说为我准备了一顶王冠？"阿奇问道。

沃尔达重又振作起来。"对！这样才符合您尊贵的身份！王冠代表您已达到常人无法企及的成就和地位，因此必须拥有一顶巍峨的王冠。它由纯金制成，上面镶嵌着稀世珍宝。"

听到这里，阿奇不禁疑惑地努起嘴。灾厄村民当中没有能制作如此精美的皇家王冠的能工巧匠，于是他又问道："你从哪儿找到了这样的东西？"

"她在高墩之堡的地下密室里找到的。是我亲自为你制作的。"

沃尔达一时语塞，不知是否该如实相告。然而，当她看到阿奇闪着怒火的眼睛时立马投降了。"那时候您一直杳无音信，我们都以为您阵亡了，所以我们立即把高墩之堡每个角落都仔细搜查了一遍。在地下室我们发现一个密室，里面装满了金银财宝，数量多得令人震惊。"

"这个地下密室就在正殿的后面。"

阿奇想要对沃尔达大发雷霆，因为她趁自己失踪期间擅自闯入高墩之堡的地下密室。他已经不记得这个密室是不是自己设计的，阿奇对整个城堡的构造已经记不太清楚了。然而，不管怎样，凭空出现一顶代表皇家地位的璀璨王冠，确实引起他极大的兴趣。而且现在他的政权稳固，大可放心地接受这一切。

可是，支配之球是如何瞒着他制作了一顶王冠呢？而且还有一个装满金银财宝的地下密室？

"我能窥见你的内心，知道怎样满足你隐而不宣的欲望。"

一想到支配之球能够洞察他的潜意识，阿奇就非常不安，并为此感到困扰。不过，这不足以影响他享受万民敬仰的满足感，毕竟在支配之球的帮助下他得到了不少好处。可这个法力无边的支配之球还探察到了哪些秘密，还会利用这些秘密达到什么目的呢？阿奇不禁陷入沉思。

"您死里逃生回来以后，我们原想把一切对您和盘托出，但您又立即动身去处理索德的事，所以我们只能一拖再拖。"沃尔达怕他误会，只好不停地解释。

阿奇对沃尔达的话半信半疑，但仍让她继续说下去。

"在您动身去烈焰锻造厂的这段时间，我们紧锣密鼓地谋划了一个，呃，算是加冕仪式吧。现在您回来了，我们马上举行这场盛大的仪式。"

"什么时候？"

沃尔达战战兢兢地望了阿奇一眼，不知道他指的是什么，生怕自己又惹得领袖不高兴。

"加冕仪式什么时候举行？"这一次，阿奇直截了当地问道。

"哦，对！"沃尔达兴奋地说，"如果得到您的允许，我们今晚就举行加冕仪式。假如您想休息，我们会体谅您为民造福的苦心，加冕仪式可以延后。当然啦，什么时候举行仪式由您决定。然而，对您的臣民来说，大家都迫不及待想看到您这位伟大领袖的登基大典呢。现在万事俱备，只要您一声令下，仪式马上就能举行。"

阿奇挥手让她退下。从烈焰锻造厂风尘仆仆赶回来，他疲惫不堪，需要好好休整一下，再换上一套合身的领袖朝服。他上下打量自己，发现想找到合身的朝服并不是那么容易的。

"我已经找了手艺最好的裁缝为您量身定制。"沃尔达赶忙说，以表现为领袖尽心服务的态度，"皇宫大殿衣橱里已经有一套精美绝伦的朝服等着您试穿。"

皇宫大殿？看来他的臣民在他失踪期间还真没闲着。现在阿奇十分肯定，索德甚至沃尔达早就把高墩之堡里的房间全都据为己有。随着局势变化，在索德和沃尔达各自得到应有的下场后，阿奇会毫不犹豫地把这些房间全都收回。

阿奇认为这样处理是理所当然的。他才是高墩之堡真正的主人，其他人只是城堡的客人。客人只能对主人毕恭毕敬，

我的世界：地下城 奇厄教主的崛起

承认他对城堡至高无上的所有权。

"朝服一定很合身。"阿奇对沃尔达说。

沃尔达终于松了一口气，急促的呼吸也慢慢恢复正常，还不停用手给自己扇风。"太好了。"沃尔达说，"可还有一件事情我们没有商量出个结果——关于您的头衔。大家七嘴八舌地出了很多主意，但一致认为需要您做最终裁决。"

"是的，还有头衔，我差点儿把这个重要的事情给忘了。"阿奇每天日理万机，忙得焦头烂额，根本没工夫考虑这个问题。不过，沃尔达说得有道理。如果他要统治这方土地，必须要有个臣民认可的尊贵头衔，而不是"灾厄村民阿奇"之类的名字。

在阿奇多年的人生当中，他被起了各种各样卑贱的绰号，其中有好多都是拜恶棍索德所赐。阿奇不知道一个尊贵的头衔能否把自己屈辱的过往一笔勾销，但他觉得这是一个崭新的开始。"你有什么好的建议？"他问沃尔达。

"国王？"沃尔达犹豫着征求阿奇的意见。

阿奇双眉紧皱摇了摇头："如果当国王，我必须统治一个王国，对吧？可我不在乎占有多少土地，我只在乎我的臣民是否幸福。"

沃尔达的表情显得很无奈："这么说，皇帝的头衔您也不喜欢吧？"

阿奇不自在地耸了耸肩："建立一个帝国比建立一个王国难度要大得多吧？"

"现在开始也不迟。"

比起阿奇和沃尔达，支配之球的野心更大。它尽心尽力辅佐阿奇，一步步实现今天的成就，不让阿奇半途而废，成为它实现伟大抱负的绊脚石。而从阿奇的立场看，如果在支配之球的协助下有朝一日成为统治帝国的皇帝，也算是他命定的机缘。可他思来想去，仍觉得被冠以皇帝头衔的时机还远没有成熟。

"沃尔达，你从来没有为自己谋得个什么头衔，"阿奇说，"为什么非要给我加个头衔呢？"

沃尔达抬起头，用目光打量周围的一切，然后回答阿奇的问题："您瞧，我从来没有住过这么气派的城堡，也没有统领过怪物军队，更没有一个强大的支配之球为我所用。我们之间的落差可谓天壤之别，所以您有这个资格。"

看到沃尔达无地自容的表情，阿奇不禁哑然失笑。奇怪的是，无论阿奇的笑容有何种含义，沃尔达都将它视为对自己的肯定，这给了她继续说下去的勇气。沃尔达的目光闪烁着权力的欲望，她低头看着阿奇，说："您有远大的前程，必将达到我一生都无法企及的成就，您会带领我们得到至高无上的荣光。像您这样杰出的领袖当然配得上尊贵的王冠和头衔。"

阿奇沉思了一会儿，仔细品味沃尔达的阿谀奉承，然后点了点头："好吧，那么你还能想出哪些头衔呢？"

于是，沃尔达掰着手指头如数家珍地把能想到的头衔一一列举出来："君主、陛下、霸主、王储——这个不算，离国王还远着呢。元首、司令、总督，或者尊爵？"

显然，她已经搜肠刮肚把能想到的头衔都罗列了出来。然后，她重重地叹了一口气，身体因沮丧委顿下来。"这些头衔都不合适吗，哪个都不喜欢？"

阿奇摇了摇头："我的头衔必须是独一无二的，还能彰显我的威武和强大，让任何听到这个头衔的人都心生敬畏。"

沃尔达哑口无言。这项任务对她来说太难了，她只是个部落首领，又不是什么历史学家或者作家。"我再认真考虑一下，看能否找到更合您心意的头衔。"片刻之后，她回答道。

"今晚必须有个结果。"阿奇给了沃尔达最后期限。

沃尔达脸上绽放出如释重负的笑容，然后问道："您的意思是，您已经准备好举行加冕仪式了，是吗？"

"是的，越快越好，"阿奇回答道，"毕竟我的时间有限，我还有许多事情要做。"

"为什么要这么匆忙？"沃尔达问道，她隐约有种不祥的预感。

阿奇看出沃尔达的忧虑，不禁暗自嘲笑她目光短浅。"我还要征服更多的领土，时间紧迫，由不得我们继续拖延下去。"阿奇郑重其事地回答沃尔达的问题。

第二十三章

　　"不好了！出事了！"就在那天晚上，正当阿奇从自己房间走出来的时候，沃尔达慌慌张张地前来报告。奇怪的是，沃尔达手里并没有捧着为他敬献的王冠。

　　"难道加冕仪式要推迟吗？"这个念头一闪而过，阿奇脱口而出，他的心里也顿时升起无名火。他以前觉得各种仪式看起来既滑稽又愚蠢，但当他的身份有了转变，这种象征权力的仪式在他眼中就变成了必不可少的程序，所以他急切渴望加冕仪式尽快举行。

　　沃尔达摇了摇头，不知道该怎么回答领袖的问题。她担心的不是加冕仪式是否推迟，而是加冕仪式有可能要取消。"怪物对灾厄村民发起攻击，我们当中有些还丧了命。"她如实向领袖报告。

"什么？"阿奇觉得这个消息简直是个笑话，他难以置信地问道，"是谁放下了吊桥？"

"灾厄村民向来以劫掠为生，"沃尔达说，"他们想为加冕仪式后的宴会准备一些好吃的。可只有放下吊桥才能走出城堡，而且我们都以为怪物不会在有太阳的时候发动袭击。"

阿奇痛苦地闭上眼睛，一只手狠命地掐着自己的鼻梁，他懊恼地问道："难道你们没有发现，那些怪物在太阳底下并没有被烤死吗？"

"可是这么多天以来，怪物们看起来都老老实实的。我们以为阳光即使伤害不了它们，起码也不会让它们轻举妄动。"

阿奇把眼睛睁开，有气无力地说："可事实上并不是这样。"

沃尔达摇着头，瞪大的眼睛里溢满恐惧："是的，跟我们料想的完全不一样。"

"所以你们又把吊桥升起来了？"

"我们以为把吊桥升起来就能阻挡怪物，而且我们真的这么做了。但是吊桥还没升起来，怪物已经沿着吊桥一股脑儿拥了过来，"沃尔达高举双手示意阿奇让她把话说完，"我们又拼命把吊桥这边的城门堵上，但怪物还是一窝蜂地爬上了城墙。"

"如果不是我控制这些怪物，它们一定会把整个城堡搅得天翻地覆。"阿奇愤愤地说。

"难道阳光对它们真的没有作用吗？"沃尔达用一副难以

置信的表情问阿奇，"一点儿作用都没有吗？"

阿奇把权杖端在胸前，一字一顿地说："是我赐予怪物这种特权，让它们免受阳光的限制，毕竟它们是我们的盟军。"

"它们的行为可完全不像盟军。"沃尔达猛然提高声量，但旋即反应过来她面对的是尊贵的领袖，于是赶紧把声量放低。

阿奇一句话都没说，沉默着大踏步从她身边经过，旋风一般下了楼梯，径直向城门而去。跟半路遇到阿奇的灾厄村民一样，沃尔达亦步亦趋地紧跟在他后面。这场突如其来的灾难把大家都吓坏了，消息已经传遍了城堡的每个角落，所有灾厄村民都人心惶惶，不知道这些想造反的怪物会对他们的生命造成多大威胁。

"你必须马上阻止这场骚乱。"

此刻，就算支配之球不说话，阿奇也会立马采取行动，容不得片刻犹豫。

他赶到城门，负责站岗的灾厄村民都远远站在城门后。他们手拿武器严阵以待，但没有通过门缝朝外面的怪物发起攻击。其实，好多灾厄村民都躲在城门后的角落里，以免被爬上城墙的骷髅伤害。这会儿，骷髅已经一个一个向上摞起来，搭成骨架梯子，让同伙踩着肩膀往上攀爬。而另一边，一大群尸壳重重叠叠地压在城门栏杆上，向城堡里拉弓射箭。

阿奇刚从城门后的角落探出头向外张望。雨点似的箭镞就齐刷刷地向他飞来，把他吓得胆战心惊。阿奇下意识地躲开箭镞，随后从震惊中回过神来，这才发现他的臣民都用惊恐的目光望着他，希望他出面破解眼下的困局。

只有他能拯救大家于危难之中。

阿奇把权杖高举在胸前，支配之球在顶端发出璀璨的光。他从城门后的角落里走出来，同时大喊一声："全都住手！"

谢天谢地，骷髅真的停止了进攻。它们原本已经拉满了弓弦，但阿奇一声令下，这些白骨森森的家伙只好用指头紧紧夹着箭尾，在关键时刻没有把箭射出去。与此同时，那些不断发出令人毛骨悚然的呻吟声的尸壳，这会儿也都突然安静了。

阿奇满怀信心、昂首挺胸走向城门。他一步步向怪物逼近，怪物们或用眼睛，或用空洞的眼窝全神贯注地盯着权杖顶端的支配之球。

"没有我的准许你们不能踏入高墩之堡半步！"阿奇嗓音洪亮，声音穿透力极强，即使站在队伍最后面的怪物都能听见，"你们都后退，站在台阶前等着我！居住在高墩之堡里的灾厄村民都是有生命的，亡灵怪物不得入内！"

怪物竟然真的听从阿奇的命令，潮水般退却。它们对阿奇俯首帖耳，也许是害怕权杖上的支配之球发出的强光把它们逐个消灭。但它们又像是真的想取悦阿奇，毕竟阿奇现在也是怪物公认的领袖。

"怪物的记忆时间很短暂。"

这就是怪物突然对高墩之堡发起攻击的原因，因为它们早就忘了阿奇的命令。怪物根本记不得该做什么。如果阿奇时时刻刻跟怪物在一起，这些家伙肯定对阿奇唯命是从，不会有任何造反的想法。但如果要制订长期计划，阿奇就要考虑怪物军队是否还有利用价值。

不过，这些困难阿奇都可以克服。而且，眼下的局面让他灵感迸发。

他转过身，发现宫殿的过道上挤满了忐忑不安的灾厄村民。他们聚精会神地盯着他的一举一动，阿奇强大的能量每个灾厄村民都看得清清楚楚。渐渐地，大家表情放松下来，露出劫后余生的笑容，人群后面腾起一阵欢呼声。

欢呼声此起彼伏，一浪接过一浪。很快，整个高墩之堡都回荡着灾厄村民的赞歌，他们不停地呼喊着："阿奇！阿奇！阿奇！"

刹那间，阿奇脑子里闪现出他渴望拥有的头衔。

他向群情激昂的臣民挥手示意，让大家安静下来，刚才还激昂喧嚣的人群立刻鸦雀无声。阿奇清了清嗓子，用有穿透力的声音发表演讲。

"感谢你们的拥戴！"他激动地说，"请记住！只要我担任高墩之堡的最高领袖，这里就永远是你们最安全的家园！"

他的话音刚落，人群中又爆发出热烈的欢呼声，欢呼声震耳欲聋，几乎要冲破房顶。阿奇挥手示意大家保持安静："今晚，鄙人诚邀所有人出席我的加冕仪式！天黑以后，我们在正殿齐聚一堂！我期待着正式成为你们领袖的那一刻！"

热烈的欢呼声又一次传来，阿奇没有打断它，而是让它尽情回荡在城堡中。接着，他昂首阔步走进城堡，欢庆盛典的灾厄村民纷纷避让，为他让开一条宽阔的通道。

阿奇径直步入正殿，沃尔达飞快地跟了进来，随后砰的一声关上了身后的门，把沸腾不息的喧闹声挡在外面。

阿奇没有注意到沃尔达也跟了进来。他信步走到正殿的宝座坐下来。

"万分感激！"沃尔达在他面前恭维道，"您干得太漂亮了。"

阿奇把权杖斜靠在一边，支配之球的颜色渐渐恢复了正常。"这很容易，一切都在我的掌控中。"阿奇神色轻松，话语中透着骄傲和自信。

"您不仅拥有至高无上的权力，"沃尔达语气里带着尊敬和崇拜，"您的智慧使您更能领悟领袖之道。我相信您很快就会成为伟大杰出的领袖。"

"这是我的天赋使然。"这时，阿奇想起袭击村庄的那个晚上。自己虽然拥有至高权力，但仍被箭镞射中，后来还被绑架到沙漠神殿。那段糟糕的回忆使他蒙羞，他再也不愿回想起这一幕，他要把这段经历永远忘记。

"我做了这么多年的部落首领，但即便我拥有您这样强大的统治权，也未必像您做得那样出色。"沃尔达继续向领袖表示忠心。

阿奇朝她露出心照不宣的微笑。他知道沃尔达在恭维自己，她说的每句话都不是她的真心话。他也知道，如果有机会，沃尔达肯定会从他手里夺走支配之球，取而代之成为灾厄村民最强势的领袖。

她只是不知道该怎么实施夺取领导权的计划而已，也可能她没有胆量。毕竟，她看到了索德背叛阿奇的下场。如果她重蹈覆辙，结局可能比索德还悲惨。

"她不可能从你手里把我抢走。"

又一个轻松自如的微笑出现在阿奇脸上，沃尔达心里七上八下的，不明白他的笑到底有什么含义。阿奇有足够的信心，不论沃尔达，还是任何一个灾厄村民，都不可能阻断他与支配之球的合作。从这个意义上说，阿奇的地位高不可攀。支配之球保护他、安抚他，这种感觉是言语无法表达的。

"打开门让其他人进来吧。"阿奇给沃尔达下了命令。

沃尔达谨遵领袖的命令，立刻走向正殿大门。正殿大门徐徐打开，静候在外的灾厄村民带着对领袖无比崇敬的神情，有秩序地进入正殿，没有一丝喧哗。许多灾厄村民从没有进过正殿，更别提观看加冕仪式了。眼前的恢宏景象让他们惊呆了，也许只有沃尔达还能镇定自若，神色如常。

正殿外，太阳已慢慢西沉到地平线以下，浓浓夜色即将笼罩这片土地。即使在高高的城堡上，阿奇也能听到城堡外尸壳发出的呻吟声和骷髅发出的嘎啦啦声。他做了个手势，于是沃尔达指挥大家分头在正殿周围和宝座两边的烛台上点燃火把，一时间大家忙得不可开交。

"一场庄严的加冕仪式必须有充足的照明。"

突然，支配之球亮了起来，阿奇头顶正上方的天花板出现一道耀眼的光束，刚好射在他身上。光束像一道聚光灯照亮了阿奇，在正殿中烘托出庄严的气氛，彰显阿奇是今晚身份最尊重的人物。以前常被人忽视的阿奇，今天成了众人瞩目的焦点。

阿奇站在光束下，忽然意识到自己的样子还不如想象中那样庄严。于是，他微微蹙起眉尖，拧起两道眉毛。簇拥在周围的灾厄村民看到领袖庄重的表情，也都纷纷调整表情，表现出对领袖的尊崇和敬仰。

当所有灾厄村民都在正殿肃立，阿奇用权杖在地上顿了三下，刚才嘈杂的嗡嗡声像被一把钻石刃宝刀拦腰切断似的，正殿里立刻鸦雀无声。沃尔达手捧王冠，庄严地大步走上加冕台。在火把的照耀下，王冠熠熠生辉。阿奇第一眼见到它，差点儿停止了呼吸。他这辈子从没见过如此璀璨夺目的东西。

"跟你梦想中的场景一模一样。"

这顶高耸的王冠用纯金打造，正面镶着一颗硕大的红宝石，在华丽的冠顶下，还镶着一颗与红宝石大小相仿的蓝宝石。王冠简直价值连城，怎么说呢，巡逻队忙活一年抢来的东西都没有这顶王冠值钱。

沃尔达站在阿奇左侧，把王冠捧到他面前。阿奇坐在宝座上，对沃尔达点了点头，沃尔达小心翼翼地把王冠戴在阿奇头上。

虽然这顶王冠又高又窄，但戴在阿奇头上非常合适。一开始阿奇感觉王冠很重，但当他从宝座上站起来，把身体完全伸展开，王冠的重量好像消失了，轻如羽毛。

他又把权杖在地上顿了一下，正殿里所有人都低下头跪在他面前。这场景让阿奇浑身充满了不可思议的力量，这力量甚至比他第一次遇到支配之球时还要强大。阿奇明白，在高墩之堡，他是万人敬仰的领袖。只要他一声令下，他的臣民都会毫不犹豫地跟他走上战场，没有什么比这种感觉更棒的了。

他向左边瞥了一眼，发现沃尔达竟低着头俯视他。也许沃尔达被他的威仪所震慑，一时失神，忘记了在领袖面前应该卑躬屈膝。

在加冕仪式如此重要的时刻，阿奇无法容忍沃尔达大不敬的态度。支配之球的光芒随着他的情绪变化不断增强，颜色从金黄色变成血红色。阿奇挥起权杖在沃尔达脑袋上敲了一下，以示提醒。

沃尔达没有抱怨也没有反抗，她意识到自己的失态，赶紧深深地向领袖鞠躬。这下，她的头比阿奇的低了，这一刻阿奇心满意足。

阿奇转过头盯着台下黑压压的灾厄村民。看着这些对自己毕恭毕敬的臣民，他心中涌起一阵不可思议的满足感。他要让他的臣民永远忠心，永不背叛。但阿奇明白，如果要让臣民永远效忠于他，只有一个办法。

"就像你今天早上看到的那样，不打仗的军队一定会发生内讧。你应该给他们设计目标，让他们为你效劳，就像你为

243

我效劳一样。"

难道是他在为支配之球效劳，而不是支配之球为他效劳？想到这儿，阿奇彻底惊呆了。可是，在庄严的加冕仪式上，他不能跟支配之球争论。而且，假如他和支配之球都能梦想成真，各取所需，谁为谁效劳有必要分得那么清楚吗？

可眼下的局面真的是他的理想吗？统领一支庞大的军队，占领一片土地；谁胆敢在他夺取胜利的道路上加以阻拦，结局一定是命赴黄泉！

当初，阿奇不过是想找到一个真正属于自己的地方。那个地方能接纳他，把他当成重要的成员看待。然而，在阿奇寻找归属的过程中，事情变得比他最初的设想复杂多了，甚至发生了本质变化。

现在，他即将接受加冕……简直不可想象！

阿奇凝视着正殿里的灾厄村民——他的臣民。他们在他面前卑躬屈膝，宣誓向他效忠。他们都是加冕仪式的见证人，他不能辜负臣民对他的期望。

"站起来吧，我的臣民！"阿奇的声音在正殿回荡，"站起来迎接带你们走向辉煌的人吧！站起来向我致敬，我就是你们的奇厄教主！"

第二十四章

"奇厄教主？"第二天，沃尔达来到正殿向他请安时问道，"这个灵感太棒了！"

阿奇知道，昨晚盛大的加冕仪式结束后，他的臣民正斗志昂扬，即使为他粉身碎骨也在所不惜。现在，他只需要给他们指出正确方向，向他们下达命令。

他用怀疑的目光瞥了一眼沃尔达："你不喜欢这个头衔？"

沃尔达谨小慎微地回答道："我不太理解这个头衔的含义。"

"这是个文字游戏，包含了我的名字和身份。'教主'的意思是统领者，'奇'化用了我的名字，'厄'代表灾厄村民，我们共同的身份。"

沃尔达恍然大悟，认同地点了点头。可阿奇还在担心她是否真心认可自己的头衔。但事实上，他根本不需要沃尔达的认可和祝福。

"我们今天就动身，"阿奇转移话题，给沃尔达下了一道命令，"我们的灾厄村民军队和怪物盟军都要全副武装，严阵以待，随时准备战斗。"

"昨晚那场盛大的加冕仪式后，大家还在休息，"沃尔达向阿奇报告，"我们能否把进攻村庄的战斗延后，明天再出发？"

"她的建议虽然有道理，但战斗不能推迟。"

阿奇跟支配之球的想法一致，于是对沃尔达的建议显得很不耐烦："你的建议很好，但战斗的最后期限不能推迟。伟大的命运在向我们召唤，作为领袖，我愿意遵从命运的安排！"

"谨遵您的命令，阿奇。"

阿奇恼怒地双眉一挑，责问道："你刚才叫我什么？"

沃尔达吓得倒吸一口气，赶忙改口道："万分抱歉，奇厄教主。"

当曾经的部落首领毕恭毕敬地尊称自己为"奇厄教主"时，阿奇脸上浮现出得意的微笑。此时，阿奇恨不得赶快让索德复活，看着他跪在自己面前，听着他对自己高呼"奇厄教主"。

阿奇突然意识到，盛大的加冕仪式过后，灾厄村民必须用一天时间才能恢复精力，但聚集在高墩之堡城门外的怪物却不需要。除此之外，还有一件事让他忧心忡忡：假如灾厄村民与怪物并肩作战，但凡怪物出现任何问题，都可能引发大规模骚乱。他的士兵必须精力集中与敌人战斗，而不是互相提防自己的战友。不过，如何解决这个问题，阿奇已经想出了个绝妙的办法。

首先，他必须进行一些调查研究。阿奇找了个缘由离开正殿，再次登上黑曜之巅。到了那里，他像往常一样把权杖放在宝座前方的洞里，然后坐在宝座上凝视着权杖顶端的支配之球。

"你想了解什么？"

"英雄是袭击村庄行动中最大的阻碍，"他说道，"我想知道他们现在在哪里，还想知道他们在干什么。"

话音刚落，支配之球表面切换出一幅画面。根据画面的方位，阿奇发现自己正从高空俯视村庄。画面中，村民为了保护自己和家园，在村庄周围修筑了防御工事。可他们对阿奇现在的地位和势力一概不知。虽然防御工事能保护他们不受灾厄村民的骚扰，但对于红石傀儡，不，还有比红石傀儡更厉害的红石巨兽来说，村民的这些防御都不堪一击。

能摧毁进攻村庄计划的只有英雄，只要他们出现，灾厄村民必输无疑。任何一个英雄都能独立干掉一个红石傀儡，要是英雄们的战斗力联合起来，恐怕红石巨兽都不是他们的对手。可如果他们都不在场的话……

阿奇把画面视角放大，在村庄里到处搜寻英雄的踪迹。结果，他看到五个英雄正聚集在村庄中心聊天。这让阿奇既震惊又恼怒。很显然，英雄一直在帮助村民构建防御工事，而且这项任务好像还没有结束。

"你留给他们的时间越长，攻打村庄的难度就会越大。"

阿奇明白支配之球说得对。尽早进攻村庄，战局对他会更有利。否则，英雄们说不定会在村庄周围修建起不亚于城堡级别的防御工事。如果那时候再发动进攻，想取得胜利简直是痴心妄想。

而且，只要几个英雄驻守在村庄，有没有防御工事对战斗结果的影响都不大。即使没有这道防御工事，英雄们仍然有能力摧毁阿奇的军队，红石巨兽也很难对付他们。因此，阿奇要想办法把几个英雄先干掉。

阿奇的运气果然不错，很快他就想到一个绝妙的主意。

"我要看看英雄的老巢，"阿奇对支配之球说，"那里是他们最重要的据点。"

支配之球的视角大幅度切换。画面往天空深处推进，阿奇感到天旋地转，只好紧抓住宝座的扶手。他头晕目眩得想呕吐，幸好画面很快稳定下来。阿奇睁开眼，这才看清画面定格在远方一个宁静祥和的地方。

首先映入阿奇眼帘的是四座风格各异的建筑。四座建筑独立分布。距离村庄最近的一座，从村庄出发至少也需要半天或者更久才能到达。

四座建筑分别坐落在不同方位。一座建在山顶，一座建在可以俯瞰大海的位置，第三座竟然建在一座规模宏大的高塔内部。最后一座建筑大部分位于地下深处，在地上只能看到玻璃构成的金字塔结构，光线充足，内外通透。

每座建筑的面积都很广阔，能容纳成员众多的大家庭，而且设计精美绝伦。阿奇花了好大工夫才把几座建筑仔细检阅一番。他从没见过这样不可思议的建筑奇迹。在他看来，在这么庞大的建筑里只住着一个英雄，实在太浪费了。

"只要你愿意，这些建筑都是你的。"

阿奇很乐意听到这句话。总有一天，他会统治整个世界，所有陆地、所有海洋都会归他管辖。然而，今天他只对进攻村庄感兴趣。如果此战大获全胜，烈焰锻造厂的劳工队伍会不断壮大，这样就能造出更多红石巨兽。有了更多的红石巨兽，他就可以一个一个地干掉那些英雄。

现在，他的首要任务就是把几位英雄从村庄里引出来，再按计划对他们各个击破。

阿奇仔细研究了几座建筑的位置和周边环境，包括建筑之间的距离以及它们与高墩之堡的距离。一切考虑妥当后，阿奇起身回到高墩之堡去找沃尔达。

此刻，沃尔达在正殿里。阿奇不在的时候，她可代行教主职责下达命令。幸好阿奇回来的时候，她只是坐在宝座旁边一把不起眼的椅子上。如果她胆敢僭越坐在阿奇的宝座上，阿奇可能当场就把沃尔达处死了。

阿奇步入正殿，他的臣民都把目光聚焦在他身上。作为奇厄教主，他对臣民的目光视而不见，而是昂首阔步径直走向宝座。每次他头戴璀璨耀眼的王冠走向宝座，内心都溢满幸福感——就像他享受臣民的崇拜一样，这让他感到通体舒泰。

教主的到来让大家绷紧神经，屏住呼吸，直到教主在宝座上就座，他们才松了一口气。阿奇朝沃尔达勾勾手指，把她叫到身边："我有事要跟你商量。"

沃尔达正坐在椅子上跟别人说着什么，听到教主的声音她立刻站了起来。"请大家退出正殿！"她用清晰洪亮的声音喊道。

正殿里的灾厄村民马上乖乖退了出去。最后一个出去的把正殿的两扇大门紧紧关上，大门发出砰的一声巨响。

"奇厄教主有何吩咐？"沃尔达侍立在阿奇面前恭敬地问道。沃尔达个子高挑，即使站在神台下的台阶上仍可以跟阿奇的眼睛平视。要不是巍峨的王冠弥补了阿奇的身高，他肯定无法忍受这种羞辱。

"我现在下达命令，"他说道，"你是负责这项重要任务的最佳人选。"

沃尔达的脸色沉了下来，她小心翼翼地问道："您的意思是，袭击村庄的时候我不能伴您左右吗？"

"应该是这样的。"阿奇语气平静地回答她，"如果这个任务圆满完成，就能确保进攻村庄的行动大获成功。"

听到这话，沃尔达脸上惴惴不安的表情渐渐消失了，转而表现出坚定的神色。"我遵从您的旨意。"她看到阿奇似乎对她的态度并不满意，赶忙又改口道，"我将一如既往地遵从您的旨意。"

阿奇命她拿出一支笔和一张纸。她马上照办，从身边桌子上放置的物品中抽出笔和纸。接着，阿奇用笔在纸上画了一张大陆地形图，并把图交给沃尔达。阿奇这么做，是因为他知道沃尔达对这片大陆的地形没有清晰的概念。

　　在沃尔达很年轻的时候，她就带领着一众以游牧为生的灾厄村民在这片土地上出没，后来才在部落的林地府邸定居下来。这种经历让沃尔达只能以灾厄村民的视角认识这片土地。而在支配之球的帮助下，阿奇以俯视的角度观察这片土地，才有机会了解它的全貌。

　　"这就是神的视角。"

　　这句话触动了阿奇，他的内心涌起无法名状的感觉，同时也让他无比兴奋。

　　把地形图画出来后，阿奇又把沃尔达需要通过的区域全在图上标注出来，包括高墩之堡、村庄，甚至沙漠神殿。他告诫沃尔达务必远远躲开后者，至于原因他倒没有详细说明。

　　接着，他在图上又标注出几个英雄的家。

　　"我命令你带领怪物袭击这几个地方。"阿奇指着几个英雄的家对沃尔达说。

　　沃尔达的脸色唰地一下变得惨白："您要我率领怪物？"

　　"这个官职位高权重。"阿奇循循善诱地说，而且他这么做也是为了避免沃尔达因恐慌乱了阵脚，'你率领的军队足足占了我们一半的兵力。这是一项极重要的任务，没有你的协助，攻击村庄的行动必败无疑。"

我的世界：地下城 奇厄教主的崛起

沃尔达细细品味阿奇的话，然后坚定地点点头，好像在努力说服自己，相信这个明摆着送死的任务也没那么不堪。"我什么时候出发？"最后，她问道。

"马上行动。"阿奇说，"现在收拾好行装，即刻出发。"

沃尔达长出一口气，试图安抚自己的情绪，勇敢踏上这段孤独的旅程。整支队伍里，除了她全都是亡灵怪物。漫漫长夜，她必须与尸壳和骷髅待在一起，带领这群怪物完成艰险的跋涉。

"假如行动迅速，怪物们还来不及消除记忆中的指令，它们就不会背叛你。但如果行动拖延得太久，你知道等待你的是什么下场。"

"好吧。"沃尔达犹豫片刻回答道。阿奇看着她的表情，知道她内心非常抗拒这个恐怖的任务，只是不敢公然抗命，唯恐惹恼了教主，让她的下场更惨。

阿奇冲沃尔达微微一笑，说道："我很欣赏你的忠诚。"

沃尔达点了点头，对眼前这个可怕的任务仍惶惑不安。"任务内容是什么？"她问道，刚才她思绪纷乱，分散了注意力。

"这四个英雄经常在村庄出没，我命令你找到他们的家园，然后彻底摧毁。"

如果说刚才沃尔达的脸色苍白，那么现在她已经是面如死灰了。她好多年都没有率领过队伍执行任务，这些任务一般都由索德代劳。但索德一命呜呼，任务自然而然地落在了她的头上，她知道她没有其他选择。

任务是摧毁英雄的家园，沃尔达为此犹疑不决。其实，如果她若无其事地接受任务，阿奇才会感到吃惊，说不定会改变主意撤换掉沃尔达。毕竟，接到这种艰巨任务还能镇定自若的人，不是疯子就是骗子——或者既是疯子又是骗子。

"你不用把他们的家拆个精光，"阿奇说，"我并不希望你这么做。你只需要用力砸，动静越大越好，然后点上一把火，再去下一个英雄的家。"

沃尔达恍然大悟："您的目的不是让他们无家可归，只是想分散他们的注意力。"

阿奇咧嘴一笑："现在他们全在村庄里，我们必须用调虎离山之计把他们引出来，才好趁机进攻村庄。"

沃尔达歪着头显得很疑惑。"您可以派红石傀儡和红石巨兽，难道它们不能帮我们对付敌人吗？"

"它们也许可以对付敌人，"阿奇说，"但一场战斗中总会有意料之外的情况发生，我必须保证万无一失。为了进攻村庄的计划顺利实施，即使不能把英雄全干掉，也要尽量减少驻扎在村庄的英雄人数。你要尽可能地把英雄都引出村庄，这对我们的计划有莫大的帮助。"

沃尔达坚定地点点头，鼓起勇气回应道："遵命，保证完成任务！"

第二十五章

"干得太漂亮了。"

阿奇并不需要支配之球的肯定，但听到它的赞扬还是非常感激。不过，即使有了支配之球的鼓励，阿奇对即将开始的战斗仍没有底气。

重重顾虑之下，阿奇依然按计划展开行动。第二天早晨，沃尔达便带着怪物军队出发了。随后，阿奇也统领着他的军队离开高墩之堡向村庄进发。跟他一起出发的灾厄村民再也不用从成群的尸壳与骷髅当中艰难地开出一条路，他们倍感轻松。阿奇不能责怪灾厄村民的懦弱，因为谁都不想遇到怪物。只要没有怪物，就是美好的一天。

向村庄进发的路上没有任何阻碍。尽管阿奇和无名者已达成协议，但阿奇还是坚定地带领军队从沙漠神殿的东边绕过去，免得把怪物头领引来，破坏了自己最重要的计划。

灾厄村民大都属于游牧民族——或者至少祖上曾生活在游牧部落，所以他们都很擅长长途跋涉。在高墩之堡养尊处优的日子并不多，他们强大的脚力还没有退化。如果按照阿奇的步速，他们可能一辈子都到不了目的地。但灾厄村民是天生的战士，随时准备战斗，要是把这些习惯了到处奔波的人关在高墩之堡，无异于让他们坐牢，长此以往战斗力必定消耗殆尽。

一旦村庄和英雄都被消灭，阿奇知道再也没有谁能抵挡他猛烈的进攻，他的统治必将坚不可摧。到那时，他的麾下可以聚集更多灾厄村民部落，势力范围将覆盖广阔的土地，政权会愈加巩固。

要实现这个目标，阿奇还得让他的臣民占领更遥远、更广阔的领土。他还要强迫村民当劳工，为他的臣民源源不断地制造傀儡，这样一来，他的臣民就能起航穿越浩瀚海洋，征服更远的土地。他们可以尽情掠夺财富和资源，再也不用担心敌人的反抗和复仇。

谁都不能阻止他，这世上所有的财富都将属于奇厄教主。当他富可敌国之时，建立自己的帝国也是轻而易举的事情了。

但有件事需要反复斟酌——到那时他是否能忍受与无名者分享所有成就，对这片土地分而治之？他确信这个怪物头领在密谋造反，这是怪物的天性。

关于这个问题，阿奇心中有许多疑问：用什么办法把无

255

名者的阴谋消灭在萌芽状态？还是仅仅把无名者的势力局限在沙漠里？如果情况允许，能否把无名者的势力限定在沙漠神殿中？或者把沙漠神殿翻个底朝天，让无名者和它的手下暴露在光天化日之下，彻底端掉它们的老巢？

　　不过，这些问题以后再考虑吧，现在的首要任务是摧毁村庄。如果不实现这个目标，其他的都是空谈，纯粹是白日做梦。

　　然而，当阿奇率领军队越来越接近村庄时，他也更加忧心忡忡。他的目的是消灭英雄，因为他们才是政权的最大威胁，但为了这个目的摧毁整个村庄值得吗？

　　"村民当初是怎么对待你的，还记得吗？"

　　过往的经历在阿奇脑子中一帧一帧清晰地回放，就像发生在昨天一样。那时候村民完全不信任他，尤其是萨拉，但村民最终不仅接纳了他，还把他当成自己人一样善待。这一切都缘于尤米的善良真诚。如果不是尤米坚定地信任和支持他，收留他在家中栖身，也许村民根本不会把他放在眼里。

　　就在阿奇被迫离开村庄的前一天，连萨拉对待他都比平时好了很多。虽然萨拉仍有些不情愿，但态度真的大有改观。

　　可是，谁也没料到"克星"出现了，阿奇在村庄的好日子也到了头。如果不是"克星"故意找麻烦，阿奇说不定仍平静地生活在村庄里，那是他最快乐的时光。

　　是的，即使现在掌握着无可匹敌的权力，统治着高墩之堡和军队，阿奇依然怀念在村庄与村民同舟共济的情谊。

阿奇还很想念尤米，她是阿奇最好的朋友。

然而，他现在即将摧毁她的家园，让她和村民变成为自己挖掘资源的劳工。

"如果你想消灭'克星'和其他英雄，就必须摧毁村庄。英雄对这里的一草一木，以及每个村民都很熟悉，他们与村民相互依靠，荣辱与共。从某种程度上讲，毁灭村庄甚至比烧了英雄的家对他们的打击还大。"

阿奇明白这一点，或许他自以为很明白。支配之球整天在他耳边喋喋不休，让他很难坚持自己的独立思维。有时候他真想把支配之球踢到一边，只凭自己的意愿行事，而不是让它的想法强加给自己。

突然间，巨大的恐惧攫住阿奇的心。他怕有人盗走权杖和支配之球，然后再趁机抓走他。虽然理智告诉阿奇，任谁都没这个胆量，但他仍无法摆脱内心深处的焦虑：假如没有支配之球，他还是那个不名一文、渺小卑微的弃儿。因此他必须全力以赴保住他的救星。

想到这里，他把权杖紧紧攥住。对，不能让他的臣民看出教主的犹豫不决。于是，阿奇转向红石巨兽，命令它把自己扛在身上。红石巨兽乖乖地听从阿奇的命令，把阿奇放在它的头顶上。

高高在上的阿奇能看到整个灾厄村民军队和所有的红石傀儡。他们簇拥在阿奇身边，再加上红石巨兽的力量，共同组成了最强大的队伍。阿奇头一次见识到如此壮观的场面。

此刻，阿奇不禁猜测，假如尤米见到这支最强悍的军队会作何感想？更重要的是，她会采取什么行动？如果她够聪明，一定仓皇逃命去了，但假如她固执地非要与村民并肩作战怎么办？村民注定会失败的。

他该怎样做才能避免尤米被卷入其中呢？

"你无须担心她。这个女村民不值得你如此伤神。"

阿奇最讨厌听到这句话。如果战斗会让尤米受到伤害，他宁愿不袭击村庄。至少，他要保护尤米，毕竟她是他的朋友。

最理想的是，在攻击行动发起之前，他能把尤米从村庄里救出来。但他想破脑袋也没找到一个万全之策。上次率领军队向村庄发起进攻时他就想这么干，结果怎样呢？他被箭射中，差点儿丢了性命，后来又被绑架到沙漠神殿里。而且，当时尤米坚决的态度很清楚地告诉阿奇，她永远不会饶恕他。

也许他可以事先一个人偷偷溜进村庄给尤米提个醒，或者假扮成村民，运气好的话没有人会认出他。当然，一旦不幸被识破，全盘计划就被打乱了。他最不想看到的结局就是自己被活捉。

另外，阿奇的伟大计划得以成功实施的前提是，他的军队必须在村民向英雄求救之前袭击村庄。如果偷袭还没全面展开，村民已经向英雄发出警报，把他们引到村庄来，阿奇费尽心机做的准备将全部落空。

"我们急需更多劳工。我们的目标就要实现了。"

显然，支配之球可不想让阿奇把全盘计划毁于一旦，阿奇对此也很清楚。事先去救尤米的风险实在太大，而且他对即将到来的这场恶战没有太大胜算。可阿奇真的不能置尤米的安危于不顾，任凭命运摆布。

"你不可能永远保护她。在高墩之堡时，你可从来没有担心过她。"

确实如此。阿奇以为，在高墩之堡他可以时不时地通过支配之球了解尤米的近况，因此他没必要担心尤米。况且，除了灾厄村民偶尔来骚扰，村庄里的生活一直是波澜不惊、祥和宁静的。而现在阿奇掌管着灾厄村民，没有他的命令灾厄村民就不能偷袭村庄，这意味着尤米应该比任何时候都安全。

阿奇率领军队即将袭击村庄，村民平静的生活也将不复存在。村庄里危机四伏，阿奇知道他不能永远守护尤米，但希望灾厄村民至少不会威胁尤米的生命安全。

可是，他该怎么做呢？

"你已经越界了。"

等等，支配之球在说什么？

阿奇抬起头望着在权杖顶端缓缓旋转的支配之球。当他第一次把支配之球捧在手心时，还以为自己能控制它。然而，此时此刻他真的搞不清楚究竟是谁在把控全局。

支配之球总是没完没了地在他耳边说什么天命注定、命该如此之类的话。可是，阿奇在遇到支配之球以前，从没觉得自己被命运操控。

难道是支配之球一直在控制他？

阿奇明白，支配之球想要控制他简直易如反掌，毕竟他能依赖和信任谁呢？阿奇在人生的至暗时刻遇到了支配之球，因此跟支配之球争论谁控制谁有什么意义呢？

"有必要为那个女村民扰乱计划吗？"

各种念头纠缠在一起，阿奇感觉心里很不舒服。于是，他决定把这些不必要的顾虑搁置一边，不再为此苦恼。

他们一步步向村庄靠近，阿奇也越来越忐忑不安。他开始思考，究竟是什么原因导致了今天的局面。

突然，他想起在部落的时候，索德非要拉他加入与怪物的战斗中。虽然对索德这个恶棍来说，专挑阿奇这样好欺负的族人加入战斗一点儿也不奇怪，但灾厄村民通常是不会随意跟怪物交战的，除非对方袭击他们的驻地。毕竟怪物身上也没什么灾厄村民想要的东西。

在那次战斗之前，怪物总是不断骚扰灾厄村民，正是这个原因沃尔达才决定奋起反击，誓把这些恶心的东西消灭殆尽。当时，这个决定意义重大。不仅对阿奇，对任何一个灾厄村民来说，都不能容忍怪物对部落和族人作威作福。

然而，令人难以置信的是，在那场战斗之后阿奇竟然活了下来。当时，他认为这是天降好运。他从小到大总是走霉运，所以他认为侥幸活下来纯属运气好。人生已经如此不堪，也该否极泰来，时来运转了。

可如果当时不是侥幸呢？如果是怪物故意饶了他一命呢？

"好像不太可能。"

的确不太可能，阿奇无法否认这一点。但是，自从他被驱逐出灾厄村民部落，确实是怪物一步步逼着他走进那座大山的。

　　可是，那段经历艰难曲折，也不全是怪物的原因。首先，他在村庄里游荡的时候碰到了尤米，他本可以就此开拓新的人生，永远留在村庄里，但后来英雄横空出现，尤其是他又遇到了"克星"。

　　接下来，他被村民赶出村庄，踏上逃亡之路，一路上都被怪物追杀。每次他刚想喘口气，怪物就出现了。怪物在他身后不断地发出可怕的声音，撵着他一直往北逃。

　　怪物在后面穷追不舍，一直把他逼到熔岩河边，就是后来建造烈焰锻造厂的地方。可是，怪物们并没有一拥而上把他宰了，而是给了他逃跑的机会。

　　现在看起来，这一切真的不只是运气。

　　"你为什么要怀疑自己的好运气？它是你的命运不可或缺的部分。"

　　在那次死里逃生之后，他又遇上巨型蜘蛛在后面死命追赶。为了活命，他只能在极度恐惧中闯入大山。

　　就这样，他见到了支配之球。

　　想到这儿，阿奇感觉心脏突然剧烈收缩，像是拧成了一个大疙瘩。

　　他想起来，支配之球制作了一根权杖，可供它高悬在顶端，然后他带着权杖离开了大山。自此之后，他的命运就像进入了预设轨道。先是创建高墩之堡，然后在支配之球的鼓动下决定攻打村庄，就像现在这样。

可是攻打村庄的战斗并不顺利，意外迭出，似乎不是有意安排好的。为什么他的命运如此坎坷？

除非是故意把他引向无名者的魔爪，而支配之球与这个怪物头领之间有着不为人知的交易。况且，如果没有那次被无名者绑架的经历，阿奇也不会想到召集一群怪物来分散英雄的注意力。那么，这次袭击村庄的行动必败无疑。

因此，现在看来一切都很顺利。

也许是也太顺利了。

"整个计划没有破绽。"

阿奇突然打了个寒战。假如他的推理是正确的，他现在又能做什么呢？如果支配之球能够严密推行整个计划，他还有希望改变这一切吗？

最重要的是，他到底想不想改变？

第二十六章

　　第二天晚上，灾厄村民军队终于到达村庄附近的一座山上，那里可以俯瞰整个村庄。他们驻扎在一个视野开阔的制高点，这里靠近一座低矮的山坡，周围景色尽收眼底。阿奇让红石巨兽把自己放下来，在确保不被村民发现的情况下，独自爬上山顶。

　　从那个位置阿奇能看到村庄里到处都是点燃的火把。夜色很快就要笼罩大地，村民们正在为黑夜的来临做准备。村庄周围建起一些新的防御工事，其实也就是几堵矮墙。阿奇觉得只凭他的红石傀儡就能轻而易举地把矮墙拆个精光。

　　从山顶往下望就能看到尤米的家，但他不确定尤米是不是在家。他多希望有个什么事情或者什么人能把尤米引出村庄，可他不敢奢望自己有这个运气。

我的世界：地下城 奇厄教主的崛起

他默默地凝视着权杖顶端缓缓旋转的支配之球。说不定支配之球已经耗尽了他余生所有的运气——不论是好运还是厄运。

阿奇的目光不自觉地转向天际，眼前出现了他盼望的一幕：有四股黑黑的浓烟直冲云霄，遮住了半边天。

沃尔达圆满完成了任务。

阿奇神色凝重的脸上露出微笑，他把目光又转回被夜色笼罩的村庄。许多村民在村庄里走动，结束一天的劳碌后他们正匆匆往家赶。他们对发生在村庄外的任何事情都漠不关心，好像只要大家团结一心，什么都不是问题。

就阿奇观察到的情况来看，村庄的街道没有发现英雄的踪迹。希望如他所愿，被沃尔达烧掉房子的英雄带着"克星"一起拯救家园去了。也就是说，村庄被英雄抛弃了。

在阿奇身后，灾厄村民士兵在一侧山坡上做战前准备，气氛躁动而热烈。阿奇听到他们唱起了赞美诗。大战将至，士兵们群情激昂、热血沸腾，恨不得立即投入战斗。

然而，阿奇没有这种感觉。他凝视村庄，突然为攻打村庄的决定感到后悔。

灾厄村民常常被村民拒之门外。因为他们总是袭击村民，大肆强抢财物。他们的谋生之道就是不断袭击别人，不断劫掠别人，这就是村民不欢迎灾厄村民的原因。

可现在阿奇想的不是如何赢得村民的好感，而是要思考如何对村庄发动袭击。今晚，如果一切顺利，阿奇和他的军队会把村庄夷为平地。第二天，奇厄教主的赫赫威名必将传遍这片土地的每个角落。那些听到他头衔的人都会吓得浑身发抖，站立不稳。

军队上一次袭击村庄时，他兴奋又激动，现在他却犹豫了。

他能否抛下一切一走了之？他能否遣散军队，让他的士兵都回家，然后自己趁着夜色走进村庄找到尤米的家？难道他真的想成为命中注定的所谓盖世豪杰吗？

"是的，这是你的宿命。"

"你不能让我自己做选择吗？"一想到支配之球公然控制他的意识，阿奇就感到非常愤怒。支配之球能牢牢地抓住他，把他当提线木偶一样任意摆布吗？

"你肯定不想重新做选择。"

它说对了。阿奇陷入深深的恐惧中。他知道自己无法选择。沿着命运为他开辟的康庄大道一路走来，他感觉轻松自如，即使内心不快乐又能怎样呢？即使支配之球是命运安排给他的工具，也没什么大不了。

毕竟，他的身份是奇厄教主，而且很央就要成为世界的统治者，这是他以前做梦也实现不了的成就。过去，他连部落首领的位置都不敢觊觎。

可这一切是真的吗？他真的怀揣野心要成为奇厄教主吗？或许是支配之球在他意识里植入了这个念头呢？

说实话，阿奇已经分辨不清了。

"是谁的意识又有什么关系呢？"

我的世界：地下城 奇厄教主的崛起

阿奇承认，在这个问题上他左右为难，内心惶惑不安。不管喜欢不喜欢，他命中注定要成为奇厄教主。

他已经是奇厄教主了。他现在的任务就是全力以赴扮演好这个角色。

阿奇转身走下山坡，来到军队驻扎的地方。士兵们唱赞美诗的声音越来越嘹亮，几乎达到了狂热的程度。

队伍中的一些士兵高举火把，在黑暗中照亮即将前行的道路。另一些士兵挥舞着蓝色旗帜，上面的图案表明他们属于奇厄教主的军队。每个人的脸庞都被愤怒扭曲，写满对战斗的渴望。

"奇——厄——教——主！"他们整齐划一地高喊着，"奇——厄——教——主！"

他们整装待发，连鼓舞士气的战前演讲都显得多余。

阿奇站在队伍前面的一块大石头上，向下俯视着沸腾的军队。他从没感受过如此强大的力量，内心充满自豪和骄傲。

他把灾厄村民整合成这片土地上有史以来最强大的战斗力量，再加上红石傀儡和他的秘密武器红石巨兽，共同的力量组成了这支所向披靡、战无不胜的队伍。这支队伍是一台贪婪的战争机器，它张开血盆大口，渴望源源不断的养分来发展壮大——也就是不停歇地与敌人战斗。如果没有这一切，整个计划将全盘崩溃，阿奇的梦想也随之坍塌，地位和成就都将化为乌有。

当然，一同被毁灭的还有阿奇自己。

他恨不得英雄们现在全都躲在村庄里，等着他的军队。这样的话，阿奇就可以把村民和英雄一网打尽，彻底解决后顾之忧。

　　然而，他必须先把村庄夷为平地，以此警告那些英雄，逼迫他们逃之夭夭。这样，阿奇就可以积蓄力量，找机会把他们彻底铲除。

　　阿奇紧紧攥着权杖，高举过头顶。支配之球像小太阳似的射出万道光芒。权杖在空中停顿了一会儿，阿奇让他的士兵细细体会大战在即的紧张气氛。接着，他把权杖往前猛地一挥，指向村庄方向。军队在他的指挥下像开闸的洪水奔腾而去，誓要彻底毁灭目标。

　　灾厄村民士兵咆哮着，期待即将到来的激烈战斗。他们沿小路径直向村庄进发，红石傀儡紧跟其后。这些大块头沉默不语，只能听见它们沉重整齐的脚步声。它们移动的速度比灾厄村民士兵慢多了，但因为身高几乎是灾厄村民的两倍，所以它们大踏步向前走，一点儿也没落后。

　　阿奇仍坐在红石巨兽的头顶，跟在队伍后面指挥队伍。他觉得在队尾能清楚地看到队伍行进的方向和对面的敌人，更方便他指挥红石傀儡和灾厄村民士兵。

　　军队绕过山脚接近目的地。阿奇欣喜地发现村民对袭击毫无防范，只有几个村民在周围巡逻，警惕着未知的危险。但其他村民都在村庄的另一头，如果他的士兵如潮水般涌进村庄，巡逻的村民根本来不及跑到村庄中心拉响警铃。

阿奇微微一笑，看来这个过程比预想的顺利多了。

灾厄村民士兵很快到达了村庄。走在最前面的一队士兵直接绕过村民搭建的防御工事，蜂拥进村庄的街道。其余的士兵等待红石傀儡到达后，在红石傀儡的协助下把防御工事推倒在地上。

等阿奇和红石巨兽赶过来，红石傀儡已经把防御工事损毁大半。接着，阿奇指挥红石巨兽走到村庄围墙外，用硕大的拳头把围墙砸个粉碎。

阿奇和红石巨兽进入村庄时，守候在一旁的灾厄村民士兵爆发出阵阵欢呼声。随即，灾厄村民士兵行动迅速地从红石巨兽身边呼啸而过，正式展开进攻。

灾厄村民士兵将火把扔进村民的家中，火苗立刻蹿了起来。一些村民跑出家门，被眼前可怕的一幕弄得晕头转向，不知所措。灾厄村民士兵乘胜追击，很快就把这些村民像囚犯一样抓了起来，没有一个能逃脱。

战斗进入白热化，村民的惨叫声不绝于耳，阿奇不禁得意地笑了起来。他看见萨拉从家中跑出来，四处打量着。当萨拉发现防御工事已经被捣毁时吓坏了。

阿奇能体谅萨拉的心情。上一次袭击村庄行动的惨败，使得村民放松了警惕，以为家园就此安全了。假如英雄的家被怪物烧毁的消息传到村庄，萨拉甚至会以为至少从那个方向不会再有敌人来袭。

这就能解释为什么村民巡逻队也放松了警惕。虽然他们后来拉响了警铃，提醒村民赶快躲起来，但一切都太迟了，他们来不及采取任何行动去阻止事态的恶化。

阿奇对着红石巨兽指了指萨拉。萨拉很快就会知道谁能决定他的命运了，阿奇真的很想瞧一瞧他脸上的表情。

村民根本来不及反抗。眼看入侵者在村庄里烧杀劫掠，他们吓得目瞪口呆，除了傻乎乎地看着，或者从敌人面前赶紧逃走，别无他法。就这样，村民一个个地被灾厄村民士兵当作俘虏抓了起来。

"这个家伙归我了！"阿奇用权杖指着萨拉说道。

灾厄村民士兵马上站到一旁，给他们的奇厄教主留出足够的空间。红石傀儡们则开始到处搜索其他目标。

萨拉眼睛瞪得大大的，盯着阿奇和红石巨兽，眼神里满是惊恐。他双膝一软跪倒在地上，看起来想逃跑，但腿脚怎么也不听使唤。

红石巨兽高高耸立在萨拉面前，阿奇顺着红石巨兽的胳膊滑到地上，轻快地落在萨拉面前，然后拄着权杖，大步走向萨拉，低头俯瞰着他。萨拉吓得浑身发抖。

"你好，还记得我吗？"阿奇问他。

萨拉点了点头，却张口结舌说不出话来。他好像完全僵住了，随时会摔个嘴啃泥。

阿奇俯下身来，朝他得意地笑着："你对我的看法终究是对的，我对村庄确实是个威胁。说实话，我的目的是把你们全都押到我的矿里做苦工。"

萨拉的嘴巴哆嗦个不停。如果他想开口说什么，倒不如直接哭出来好。

"阿奇！"一个熟悉的声音从阿奇身后炸响，"你在干什么？"

阿奇转过身，看到尤米向他冲过来。尤米身边没有铁傀儡，想必它们已经被消灭了。灾厄村民士兵见状，赶紧闪开一条路，就像阿奇给他们下了命令似的。虽然阿奇不得不摧毁村庄，但只要他有办法，决不会让尤米受到任何伤害。

"你好，尤米。我很想念你。"

在战斗最激烈的时候，尤米竟听到阿奇直白地向她表达思念之情。她猛地停下脚步盯着阿奇，不理解他这是什么意思。"你说什么？你干了这么多坏事，居然还敢跟我说那样的话？"她恐惧地看着阿奇身后的红石巨兽，和她周围的一片狼藉，"你以为我们还是朋友？你疯了吗？"

阿奇示意红石巨兽退后，给他和尤米留出足够的空间，然后朝尤米无奈地耸了耸肩。"如果你有怨恨，就恨那个人吧。"说着，他指了指萨拉，"如果不是他从中作梗，想尽办法把我从村庄赶走，也许我还待在这儿，整个村庄也会安然无恙。"

尤米沮丧地看着他，乞求道："你不能这么做，求求你了。算我求求你了，放过我们吧。"

"看看你周围吧，"阿奇用手指向整个村庄，村庄此时已被火海包围，"一切已成定局。"

尤米悲从中来，几乎要放声大哭："我那么信任你，还收留了你。"

看到被自己救下的人恩将仇报，尤米痛心不已。这场面也刺痛了阿奇的心。他恨不得马上下令停止战斗，或者带着尤米赶快离开这里，甚至还想为了尤米跟整个村庄和解。

"已经太迟了。"

阿奇无法反驳。对村庄来说，他的这些念头的确太迟了，可对尤米呢？

"不论对她还是对你，都太迟了。"

阿奇脸上露出极度痛苦的表情。"从这里滚出去，"他对尤米说，"带上你想带走的人，谁都可以。我已经下令，任何人不得阻拦你。"

尤米想要反驳，但阿奇马上打断了她的话。

"我不知道还会发生什么，我希望你不要成为我的俘虏。"

尤米又想开口——要么对阿奇咆哮，要么厉声责骂他——但最后什么都没说。她失望又沮丧地紧紧抿着双唇，最后一次冲阿奇厌恶地摇了摇头。

接着，她转身离开了，再也没有回头。

尤米走了，阿奇想要摆脱支配之球控制的念头也随之消失了。假如曾经最好的朋友看到他的所作所为，都不再相信他与生俱来的善良，那么他的反抗还有什么意义呢？

他转身回到萨拉身边，发现这个村民正打算逃跑。"站在那儿别动，"阿奇对他说，"我们之间的恩怨还没了结呢。"

"嘿！"一个讨厌的声音突然传来，"还有我呢！"

第二十七章

　　阿奇听到声音转过身，看到"克星"正站在村庄中央。他的剑已出鞘，严阵以待随时准备开战。这位英雄显然没有跟其他英雄一起离开村庄去调查袭击家园的幕后黑手。他留在这里要么是为了保卫村民，要么纯粹是懒得离开。

　　"克星"站在一座雕像旁边，雕像立在村庄广场中央的石基上。那个地方周围全是高高的烛台，上面插着火把。根据经验，阿奇知道，如果头顶有火把照明，就很难看清火光后面的暗处。因此，"克星"透过火光发现了站在远处的阿奇，这让阿奇深感意外。

　　"我怎么能听懂他的话？"阿奇悄悄问支配之球。

　　"我来翻译，让你能听懂。"

　　"那你以前为什么不翻译他的话？"阿奇突然想到这个

问题。

"那时候他说的话你无须知晓。"

"那么现在我需要听懂他的话吗？"

"也许吧。"

阿奇揉着下巴想了想，又问道："你能让他也听懂我的话吗？"

"我又不在他的脑子里。"

阿奇点了点头，表示理解。它说得没错。

"你还想趁我们不在的时候偷袭村庄？""克星"大喊道，"我才不会毫无防备地离开我最喜欢的村庄！"

阿奇龇牙咧嘴地露出邪恶的笑容："我的确想乘虚而入。"

"克星"怒视着阿奇，虽然对方的话他一个字也听不懂，但他能感觉到奇厄教主充满威胁的语气。

一个红石傀儡蹒跚穿过村庄时发现了"克星"，于是朝"克星"走过来。但红石傀儡并没有攻击他，而是在快走到他身边时转身离开，像是发现了更有意思的东西。一群灾厄村民士兵也追随着红石傀儡，全都朝另一个方向蜂拥而去。

"克星"用剑指着敌人，等待对方向他发起挑战："来吧！我就在这儿！我一直在等你们！"

就像对待尤米那样，阿奇事先已下令，但凡遇到"克星"就躲开，因此不管"克星"如何讽刺挖苦，阿奇的士兵都不会跟他正面冲突。原因有两个。首先，没有谁能够对抗像"克星"这种天生神力的家伙。阿奇第一次率军进攻村庄的时

273

候，英雄就在战斗中砍碎了一个红石傀儡。其次，阿奇不想让其他人妨碍他对付"克星"的计划。他必须亲手打败"克星"。

"动作快点儿！""克星"大吼着，此时另一个红石傀儡径直从他身边走过，根本没有要放慢脚步与他对峙的意思。"一起上吧，你们这些胆小鬼！""克星"忍不住大喊。

阿奇等"克星"把嗓子都喊哑了，才不紧不慢地往前迈了一步，刚好让"克星"把注意力转移到他身上。

"你过来！""克星"用剑直指阿奇，"你根本不怕我，对不对？过来打我呀，最好让我把你的脑袋拧下来！"

阿奇一步步向"克星"靠近，"克星"还对他冷嘲热讽，但阿奇走到火把光圈的边缘位置就停了下来。"我不会上你的当！"他对英雄说，"你喊的声音再大也没用！"

"他还是完全听不懂你在说什么。"

"不，虽然他听不懂，但能根据语气揣摩其中的含义。"说着，阿奇又问"克星"，"你能做到吧？"

"我认识你！""克星"用疑虑的目光看了阿奇一眼，"你就是上次领着一群白痴进村的家伙。那场战斗感觉怎么样？我还没对你动手，你就被骷髅打了个落花流水，对不对？我没有要了你的小命，是你运气好！"

"他很喜欢自言自语，是吗？"阿奇悄悄问支配之球。

"是的。"

"可这次你就没那么幸运了！""克星"说，"今天，我要把你踹到地底下，你的士兵必须掘地三尺才能找到你！"

阿奇忍不住仰天大笑起来。这悠长响亮的笑声像是从他的脚底升起来，顺着身体一直向上，最后从牙齿间迸发出来。

看到阿奇的反应，"克星"愣了一下。大概他从来没有被一个灾厄村民嘲笑过吧，而且是以这样肆无忌惮的方式嘲笑。

"克星"没有气急败坏地向阿奇扑过来，而是像木桩子似的站在原地，好像还没下决心怎么对付这个灾厄村民，只好瞪大眼睛紧紧盯着对方。

阿奇开始向前挪动，与此同时，他举起权杖向红石巨兽示意。

接到指令，红石巨兽迈开腿发出地动山摇般的响动，向火把光圈走来。"克星"看清楚红石巨兽的样子之后，嚣张气焰马上收敛了许多。

他不得不承认，这个巨兽的样子太恐怖了。起初"克星"还以为走过来的是个红石傀儡。虽然红石傀儡也很厉害，但上次战斗中他已经干掉了一个，所以并不是很在意。接着，地动山摇的动静让他产生了错觉，误以为是两三个红石傀儡同时向他扑过来。

终于，他看清了红石巨兽的模样。这种巨兽身形高大，浑身由闪闪发光的红石组成，胳膊粗壮得像大树，头上还长着两只锋利的角，每只角都像他手里的剑那么长。

"克星"的目光里满是恐惧，他把红石巨兽仔仔细细打量一番后，转身撒腿就跑。

我的世界：地下城 奇厄教主的崛起

　　阿奇发出一阵阵得意的狂笑。红石巨兽把"克星"一直赶出村庄，把他逼进村庄外面的群山中。这个大怪兽遵照命令不停地追赶"克星"，"克星"不消失，它誓不罢休。

　　虽然红石巨兽的速度没有英雄快，但它不知疲倦。阿奇猜得出来，这个夜晚对"克星"来说一定是漫长难熬的。

　　红石巨兽会回来的，除非发生一些难以预料的情况。在等待红石巨兽的这段时间，阿奇享受着回荡在村庄里的惨叫声，得意地看着房子燃起的熊熊大火。

　　他站在村庄中央，等待着他的士兵跟自己会合，同时谋划征服这片土地的下一步计划。也许他需要更多士兵，可他要看看有多少怪物跟着沃尔达回到高墩之堡，然后再做决定。无论采取哪种计划，他都必须在烈焰锻造厂组织起一支队伍，全力以赴地制造更多红石傀儡和红石巨兽，他再按步骤将它们激活。

　　如果他有强大的军队做后盾，谁还敢挑战他的权威呢？现在阿奇的心腹大患是四个英雄。他真希望天降好运，四个英雄也跟"克星"一样，没等开战就败下阵来逃得远远的。

　　还有一种可能，四个英雄一路寻来找他报仇——如果他们知道是谁毁了他们的家园。不过，即使他们真的来寻仇，阿奇也早做好了万全准备。他会下命令，让几个英雄在从鱿鱼海岸到高墩之堡的路上历尽艰险。

　　如果几个英雄执迷不悟，非要找他的麻烦，那么他会一个个地把他们制服。

他和支配之球是不可分离的。没有什么能阻挠他和支配之球的心意沟通。

然而，阿奇内心深处仍盼着自己早些逃离一切，过上宁静的生活，摆脱成为这片土地霸主的沉重负担。但很显然，他的命运不是那样……

"睿智的灾厄村民。一旦踏上这段身不由己的征途，最好安心享受这一切。"

阿奇被支配之球的话激怒了。他知道他已经无法控制支配之球了，可他以前似乎也没有真正控制过它。更糟糕的是，他也无法完全做自己的主人。支配之球在渐渐控制他的大脑，将它的意识植入其中，任其像无法清除的恶性毒瘤那样肆意生长。

阿奇搞不清楚这些决策到底是他的主意，还是支配之球的。难道他要用这种方式度过余生吗？

"是的。"

是的。

这样的日子还要多久？他的年纪会慢慢增长，最后变老吗？支配之球会让他的寿命比正常人更长吗？他还有机会摆脱它吗？

"这可由不得你。"

阿奇真后悔，他早就该意识到这个问题。他并不是灾厄村民中的成功者——更不是在拥有了至高权力和强大实力之后，就能征服世界的成功者。

他渴望得到权力——只为了不被别人欺负——可他做梦也没想到，权力会以这种匪夷所思的方式落到他手里，或者说，他需要被迫通过交易达到目的。

他太蠢了。

他早该注意各种警示。比如，最明显的警示就是这个名字：支配之球。

从捡到支配之球的那一刻起，阿奇以为它会赋予自己支配一切的力量。然而，现在却成了支配之球来控制他。

还有一个让他感到矛盾和困惑的问题。虽然暗地里阿奇是支配之球的奴仆，但奇厄教主的地位带给他的不仅是权力，随之而来的还有赫赫威名。

因为从没有谁能像他这样集结起这么多灾厄村民。也没有谁能与怪物结成盟军。

而且，没有任何人能造出高墩之堡这么宏伟壮观的城堡。

更没有任何人能征服所有土地。

阿奇很想知道以前有没有谁宣称拥有支配之球。他们是不是也变成了支配之球的奴仆？如果跟他的遭遇一样，那些家伙又是如何摆脱困境的呢？自己还有希望重获自由吗？

"没有希望。"

支配之球当然会这么说。阿奇认为真正的问题是：既然那些家伙已经成功摆脱支配之球，为什么不把它毁灭掉呢？

"痴心妄想。"

阿奇已经洞悉到有关支配之球的秘密：有时候它会撒谎，

也许此时它正在撒谎。

他多希望支配之球在撒谎。这样，它就不再是自己获得自由的障碍。

终于，阿奇下定决心——希望这个决定是他内心的真实意愿——要开拓生命的新征程。他还有一块土地要征服，他要把怪物招致麾下，集中力量打败英雄。

如果命中注定要统治这片土地，那么他一定要把这个角色扮演得异彩纷呈。

他必将变成伟大的奇厄教主，任谁都别想阻挠他的崛起。

后　记

英雄不在意自己的房子被烧成一座座破瓦窑。

这，是不可能的。

当然，这段时间英雄为了自己的事情忙碌了好长时间。他们在矿井里挖到好多有用的矿石，然后用这些宝贵的矿石加工成他们需要的各种物品。比起收获成果，他们也很享受整个过程。如果可能的话，他们愿意随时随地从头开始再来一次。

可是村庄到底发生了什么？好像情况非常严重。

"是那个在村庄被村民欺负的灾厄村民干的好事。""粉头发"说。这个外号是卡尔起的，他真实的名字叫阿德里。几个英雄站在附近的山上俯视村庄，看着历经劫难的废墟，那里还有一些房子的火没熄灭。"你们还记得他吗？"阿德里问道。

"是那个古里古怪的小个子吗？"哈尔问道（卡尔叫他

"斯塔奇")。他紧紧地皱着眉头，几个英雄看着他们最喜欢的地方灰飞烟灭，心情很沉重。"那个家伙手无缚鸡之力，看起来连斧子都拿不动，难道能统领一支军队？"

"是他干的还是其他人干的都不重要，"被卡尔称为"刀疤脸"的希克斯沉痛地说，"这是一场有预谋、有组织、多方进攻的袭击，我们必须出手阻止。行动好像已经结束了，村庄也彻底完蛋了，但我觉得一切才刚刚开始。"

被卡尔称为"红头发"的瓦洛里点点头表示赞同。"有野心的征服者从不满足只征服一个地方。只为了摧毁一个村庄就班师回朝的话，没必要集结起一支强大的军队。因此，他们会不停地烧杀劫掠，胃口越来越大，直到这片土地上所有美好的东西和无辜的人民都被他们的铁蹄践踏，他们才会满足。"

"我们能帮上什么忙呢？"阿德里问道，"你们都看见了，卡尔已经穿过森林逃之夭夭。我从没见过谁能跑得那么快，可能他掉进海里才会刹住脚。"

"然后呢？"虽然气氛严肃，但哈尔仍止不住发笑。他们都知道卡尔是个只会欺凌弱小的恶棍，他们对他早就忍无可忍了，卡尔抱头鼠窜的滑稽样子丢尽了英雄的脸。还有几个英雄甚至想亲自把他从这片土地上驱逐出去。

如果说经历这一系列意外对他们有什么好处，那也是这次袭击村庄行动带来的。总之，作为英雄，卡尔一无是处。几个英雄的家园被偷袭后，他们必须回去看看到底发生了什么，临走时把卡尔留下来守卫村庄。反正在他们看来，卡尔永远一事无成，再多几次惨败也无妨。

但不管怎样，卡尔这一走，他们就成了这附近仅存的几个英雄。没有其他人可以对抗阿奇的威胁，也没有其他人可以保护无辜的村民。

希克斯干咳了一声，说道："说实话，虽然卡尔有很多缺点，而且恶习不改，但他在战斗方面是个老手。如果连他都无法对付新出现的敌人，我们还有什么机会呢？"

"好吧，首先我们有四个人，"瓦洛里开始分析现在的局面，"虽然人数上不占优势，但总比单打独斗强多了。"

"而且，作为一支队伍，团结起来总比一盘散沙要好。"阿德里说，"灾厄村民这次成功袭击村庄的原因也在于此。敌人使出调虎离山之计，把我们从村庄引出来，分散了我们的注意力。如果我们紧密团结在一起，你觉得没有取胜的可能吗？"

"还有，不是那些灾厄村民打败了卡尔，"哈尔提醒大家，"跟许多欺凌弱小的恶棍一样，卡尔内心很胆怯。他肯定是遇到了某个非常强大的对手才逃跑的。我们才不会像他那么懦弱，对吧？"

"我们虽然不是懦夫，"希克斯接着说，"但只凭一身孤勇是远远不够的。昨晚攻击我们家园的是怪物。假如它们的行动是为了把我们引开——我觉得这才是真正目的，也就是说，灾厄村民和怪物已经勾结在了一起。这附近还从没出现过如此邪恶的联盟。"

"我们必须团结起来跟他们战斗到底，不能让敌人继续作恶。"瓦洛里鼓励大家，"我们可以袖手旁观，但那样做的后果简直不堪设想。让这片土地上的人民无助地对抗这种恐怖势力？我做不到！"

"那我们就达成一致了？"阿德里问大家，即使答案已毋庸置疑，阿德里还是要亲耳听到大家的意见，"我们团结一致对抗这股新崛起的邪恶势力，把他们彻底铲除，好吗？"

如果卡尔在场，不用猜他们都知道卡尔会说什么——"你们都是蠢货！敌人太强大了！见过那个巨兽吗？你们会一命呜呼的！"

接下来，他会对自己临阵脱逃的行为自鸣得意，说他没有留下来顽抗到底是非常明智的选择，如果不逃跑就会性命难保。

哈尔严肃地对其他人点点头："把我也算上。不过你们发誓，永远不说什么'我们得到的财富是一路走来的深厚友谊'之类的鬼话，好吗？"

这话让其他英雄都哄然大笑起来，他们由衷地表示赞同。因为种种迹象表明，接下来他们面对的可不是什么洞悉自我的寻找灵魂之旅，而是一场真正的恶战。他们要对抗的是前所未有的邪恶势力。英雄们严阵以待，整装待发。

"那是当然，"希克斯龇牙咧嘴地笑着说，"无论如何我都不喜欢你们几个。"

瓦洛里向其他英雄摇了摇头。他知道，这将是一次大冒险，他们的友谊必定要经受更多考验，能不能活下来就要看运气了。但即便如此，面对大伙同仇敌忾的呼吁，他们仍会毫不迟疑地回答："我愿意加入，行动现在开始！"

作者简介

　　马特·弗贝克是一位屡获殊荣的《纽约时报》畅销书作者和游戏设计师。迄今为止，他出版了三十多部小说，参与了数款游戏的制作，赢得了数十项荣誉。他的作品包括《龙与地下城：无尽的任务》《光环：坏血》《奇异人生：欢迎来到布莱克威尔学院》，以及根据他的小说创作的电子游戏《狂怒 2》和角色扮演游戏《猎枪与魔法》等。他与妻子和五个孩子住在美国威斯康星州的贝洛伊特，他的孩子里有一组四胞胎。

MINECRAFT
我的世界